학교야,
희망의 숲으로
가자

전병화 지음

곁에 있어도 쏟아지는 그리움

"아이들을 교육하는 것은 소를 키우는 일이 아니다. … 아이는 부모의 애장품도 아니고, 비육한 소를 키우는데 필요한 여물도 아니다. 아이들 존재 그 자체가 소중한 소다. …그래서 나는 소(牛)가 아닌 소(笑)를 키워야 한다고 말하고 싶다. … 웃음은 만병을 치료하는 근원이다. 늘 웃을 수만 있다면 만병도 범접해 오지 못할 터이다."

일 년 전, 병화 형이 건네준 자신의 수필집『소(牛)보다 소(笑)가 더 좋다』에서 내뱉은 구절이다. 소(牛)와 소(笑)의 신선한 의미와 산뜻한 라임에 무릎을 치고 있을 때, 형은 그 의미 설명보다는 대뜸 다음과 같은 반성문을 써놓고 있었다.

"나는 여타의 세상 사람들과 조금은 다르다고 생각했다. 권력이나 부를 곁에 두기 위하여 소(牛)를 키우기보다는, 현실에 충실하면서도 은일을 노래하며 여유로운 웃음을 추구해왔다고 스스로 믿었다. 그런데 나이가 이순이 넘고 직장생활을 마무리할 즈음에 되돌아보니 착각이었다. … 이제는 소(牛)를 키우기 위해 소중한 내 인생을 소비할 것이 아니라, 진정한 웃음을 즐기는 제2의 인생을 만들어 보려고 한다."

이러한 반성문으로 그칠 형이 아니라는 나의 기대를 증명이라도 하듯, 이번에 두 번째 수필집『학교야, 희망의 숲으로 가자』가

나에게 전해졌다. 두 번째 수필집을 읽으면서 이제 뭔가 다 채워졌다는 느낌이 든다. 이러한 포만감에 나는 형으로부터 건네받은 두 권의 수필집을 감히 다음과 같이 규정해 본다. 『소(牛)보다 소(笑)가 더 좋다』가 '가버린 날 돌아보기'라면, 이번에 건네받은 『학교야, 희망의 숲으로 가자』는 '새로운 날 살아보기'라고.

이러한 '새로운 날 살아보기'를 마음에 품고 형은 세 가지 여행을 떠난다. '그리운 학교(1부)'에서는 풋풋한 청년의 기개로 입문한 교직 생활에서 때로는 분노와 아쉬움을 갖지만, 그마저도 그리움을 간직한 수채화로 그리고 있다. '아쉬운 학교(2부)'에서는 '교장샘도 학교 가기 싫은 날'이라는 소제목에서 보듯이, 우리 교육과 학교가 가진 문제점과 어려움을 고발하는 르포를 작성하고, '행복한 학교(3부)'에서는 그러함에도 학생과 교원 모두 행복한 학교를 꿈꾸며 언제 어디서나 함께 불러야 하는 희망가를 작곡하고 있다.

이 여행기 속에는 형의 모습이 자연스럽게 드러난다. 어떤 주장을 펼칠 때마다 대부분 옛날이야기를 꺼낸다. 어렵고 힘들었던 과거, 그 시련을 극복했던 노력, 요즘 아이들도 그런 의지를 가져 줬으면 하는 바람 등. 영락없는 꼰대와 닮았다. 이는 지금까지 같이 지내면서 내가 느꼈던 모습과 크게 다르지 않다.

함께 술잔을 나눌 때도, 농막에서 밤새우며 우리 교육에 대해 침을 튀길 때도 나는 형에게서 그런 기질을 느꼈다. 그런 형이 곧 정년 퇴임을 한단다. 아직 곁에 있는데도 그리움이 쏟아진다. 쓴소리가 사라진 요즘 우리의 학교, 힘을 잃은 꼰대 자리에 빈대만 넘실대는 우리의 교육. 이러한 현실에서 곧 덩그러니 남겨질 우리는, 형과 같이 용기가 철철 넘치는 꼰대가 그리워질 것이기에 그런 것이다.

지난 여름날, 친한 몇 명의 교장들이 형의 시골 농막에서 하룻밤을 같이 지냈다. 오랜만에 도시를 벗어나 풀벌레와 물소리를 들으니 너무나 좋았다. 밤이 깊어지자 형은 농막 근처에 서식하는 반딧불이를 보여주겠고 하였다. 서울 근교에 반딧불이라니. 우리는 눈에 불을 켜고 반딧불이를 찾으며 '여기도 있다, 저기도 있다!'라고 외치면서 어린애처럼 신나서 어쩔 줄 몰라 했다. 거짓말 같은 일이 눈앞에 펼쳐졌다.

병화 형은 이순(耳順)의 교장들도 좋아하는 이런 일들을, 아이들과 함께하고 싶어서 어떻게 학교를 떠날지 모르겠다. 이제는 교육에 관한 일은 모두 잊고 전혀 새로운 일에 파묻혀서 지내보고 싶다고 한다. 하지만 학교를 떠나 있어도 아이들의 자지러지는 웃음을 늘 응원하면서 살 것이다.

웃음이 반딧불이처럼 귀해진 세상, 반딧불이를 찾았을 때의 기쁨처럼 형에게도 하루하루가 기쁨으로 넘쳐났으면 좋겠다. 가고자 하는 희망의 숲에도 반딧불이와 소(笑)가 가득했으면 좋겠다. 그 숲에서 새로운 반딧불이를 키우는 형의 멋진 인생 2막이 기대된다.

송 재 범
전)서울특별시교육청교육연구정보원 원장
현)한국국공립고교장회 회장/신서고 교장

앞서서 교육의 미래를 열어야

세상에서 가장 어려운 일 중의 하나는, 시대의 변화에 따라 자신도 적기에 변해가는 것이다. 그러니 앞서서 변화를 예측하고 대비하는 일은 말할 것도 없다. 나는 교수로 사범대학장과 교육대학원장을 두루 지내는 동안, 제4차 산업혁명에 선제적으로 대비하기 위하여 대학의 커리큘럼을 조정하고 AI 등의 환경을 구축하여 예비교사들이 먼저 미래를 예견하고 필요한 능력을 기르도록 노력했다. 그래야만 학교 현장에 나가서 아이들에게 미래를 헤치고 나갈 능력을 길러낼 수 있을 것이라는 믿음이 있었기 때문이다.

저자와 나는 목멱의 언덕에서 국어교육학과 국문학을 전공하면서 동시대에 대학을 다녔고, 졸업 후 나는 대학 강단에서, 저자는 교사와 교육 전문직으로 학교와 교육청을 두루 거치면서 근무해 왔다. 그러던 어느 날, 교육혁신의 고민이 저자와의 소중한 재회의 기회를 주었다. 나는 사범대학장으로서 교사 양성을 위한 혁신에 온 마음을 쏟고 있었고, 그는 서울시중부교육지원청 교육장으로 학교 현장에 혁신적 마인드를 전파하기 위해 노력하고 있었다. 이를 기회로 우리는 많은 도움을 주고받았다.

대학 시절에 문학에 관심이 많았던 저자는, 졸업 직후 인문계고에 임용되어 현실적인 교육에 전념하다 보니 창작의 기회를 놓쳤다. 하지만 정년에 이르러서야 못내 아쉬웠던 꿈을 다시 찾아 나서는 용기를 보였다. 그래서 나온 책이 첫 수필집 '소(牛)보다 소(笑)가 더 좋다'이다. 그는 결코 소소하게 살아오지 않았으면서도, 여기에서는 소박한 삶의 행복을 솔직하고 담백하게 드러냈었다.

이 책에서는 그동안의 경험을 통하여 교육 현장의 아쉬운 점을 열거하고 희망의 학교를 만들기 위해서 학생, 교사, 학부모, 교육 당국이 어떠한 철학과 방향을 가지고 노력해야 하는지 그 대안을 제시하고 있다. 특히 저자는 학창 시절의 경험을 소환하여 독자들에게 편안하고 감상적인 느낌을 주도록 애썼다.

교육은 우리 모두에게 희망이지만, 한편으로는 희망과 절망의 폭을 더욱 깊게 할 수도 있다. 그래서 모두가 행복한 교육으로 방향을 잡는 일이 중요하다. 이는 인간의 존엄성과 삶의 행복이라는 가치에 중점을 두어야만 가능한 일이다. 지금은 우리의 학교가 무거운 짐을 지고 있지만, 공동체 구성원의 노력으로 이를 잘 극복해 나갈 수 있을 것으로 믿는다.

이 책은 교육 정책을 깊이 다루거나 학문적으로 접근하려는 것이 아닌 자서전적인 에세이이지만, 교육 문제에 관한 다양한 예화들은 우리를 깊은 성찰로 이끈다. 누구든 교육에 관계되지 않은 사람이 없으니, 한 번쯤 일독하는 것도 학교 교육을 이해하는 데 많은 도움이 될 것이다. 35년 교단생활을 경험한 저자에게는 이 책에서 다루지 않은 일화들이 더 많이 있을 것이니, 앞으로도 풍요로운 이야기를 계속해서 들려줄 것을 기대해 본다.

윤재웅

문학박사/동국대학교 총장(2023.3~)

잘 놀아야 공부도 잘한다

인생의 가장 큰 격동기라 할 수 있는 고3 시절, 저자는 나의 담임 선생님이셨고, 나는 그 학급의 반장이었다. 당시 내가 졸업한 여의도고는 강남 8학군 고교와 견주어도 손색이 없는 소위 명문고였다. 그 위상에 맞게 당시 모교에는 중견의 입시 전문가를 비롯하여 젊고 유능한 선생님들이 많이 모였고, 그 활약 또한 대단했었다. 담임선생님을 비롯하여 그분들은 밤이 늦도록 정말로 열정적으로 우리를 이끌고 가르치셨다.

졸업한 지 30년이 지났지만, 아직도 그 시절 젊고 위풍당당했던 선생님의 모습이 기억 속에 선하다. 목표를 향한 강한 집념과 열정적인 지도는 타의 추종을 불허하였다. 공부든 운동이든 다른 반에 지는 것을 싫어하셨다. 하면 된다는 강한 드라이브에 사실 우리는 좀 힘들기도 했고, 당시에는 관행적으로 허용되었던 따끔한 몽둥이 불맛도 종종 우리에게는 공포의 대상이 되기도 하였다.

그렇다고 선생님은 공부 제일주의자가 아니었다. 강하면서도 깊은 관심과 애정으로 절박한 고3의 학업과 진로에 대한 고민을 함께해 주었고, 우리에게 미래의 삶에 눈뜨게 하셨다. 때로는 상상할 수 없는 즐거움을 주기도 했는데, 공부에 찌든 우리를 위해 중간고사가 끝나는 날 관광버스를 임차하여 에버랜드에서 콧바람을 쐬어 주기도 하셨다. 잘 놀아야 공부도 잘한다는 철학을 가지신 것이다. 당시 다른 반 아이들이 몹시 부러워하기도 했다.

고교 졸업 후 학업과 직장에 매진하느라 한동안 선생님과 만나지 못했지만, 종종 연락을 통하여 장학사나 장학관으로 교육청에서 일하시거나 공모 교장으로 K고에 재직하고 계신다는 사실을 알고 지냈다. 그러다가 선생님은 정년 2년 6개월을 앞두고 교사 첫 발령지인 모교의 교장으로 오셨고, 나는 기회가 되어 학교운영위원회 위원으로 일하게 되었다.

　위원으로 일하면서, 그동안 몰랐던 우리 교육의 현실 문제를 조금이나마 알 수 있었다. 나의 고교 시절에도 학교 폭력, 집단따돌림 등도 있었으나, 교권 추락, 학교 현장의 제반 문제 등이 이렇게 심하지는 않았다. 당시에도 학생들을 교육하기 위한 선생님들의 애환과 어려움이 많았겠지만, 지금은 참으로 어려울 것이라 느껴진다.

　선생님은 이 책에서 35년 교직 생활의 경험을 솔직하고 담백하게 풀어냄으로써, 우리 교육의 문제와 해결방안을 현장 교육자의 관점에서 쉽게 설명하고 있다. 누구나 한 번쯤은 읽어보면 좋을 것 같다. 지치지 않는 열정과 노력으로 한평생 제자 사랑에 삶을 바쳐온 선생님, 이제 제2 인생에서는 더욱 건강하고 여유로운 삶을 즐기시면서, 작가로서의 꿈을 종종 발현시켜 주시기를 소망해 본다.

조 인 명
여의도고 제자/법무법인 광야 대표변호사

　잠깐 졸았다고 생각했는데, 눈을 떠보니 34년의 세월이 흘러가고 있었다. 아차 싶어 정신 차리니 무엇부터 해야 할지 몰랐다. 애써서 내 머릿속 바닥에 가라앉은 생각과 기억을 일깨워 보았더니, 다행히 영 못쓰게 되지는 않았다. 수십 번 기억을 더듬고 옛 기록을 뒤적여 겨우 나와 비슷한 모습을 되살려내었다. 그런 노력이 지난해 첫 번째 수필집, 『소보다 소가 더 좋다』를 세상에 나오게 했다.

　그리고 잠시 한눈을 팔았는데, 일 년이 또 훅 지나갔다. 교단에 선지 35년이 넘었으니, 이제 집으로 가라고 한다. 정년퇴직이다. 받아들이기 힘들지만 현실이다. 나는 이 학교가 교사 초임 발령지였기에, 여전히 첫 직장에서 자라고 있는 파릇파릇한 풀잎이라고 착각하며 살았던 것 같다.

　거울을 보니 무성했던 머리털이 어느새 새털처럼 날아가 버리고 머리 위에는 휑한 운동장이 자리 잡았다. 3년 동안 코로나19로 얼굴을 가리고 눈만 내놓고 다녔으니, 얼굴에 주름살이라는 계급장이 더덕더덕 엉겨 붙은 것도 보지 못했다. 그리고 눈빛이 남보다는 조금 더 해맑은 편이라, 남들이 나에게 아직도 청춘이라고 하는 말을 진심이라고 생각했다.

　마지막 직장에서 보따리를 싸기 전에 쓸 이야기를 찾기 시작했다. 평생 머문 울타리가 교육이니, 이번 책에서는 그것을 주로 소재로 삼아 이야기하려고 마음먹었다. 처음에는 좀 망설였다. 사실 별로 한 것도 없거니와 열심히 일해 온 동료들에게 혹 누가 되지 않을까 하는 우려도 있었기 때문이다. 하지만 용기를 내서 두 번째 수필집, 『학교야, 희망의 숲으로 가자』를 세상에 내놓았다. 그동안 우리 교육이 대한민국의 희망을 견인해 온 것은 사실이다. 하지만 청소년의 행복 지수는 여전히 세계 꼴찌 수준이다. 혁신을 부르짖고 교육 투자를 늘렸어도 많은 청소년이 절망의 늪에서 벗어나지 못하고 있다. 그 문제를 해결할 대안이 어렵다기 보다는 사회적 합의가 어렵기 때문이다.

교원과 교육 행정가로 평생을 살아온 경험으로 판단해 보니, 교육에는 왕도가 없는 것 같다. 오히려 왕도가 있다면 아이들이 잘못된 길을 선택하지 않을까 걱정도 된다. 부모나 학교나 교육 당국 모두는 아이들을 편한 길로만 이끌려고 하기보다는, 어렵고 힘들더라도 의미 있는 길을 걷도록 늘 지원해야 할 것이다.

오늘의 행복을 유보 시키지도 말고, 힘이 들더라도 내일의 행복을 위해 오늘은 죽기 살기로 매달리라고 억압하지도 말자. 오늘 행복하지 않으면 내일의 행복도 보장하지 못한다. 수수방관은 안 되겠지만, 하고 싶은 일, 잘 할 수 있는 일에 심취하도록 좀 내버려 두자. 고생은 돈 주고 사서라도 한다고 한다. 아이들은 존재 그 자체만으로도 너무나 귀한 몸이다.

2023. 2. 22.

너섬글샘에서 전병화

목 차

제2부 아쉬운 학교

제 1 부

그리운 학교

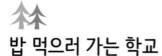

밥 먹으러 가는 학교

　2011년, 서울시장이 학생 무상급식 정책에 반대하는 정책을 주민투표에 부쳤다가 실패하여 자리를 내놓았던 일이 있었다. 학생들에게 밥 주는 문제를 주민투표에까지 부친 일은, 지금 생각해도 웃지 못할 에피소드다. 물론 세상만사가 집단의 이념에 따라 판이하게 해석되기에, 무상급식 문제도 그 당시에는 사회적 논쟁 대상이 될 수도 있었을 것이다.

　하지만 점심밥 한 끼 먹이는 일로 부잣집, 가난한 집 아이를 가르고자 했던 일을 생각하면, 지금도 씁쓸한 웃음이 절로 나온다. 누구는 공짜로 또 어떤 누구는 돈 내고 밥 먹는다는 사실이 밝혀지면, 가정이 여의치 못해 무상급식 대상이 된 아이들에게는 자존감에 큰 상처를 입게 될 수도 있다.

　옛말에 곳간에서 인심 난다는 말이 있지만, 학생들의 급식 문제는 인심 수준에서 다룰 것도 아니다. 학생의 급식 문제는 누가 누구에게 도움을 주고받는 문제가 아니라, 가장 기본적인 생존의 문제다. 성인이 되면, 산해진미를 즐기거나 삼순구식(三旬九食)으로 버티며 사는 것이 어디까지나 자기의 책임 문제다. 하지만 학생은 경제 자립의 주체가 못 되니, 국가가 오롯이 책임지는 것은 당연하다고 하겠다.

우리 세대만 하더라도, 어린 시절 가진 자와 못 가진 자의 밥상 그림이 확연하게 달랐다. 하지만 가진 자는 소수에 불과했고, 대다수 가정은 매 끼니를 해결할 걱정이 떠나지 않았던 것 같다. 꽁보리밥 도시락조차 어려워서 우물가에서 한 두레박 물을 퍼서 배를 채웠던 아이도 많았다. 나라님도 아이들의 배를 채워 줄 능력이 부족했으니, 국격이고 부끄러움이고를 따질 겨를도 없이 외국의 식량 원조를 받기도 했다.

하지만 십여 년 전 급식 논쟁 시대만 하더라도, 우리나라가 그런 구차한 살림살이 수준은 아니었다. IMF가 끝나고 21세기에 들어오면서 경제적 풍요를 누리기 시작했다. 먹거리가 넘쳐나고 양보다 맛을 찾아 즐겼다. 돈이 없어서가 아니라 입맛이 없어 못 먹었다. 버려진 음식물 쓰레기가 산을 이루는데도, 학생의 무상급식 논쟁이 사회적인 논쟁이 되었다는 사실은, 소도 웃을 일이 아니겠는가.

당시의 논쟁이 학생 급식을 진지하게 걱정하는 측면보다는 선거에서 표를 얻기 위한 전략적인 계산에 있었다. 무상급식을 '포퓰리즘 공약이냐, 아니냐.'라는 각도에서만 바라보았지, 기본적인 생존이나 교육적 차원으로 접근한 것이 아니라서, 논쟁이 더 부적절했다. 주변의 동물도 굶기기를 꺼리는 마당에, 이유를 따져 가며 아이들의 밥을 챙기겠다는 것은 말도 안 되는 일이다.

이제는 고등학생까지 무상급식이니, 가진 자와 못 가진 자를 나눌 일은 없어졌다. 하지만 학교는 어떻게 어떤 것으로 밥 한 끼 먹어야 하는지에 골치를 앓는다. 이는 결코 쉬운 일이 아니다. 먹는 수준이 높아지다 보니, 학생과 학부모의 요구 사항이 너무 많고 교육청과 자치구청의 잔소리도 만만치 않기 때문이다. 영양의 균형을 위한 짜임새 있는 식단, 신선한 재료 공급과 청결한 위생 관리는 까다로운 기준이 적용된다. 특히 계속되는 코로나19로 방역까지 신경을 써야 하니, 이를 나누어 맡아야 하는 교직원의 피로감은 말로 헤아리기가 어렵다.

거기에다가 맛에 대한 만족도도 높여야 한다. 나는 가끔 급식에 관한 공식 통계자료를 체크하기도 하지만, 학생들에게 요즘 밥맛은 어떠냐, 먹을 만하냐고 직접 물어보는 일도 많다. 통계에서 만족도가 높고 질문을 받은 학생들도 대체로 긍정적이나, 개인의 취향에 따라 들쭉날쭉한 반응도 있다. 하지만 소수의 의견이라고 무시할 수도 없어서 이것까지 고려하자니, 학교 급식 또한 무지무지한 스트레스의 온상이 된다.

길거리를 걷다가 어느 식당 벽에 '사랑만 한 밥은 없고, 정성만 한 반찬은 없다.'라고 커다랗게 걸린 현수막 문구를 본 적이 있다. 배고픔 해결이 우선이었던 시대에서는 사랑이나 정성 타령을 할 수 없었을지 모르지만, 사랑과 정성은 시대 상황과는 무관한 고정불변의 진리다. 같은 재료로도 완전히 맛을 내는 식당이 있듯이, 학교 급식의 질도 영양사나 조리사에 따라서 큰 차이가 난다. 얼마만큼의 사랑과 정성을 쏟았는가가 맛과 질을 좌우하기 때문이다.

여러 매체에서 아침 밥상이 건강 밥상이라는 특집기사를 앞다투어 내놓고 있지만, 귀담아듣는 젊은이는 그다지 없어 보인다. 요즘은 중장년층에까지 그런 풍토가 자리 잡았으니, 시비 걸 일도

제1부 그리운 학교

아닌 것이 되었다. 아침밥이 건강에 좋고 일도 잘된다는 부모의 잔소리마저 뜸한 시대가 되었으니, 취향이나 생활의 편리가 건강과 의학적 고려를 넘어선 것 같다.

만일 식사 준비에 가족의 합의가 없으면, 아침밥뿐만 아니라 모든 끼니에 목마른 자가 우물을 파는 모양새가 될지 모르겠다. 나는 목마른 자이지만, 아내는 내게 늘 아침밥을 챙겨주려고 애를 쓴다. 그래서 밥과 국에 미련을 버렸다. 빵이나 샐러드, 우유 한잔의 아침 식사에 길들어지니, 밥상머리 대화를 편하게 하고 시간의 여유를 주어서 더 좋다.

점심의 어원에는 다양한 설이 있지만, 우리말 어원사전에는 16C 문헌을 참고하여, '본래 불교의 용어로 공복에 점을 찍듯이 조금 먹던 간식을 가리키는 말'이라고 되어 있다. 아침과 저녁 하루 두 끼만 먹다가, 점심이 추가되어 세 끼가 된 것이라 한다. 옛날에는 하루에 세 끼 먹기 어려운 식량 사정이 반영된 것인지는 모르지만, 지금은 그런 이유로 한 끼를 거르거나 가볍게 먹지는 않는다.

직장인들은 점심을 점만 찍는 것이 아니라, 오히려 가장 잘 먹어야 하는 식사로 생각한다. 그러다 보니 점심 식사가 하나의 중요한 일이 되었다. 구내식당을 갖춘 대기업이나 관공서 등에서는 점심 준비에 신경 쓰지 않아도 되지만, 구내식당이 없는 곳에서는 매일 식당을 선택하고 팀원들의 메뉴를 받아 주문하거나 예약해야 한다. 이를 담당하는 직원은 자신의 업무보다 그것이 더 어렵고 스트레스도 크게 받는다고 한다. 그래서 주로 막내 차지가 된다.

밥 먹으러 가는 학교

점심 한 끼 해결이 이처럼 어려우니, 구내식당이 있는 곳에서는 만족도가 낮아도 불만이 크지 않겠지만, 학교의 경우에는 그렇지도 않다. 학부모가 밥값을 부담하는 것도 아니지만, 학교 일 중에 가장 예민하게 반응하는 것이 점심 식사다. 수업이나 평가에는 전문성의 문제로 학부모의 접근이 어렵지만, 먹는 일이야 누구라도 목소리를 높일 수 있기 때문이다. 그런데 학교 급식은 교육적 관점에서 제공되는데, 학생의 만족도는 그런 것과는 별개로 입에 맞는 음식에 달렸으니, 학생의 감동 수준에 맞춘 급식을 제공하기는 어렵다.

어떻든 간에, 밥 먹을 때가 하루의 일과 중에서 가장 즐거운 시간인 것 같다. 점심시간이 되면 일터 주변의 음식점으로 몰려가는 사람들의 걸음걸이가 경쾌해 보인다. 학생이나 선생님도 식당으로 향하는 발걸음이 하루 중에서 가장 즐거워 보이고, 나도 마찬가지다. 특히 학생들이 당일 특식 메뉴 정보를 미리 알고서 식당에 들어설 때의 그 얼굴에는 기대감으로 잔뜩 부푼 환한 미소가 떠나지 않는다.

그 옛날 초등학교 시절의 추억을 되돌려봐도 역시 먹고 즐겼던 일이 가장 생생하게 떠오른다. 일주일에 두어 번은 수업 시간 도중에 '와'하는 함성이 거의 동시에 전 교실에서 넘쳐나는 일이 있었다. 먼지를 뽀얗게 날리면서 비포장길을 달려오는 삼륜 화물차가 교실 창밖으로 모습을 드러내는 순간이었다. 다들 그 순간에는 선생님의 판서나 설명에는 아랑곳하지 않고, 달려오는 화물차에 온 정신을 홀려버리고 만다.

제1부 그리운 학교

1960년대에는 삼륜 화물차가 학교에 빵을 실어다 날랐다. 내가 다닌 학교는 산골 학교라서 자동차라고는 거의 구경을 하기 어려웠기에, 거친 길을 질주하는 삼륜차의 위력에 입을 다물지 못했다. 특히 이삼일에 한 번씩 빵을 실어다 날랐으니, 그 등등한 기세에 주눅이 들 정도였다. 고장이 잦아 제시간에 빵을 실어다 나르지 못하는 낡은 차였지만, 그 삼륜 화물차는 우리의 희망을 배달하는 고마운 존재였다.

60년대, 참으로 가난하고 배고픈 시대였다. 내가 초등학교 저학년 시절에는 미국에서 원조받은 옥수숫가루로 쑨 죽이 점심으로 제공되었는데, 나중에는 옥수수빵으로 바뀌었다. 지금은 골목과 지하철역 등 구석구석에 제빵 가게가 자리 잡고 있어서 빵 냄새가 가끔은 역겹기도 하지만, 그 시절에는 종일 빵 냄새를 맡고 있어도 싫어지기는커녕, 구수한 그 냄새에 정신을 차리지 못할 지경이었다.

옥수수빵을 먹으면서 행복해하는 친구들의 웃는 모습이 지금도 눈에 선하다. 기억을 소환해 보면, 식빵은 가로세로 스무 개 정도의 빵이 한판으로 붙어서 나왔던 것 같다. 그중에서는 가장자리에 붙은 빵의 인기가 가장 많았다. 중간에 있는 빵보다 바싹 구워져서 더 구수했기 때문이다. 가장자리 식빵은 색깔이 노릿하다 못해 갈색으로 짙었다.

4교시가 끝날 때쯤이면 두어 명이 교무실로 학급의 빵을 받으러 가야 했다. 늘 반장과 부반장이 빵을 받아오거나 당번을 정해 받아오기도 했다. 급우들에게 빵을 나누어 주는 일도 하나의 대단한 권위였다. 그래서 대체로 학급 반장의 주도로 이루어지고, 가장자리 빵은 반장의 힘이 작동하여 배분되거나 빵 당번의 차지가 되었다.

배급된 식빵은 사실상 점심용이었지만, 빵을 다 먹어 치우는 아이들은 별로 없었다. 어느 부분을 조금 떼어먹고는 책 보따리에 고이 넣어서 집으로 가져갔다. 아예 입에 대지도 않고 통째로 집에 가져가는 아이들도 있었다. 물론 먹기 싫어서도 맛이 없어서도 아니었다. 집에서 굶주리는 부모님이나 동생들을 생각하면 혼자 먹을 수 없었기 때문이다. 가정 형편이 좋아 혼자 다 먹어도 되는 아이들도, 그렇게 하면서 빵을 두고두고 아껴 먹기도 하였다.

내가 초등학교 저학년 시절에 아버지는 같은 학교 교사로 재직하셨고 빵을 담당하는 업무도 맡고 있었다. 나는 계속해서 반장을 맡았기에 빵을 타러 가는 일이 잦았고, 그때마다 아버지를 졸라서 빵 두세 개를 여분으로 받아오기도 했다. 그것은 내 마음 한구석에 오롯이 자리를 차지한 한 여학생을 위한 것이었다. 그녀는 착하고 예쁘고 공부도 잘했다.

빵을 건네주는 일은 조심스럽고 어려웠다. 직접 건네줄 만한 용기도 없었지만, 다른 아이들이 알아채면 놀림을 당할지도 모른다는 두려움이 있었다. 운동장 수업이나 교실이 모두 비는 시간에 몰래 그 여학생의 책 보따리에 빵을 넣어 두어야 했다. 하지만 그런 일이 오래가지는 못하였는데, 다음 해에 아버지가 다른 학교로 전출을 가셨기 때문이다. 그녀는 동생들과 부모님을 위해 빵을 먹지 않고 항상 집으로 가져갔다.

제1부 그리운 학교

우리 세대의 학창 시절에는 밥 먹으러 학교에 가는 일 말고도 즐겁고 신나는 일이 많았다. 고무신에 펑크가 나고 양말 구멍으로 엄지발가락이 드러나도 누런 잇몸을 드러내며 환하게 웃는 얼굴을 거두지 않았다. 조그마한 일에도 깔깔거리며 좋아했다. 매사를 긍정적인 생각을 가지고 즐거움으로 받아들였기 때문일 것이다. 하지만 요즘 학생들은 사고 싶은 물건을 사고 먹고 싶은 것을 실컷 먹을 수 있는 형편이지만, 그렇게 즐겁고 행복하게 보이지 않는다. 그 원인은 아무래도 부모들의 일그러진 자녀 사랑에서 비롯된 것이 아닐까 싶다.

교과서 한 권 들지 않은 책가방을 덜렁거리며 메고 나타나거나, 책가방조차도 없이 3선 슬리퍼에 잠옷 같은 추리닝 입고 학교에 나타나는 학생들도, 우리에게는 소중한 아이들이다. 4교시 내내 엎드려 자다가도 4교시 종료 십 분 전에는 어김없이 일어나, 오로지 밥 먹기 위해 학교 오는 아이처럼 가장 먼저 식당으로 달려가도 그들도 여전히 우리의 희망이다.

희망은 진심으로 믿고 응원해 주는 통 큰 배려를 먹고 산다. 과장된 추론일지는 모르지만, 이 지구상에 희망이 없는 생물이 어디 하나라도 있을까. 먼지를 뽀얗게 날리면서 빵을 싣고 학교로 달려오는 삼륜차를 보면서 희망을 보았던 그들이, 지금은 우리 세상 구석구석에서 능력을 발휘하고 있다. 믿음으로 즐거움을 주고 기다려 준다면, 우리 아이들도 언젠가는 아름답고 큰 세상을 만들어 갈 것이다.

🌲 그리운 수학여행

　호랑이 담배 먹던 옛날 옛적에 화랑도의 수학여행은 유오산수 (游娛山水)였다. 산천에 유유자적하면서 스스로 깨닫는 수행이 중시되었던 것으로, 교육보다는 성찰과 자각에 더 가까운 것이 아니었나 싶다. 그리고 근대 이후로는 학교 교육이 교사는 가르치고 학생은 가르침을 받는 교육으로 계속 이어져 왔다. 하지만 이제는 학생들이 스스로 문제를 발견하고 해결해 나가는 교육의 주체가 되고, 교사는 지원자의 역할을 하는 개념으로 교육이 자리 매김하고 있다.

　그런데 근대 이후 오랫동안 이어져 온 수학여행을 굳이 교육여행이란 이름으로 바꾸어야 했을까. 수학(修學)과 교육이란 용어를 대비해 보면 수학은 자연성, 교육은 의도성이 더 많은 느낌이 든다. 그런데 오늘날의 학교 교육은 가르침보다는 배움에 더욱 방점을 두고 있어, 오히려 교육이 아니라 수학이어야 하지 않을까 싶다. 시대에 맞는 용어로 고친다면, 차라리 배움여행이라 했으면 더 좋았을 것이다.

　명칭이 그 시대의 목표나 가치에 따라 변하는 것은 좋은 일이다. 그러나 명칭보다 더 중요한 것은, 그 목표나 가치를 실현하는 방안과 실천 의지가 아닐까 싶다. 수학여행은 스스로 배우고 느끼는 자기 체험적 활동이 중요하다는 전제가 옳다면, 지금까지는 이를 위한 구체적 실행 방법이 잘못되어 온 것 같다. 학생들의 관심 밖 장소 선정과 활동 프로그램, 수백 명이 함께 하는 획일적인 이동과 숙박의 문제가 그런 것이다. 더욱이 전문 해설가도 없이 문화재와 자연 견문이 주된 일정이라면 요즘의 아이들에게는 별 흥미를 끌지 못한다.

보기만 하고 느끼고 생각하는 과정이 없는 수학여행은 의미가 없다. 지식과 정보는 여행을 가지 않아도 얼마든지 얻을 수 있다. 학교 수업이나 각종 매체를 통하여 얻은 정보가 오히려 넓고 깊어서 효율성은 더 우수하다. 그러므로 수학여행은 배운 내용을 현장에서 직접 확인하고 자기의 느낌을 정리하는 활동이 가장 중요한 영역이 되어야 한다.

교육 당국은 비효율적인 수학여행 문제를 인식하여 소규모 테마 여행이란 이름으로 그 지침을 학교에 내려보냈다. 핵심은 집단의 규모를 줄이는 것이었다. 대규모 획일적인 수학여행에서 소규모의 체험 활동이 이루어지도록 하는 조치였다. 하지만 소규모 인원을 몇 명까지로 한정할 것이냐, 숙소 위치는 얼마만큼 떨어져야 하느냐 등, 소모적 논쟁이 계속되었고 그에 따라 지침의 변경이 계속되었다.

부뚜막의 소금도 집어넣어야 짠 법이다. 구체적인 매뉴얼이 아무리 잘 되어 있어도 '눈 가리고 아웅'하는 편법에 마음을 두고 있다면 소용이 없다. 행사 추진의 손쉬움, 통제의 편리 등이 실행의 일차적인 기준이 된다면, 이는 학생의 자유로운 생각의 확산을 막는 여행이 된다. 비록 학교가 현실 여건을 무시할 수는 없지만,

일정 장벽을 뛰어넘어야 학생들에게는 미래를 위한 유익한 여행이 될 것이다.

그런데 이런 논쟁도 이제는 불필요한 시대가 되고 있다. 수학여행 자체가 사라지고 있기 때문이다. 학교를 떠나 몇 년간 교육청에서 근무하다가 다시 학교로 되돌아 와보니, 그 학교에는 수학여행이 없어졌다. 왜 없어졌냐고 선생님들에게 물었더니, 학생들이 별로 가고 싶어 하지 않는다고 한다. 학생들에게도 물으니, 별로 재미가 없다고 한다.

과거 업체 위탁을 통한 대규모의 수학여행에서는 교사들이 업무를 감당할 만했다. 하지만 학급별 활동이나 소규모 테마여행에서는 교사의 업무 부담이 너무 크다. 학급별 활동에서는 교사가 숙소, 교통편, 식당, 체험관 등 하나하나 답사를 거치고 계약해야 하며, 활동 후에는 결재한 영수증을 챙겨 정산까지 마쳐야 한다. 그리고 질서나 안전 지도도 오롯이 교사의 몫이다. 3개 반 정도 묶어서 가는 소규모 테마 여행은 업체를 선정하여 교사들의 업무를 줄일 수는 있지만, 학급별 활동에 비해서 그 만족도가 낮을 수밖에 없다.

학생들이 하고 싶은 여행은 그들이 주체가 되는 여행이다. 과거 획일적 수학여행은 학생의 관심이나 흥미가 잘 반영되지 못하였으니, 초·중학교 때 갔던 수학여행이 재미가 없었을 것이다. 그러니 고등학교에서 수학여행이 없어져도 별 아쉬움을 느끼지 못한 것은 아닌가 하는 생각이 든다. 물론 학급별이든 소규모든 개개인의 관심이나 흥미를 모두 반영하기는 어렵다.

체험 활동이나 수학여행은, 학생들에게 소중한 추억을 남기는 것으로 끝이 아니라, 단체 활동 속에서 자신을 찾아가는 중요한 기회를 만들기도 한다. 그러니 학교에서는 섣불리 없애기보다는 개선하는 쪽으로 방향을 잡아야 할 것이다. 그리고 교육 당국은 체험 활동 진행 교사들이 겪는 어려움을 해결해 줄 수 있도록 다양한 방안을 모색하고 지원해야 한다. 그러나 무엇보다도 교사들이 소극적인 자세에서 벗어나 도전적인 정신으로 학생들과 함께 의미 있는 체험 활동을 추진하겠다는 의지를 갖는 일이 중요하다고 하겠다.

요즘 부모들은 자녀가 성인이 될 때까지 수시로 함께 여행을 떠난다. 돈이나 시간 형편에 따라서 자주 못 가는 사람도 있겠지만, 웬만한 여유만 있으면 세계 여행은 아니라도 국내 방방곡곡 여행은 쉼 없이 다닌다. 그런데 그 여행에는 여러 목적이 있겠지만, 일방적인 계획으로 자녀를 통제하는 여행은 바람직하지 못하다. 가정에서도 아이들의 관심과 흥미를 반영한 결정이 필요하다고 본다.

가정에서의 여행도 부모의 일방적인 주도로 이루어져 왔으니, 학생들에게 너 어디로 여행 다녀왔느냐, 가서 무엇을 보았고 무엇을 느꼈냐고 물으면 제대로 답하지 못한다. 잘해야 나라 이름이나 지역의 이름을 대는 정도다. 정작 그들에게는 관심 밖의 여행이었으니, 차나 숙소에서 휴대전화에 눈과 머리를 매달고 있었을 것이 뻔하다. 그러니 어디서 무슨 여행을 어떻게 했는지 기억에 남지 않는 것은 당연한 일이다.

우리 세대의 수학여행 장소는 대체로 경주나 서울, 설악산, 부여 등이었다. 하지만 그 시절에는 장소가 그리 중요하지 않았던 것 같다. 여행을 간다는 그 자체가 즐거움이었다. 그러니 학생들이 며칠 전부터 밤잠을 설치는 일은 다반사였다. 여행을 해 본 일이 거의 없었으니, 가는 곳 보는 것마다 경이롭고 신비스러웠을 것이다. 자기들만의 놀이로 밤을 새우고 마음껏 떠들면서 보낼 수 있었던 그 시간이 큰 행복이었을 것이다.

　　내가 그런 장면들을 추측성으로 말하고 있는 이유는, 불행하게도 나에게는 수학여행의 기억이 별로 없기 때문이다. 나는 제대로 된 수학여행을 한 번도 간 적이 없다. 물론 당시에 나만 그런 추억을 못 가졌던 것은 아니다. 어떤 해는 수학여행이 없어지기도 하였고, 집안 형편이 여의치 못해 여행에 동참하지 못하는 학생도 의외로 많았다.

　　나는 초등학교 시절, 호롱불에 의지하는 첩첩 산골에서 살았는데, 그 당시 학교에 수학여행이 있었는지 기억에 없다. 버스는 하루에 한두 차례 다닐 뿐이었고, 버스를 타려고 해도 십 리 밖까지 걸어가야 했다. 당시에는 시골 학교라도 전교생이 수백 명에 이르렀고 학급당 인원수도 70여 명을 넘었으니, 대중교통을 이용하는 수학여행은 불가능했을 것이다. 관광버스는 보기도 힘든 시절이었다.

　　당시에는 소풍만 해도 정말 즐거운 축제의 하나였다. 연약한 꼬맹이들이 십 리도 넘는 길에 줄을 맞추고 걸어서 갔는데도 다리 아픈 줄도 심심한 줄도 몰랐다. 소풍 전날 밤에 제대로 잠 못 드는 것은 말할 필요도 없다. 소풍이나 가는 날이라야 먹어보는 김밥, 삶은 달걀, 눈깔사탕 등은 가슴을 콩닥콩닥 뛰게 하고도 남았다. 그러니 그런 시골 아이들에게 명승고적을 찾아 수학여행이라도 시켰다면 집으로 돌아오지 않으려고 떼를 썼을지도 모를 일이다.

내가 초등학교 5학년 때 중학교 무시험 전형 제도가 도입되었다. 그래서 아버지는 내가 도시 중학교에 다닐 수 있도록 5학년이 끝나는 2월에 마산으로 전학을 보내기로 했다. 그런데 나는 도시에서 살게 된다는 사실도 기뻤지만, 처음 도시로 가는 버스를 탄다는 것도 큰 설렘이었다. 당시에는 털털거리는 완행버스에서 2시간 이상 시달려야 도착할 수 있는 먼 나라 남의 동네일 뿐이었지만, 결코 그 시간이 지겹지 않았다.

콩나물시루가 따로 없을 듯이 인산인해였고 좌석이 없어 바닥에 가득 쌓인 쌀자루에 앉아 멀미와 구토에 시달렸지만, 나의 머릿속은 여전히 형형색색의 풍선이었다. 직접 경험이 없어 구체적일 수는 없지만, 시내버스를 타보고 중국집에서 자장면을 먹는 일, 만화방에 드나들고 환한 전기 불빛에서 놀이를 즐기는 모습들이 밀려들고 밀려 나가고 있었다.

그렇게 마산에서 시작한 6학년, 여름 방학을 앞두고 경주로 수학여행을 간다고 했다. 친구들도 손꼽아 기다리는 듯했지만, 나야말로 며칠 전부터는 잠을 설치기 일쑤였다. 또 다른 도시, 그것도 고대의 역사 도시 경주로 여행을 간다는 사실, 처음으로 기차를 타게 되는 일 등은 누구도 넘보지 못할 행복이었다. 그러나 막상 수학여행은 나에게 불편한 기억을 남기는 여행이 되고 말았다.

나는 시골에서는 제법 똑똑한 학생이었지만, 도시에서는 어리바리한 촌놈일 뿐이었다. 이 책 2부에 실린 붓글씨반의 집단 폭력 후유증이 채 걷히기 전에 가는 수학여행이었으니, 교우 관계도 원활하지 못했고, 태어나 처음 가는 여행이었기에 적응도 쉽지 않았다. 그러니 수학여행에서 무엇을 배우고 느꼈는지 기억에 없다. 첨성대를 배경으로 한 낡은 사진 한 장이 수학여행 기억의 증명서로 남아 있을 뿐이다.

그리고 중학생 시절에는 아예 수학여행을 못 갔다. 초등학교의 불편한 기억에서 벗어나 이제는 제대로 된 수학여행을 즐겨보자는 열망이 강했지만, 가정 형편이 어려웠기 때문이다. 당시 아버지는 시골 초등학교 교사였는데, 교사 월급으로 수학여행도 못 보낼 정도는 아니었을 테지만, 우리 집 형편이 매우 어려운 시기였던 것 같다. 할아버지께서 남긴 유산도 없이 사고로 일찍 돌아가셨기에, 아버지는 가족 뒷바라지에 전혀 여유가 없었던 것 같았다.

어린 여동생 셋이나 키워서 시집까지 보냈고, 육 남매의 자식들은 시골인 고향을 떠나 도시에서 학업을 계속하도록 했으니, 월급으로는 학비와 생활비 감당이 어려웠을 것이다. 월급날 우리의 생활비를 보내고 나면, 월급봉투에는 동전만 남는다며 허탈한 웃음을 짓던 아버지의 모습이 지금도 기억에 뚜렷하다. 아버지는 내가 고등학생이 되면 수학여행을 꼭 보내주겠노라고 약속하셨다. 결국 나는 꿈에 그리던 수학여행을 포기하고 꽤 많은 급우와 함께 2박 3일 동안 교실을 지켰다.

제1부 그리운 학교

고등학교에 진학해서도 수학여행의 행운은 나를 멀리하였다. 한 해 앞서 수학여행 갔던 다른 학교 학생 한 명이 달리는 기차에서 떨어져 불귀의 객이 되는 사건이 발생한 것이다. 지금이야 기차의 출입문은 정차 시간 외에는 절대로 열리지 않지만, 그 당시만 해도 달리는 기차 문은 열려 있었고, 심지어 출입구 난간에 매달려서 온갖 소리와 바람, 아름다운 자연의 모습을 유쾌하게 즐길 수 있었다. 그 사건이 일어난 이후 일시적으로 도내 학생들의 수학여행이 금지되었고, 나의 수학여행 꿈은 허망하게 날아가 버렸다.

　수학여행은 교육이 아니어도 좋을 것이다. 교육적 목적을 달성하면서도 즐거움을 준다면 더없이 좋겠지만, 수학여행만큼 학창 시절의 추억을 담아낼 행사가 또 있을까. 수학여행으로 교사 업무 부담이 늘어나고 안전 등의 문제에 신경이 많이 쓰이겠지만, 업체를 선정해서 필요한 업무를 대행할 수도 있다. 학생들의 말처럼 재미없다고 하면 재미있게 기획해서 운영하면 될 일이다. 어려움이 있다고 폐지할 것이 아니라, 방식을 바꾸어 아이들에게 유쾌한 추억을 만들어 주는 일이 진정 학교가 할 일이 아닐까 싶다.

선생님의 인기 비결

　지금은 듣기 어려운 단어가 되었지만, 우리 사회에서 한때 유행했던 단어 중에 '잡놈'이라는 것이 있었다. '잡놈'은 주로 잡스럽고 자질구레한 것을 말하는데, 우리말 사전을 열어보면 '행실이 잡스러운 남자를 욕하여 이르는 말'로 풀이되어 있다. 대낮에 발가벗고 흘레붙어 뒹구는 작자를 '저 잡년', '저 잡놈'이라 칭하는 말이 고전에 나오고, 북방의 이민족인 '흉노족'을 '호로'라는 말을 붙여서 호로 잡년, 호로 잡놈이라 부르기도 하였다고 한다. 이로 보아, 잡놈은 남의 웃음거리가 되는 천하고 천한 경지의 사람을 지칭하게 된 듯하다.

　그런데 현대로 내려오면서 잡놈이 부정적 개념보다는 좀 더 친근하고 따뜻한 느낌의 표현으로 사용되기 시작한 것 같다. 유교 전성시대인 조선조에는 양반과 천민의 격차가 있었기에 천민들에게 붙이는 계층적 용어로, 또는 망나니짓을 일삼은 사람들에게 붙이는 수식어로 쓰이기도 했다. 그러나 계층적 신분사회에서 현실적 실용주의 사회로 접어들면서 그 의미가 달라지기 시작한 것이다.

　실사구시를 근간으로 하는 실학의 전래로 상민이나 천민에게도 기회가 주어졌고, 이들이 세상으로 나아가 성공하거나 유명해지는 일이 많아지기 시작했다. 다양성의 보편화로 세상은 살만한 맛을 주는 사회로 변해갔다. 진정한 잡놈들은 그 집단이나 조직 속에서 활력을 불러일으키며 천대와 멸시의 대상에서 타인의 신뢰나 칭찬을 받는 사람으로 사회적 경제적 지위가 높아지기도 하였다.

물론 지금도 혹세무민하면서 세상을 혼돈의 소용돌이에 빠뜨리는 사람이나, 천하게 굴어 조직이나 삶의 품위를 떨어뜨리는 사람을 여전히 잡놈으로 지칭하기도 한다. 하지만 늘 건강한 웃음을 주고 사람들을 편하게 대하면서 그저 두리뭉실하게 세상을 살아가는 보통 사람에게는, 잡놈이란 호칭이 오히려 정겨움을 안겨다 준다.

잡놈들은 역설과 해학을 통해 서민들에게 웃음과 삶의 활력소를 주고, 역설의 이면에 숨은 냉소와 비판으로 사회적 강자를 겨누는 창의 역할을 한다. 그래서 마음속에 억압된 감정의 응어리를 덜어내어 강박관념을 없애주며, 정신의 안정을 되찾는 카타르시스를 선물한다. 조선시대 소설에 등장하는 변강쇠는, 겉으로는 남녀 간의 음란한 사랑을 적나라하게 보여준 인물로 어디로 보나 잡놈이란 호칭이 타당하지만, 그에게는 그 시대 하층 유랑민의 진실한 욕구와 그 비극적인 삶의 해학이 담겨있어 텁텁하지 않다.

우리 세대의 학창 시절에는 잡놈이란 말을 잘 사용하지 않았던 것 같은데, 1990년대에 그런 말을 많이 듣고 사용했던 기억이 지금도 생생하다. 영등포에 있는 한 고교에 재직 중일 때, 동료 교사 중 몇몇은 잡놈으로 불렸다. 다방면에 호기심을 가지고 엄청난 끼를 발산하였고, 소통이나 협력을 중시하면서 모두가 싫어하는 일도 '쿨'하게 받아들였다. 그랬으니 조직의 어려움을 헤쳐

나가야 하는 교장에게는 든든한 지원군이었다. 교사들에게도 동료로서의 인간적 신뢰 관계를 넘어서서 해결사의 노릇까지 했으니, 모두에게 인정받는 것은 당연했다.

교사가 잡놈의 역할까지 하다 보면 학생을 가르치는 일에 소홀하게 되지 않을까 우려가 들지 모르지만, 잡놈이라 불리는 선생님들은 전혀 그렇지 않았다. 누구보다도 가르치는 일에도 열성적이었고, 인간적인 감성과 진실로 학생들과 함께 고민하고 소통하면서 좋은 결과를 만들어 냈다. 잡놈의 열정이 오히려 학생들의 꿈과 희망을 끌어올리는 동력이 되었고 학교생활의 만족도를 높인 것이다. 그런 결과 그들은 학생들에게 존경의 대상이자 닮고 싶은 인생의 모델이 되었다.

나는 특출한 잡놈은 못되었지만 중간 정도는 가는 잡놈이었다. 펄떡거리는 열정을 어쩌지 못해 밤새 아이들과의 대화를 이어나가기도 했다. 출근해서 해가 저무는 시간을 기다리기보다는 여명의 새벽이 빨리 오기를 기다린 날이 더 많았다. 교재 연구는 기본이고 수업의 혁신과 각종 특별활동을 위한 계획 세우기에도 밤은 짧았다. 학교에 존재하는 교사 동호회에는 거의 참석하였고, 원팀의 응집력이 살아나도록 같은 목표를 향해 나아가는 조직문화를 만드는 일에 적극적이었다.

그런 잡놈들이 모여서 뜻을 같이했고, 학생이든 교사든 모두가 오고 싶어 하는 학교로 만드는 일에 앞장서서 일했다. 그 덕분에 어려운 지역에 자리 잡은 학교였지만, 명문대학을 비롯한 대학 진학률도 좋았다. 학생이나 학부모의 만족도는 당연히 높았다.

제1부 그리운 학교

특히 선생님들의 직장 생활 만족도는 최고 수준이었다. 그 당시에는 학교나 교육 당국이 학생이나 학부모의 만족도가 높이기 위한 노력은 많이 하면서도, 교사의 만족도를 높이는 노력을 별로 하지 않았던 것 같다. 하지만 우수한 성과를 내는 조직은 교사의 만족도가 상대적으로 높은 집단이라는 것을 그 학교에서 증명한 셈이다. 학교는 교사의 자율적이고 적극적인 참여 없이는 성과를 내기 어려운 곳이다.

당시에 뜻을 같이한 잡놈들이 임기가 끝나 각자 타교로 전출한 이후에도 굳은 동료애로 교육을 사랑하는 마음을 같이했다. 세월이 많이 흘러, 이제는 나를 마지막으로 모두 퇴직을 하게 되고, 틈틈이 뭉쳐서 잡놈의 기질을 발휘하며 제2의 인생을 걸어가고 있다. 삼십 년 넘게 인생의 한 울타리를 지키며 살아간다는 것은 참 어려운 일인데, 아홉 잡놈은 각자의 색깔을 가지고도 같은 방향을 바라보면서 살아가고 있다.

교사 집단에서 좀 아쉬운 것은 다방면의 재능을 발휘하지 않으려는 것이다. 지식 중심 시대에서는 일부 교과를 제외하고는 각자가 전공한 영역의 이론 수업으로 모든 것이 해결되었다. 하지만 지금은 그것만으로는 안 된다. 융합의 시대이기에 창의성을 발현시켜야 진정한 역량을 길러주게 된다. 그러기 위해서는 교사가 자신의 역량을 최대로 발휘하고, 필요한 역량을 길러서라도 학생들에게 나누어야 한다.

대부분의 사범대학에서는 교육과정 혁신의 노력을 기울이고 있는 것으로 안다. 고전적인 접근에서 벗어나서 혁신적으로 교육과정을 운영해야 미래 시대를 선도해갈 교사의 역량을 키울 수 있기 때문일 것이다. 그러나 사범대학의 교육과정 혁신과 쾌를 같이하여 교사 임용 시험의 혁신이 따라야만 한다. 대학 입시가 고교 교육과정의 정상화를 좌우하듯, 교사 임용 시험이 사범대학 교육과정에 영향을 미칠 수밖에 없다.

교사 중에는 춤꾼이나 노래꾼이 있고, 요리사와 스포츠맨도 있으면 좋다. 라이더도 있고 등산전문가 등, 잡놈들이 우글거리는 학교라면 언제나 즐거움으로 가득 찬 행복한 직장이 될 것이다. 그런 학교문화는 학생들이 유연한 자세로 여유를 가지게 하고, 자아를 발견하고 성장해 나가는 것에 긍정적으로 영향을 미치게 될 것이다. 하지만 이 시대에는 잡놈은 많되, 학교 현장에서 잡놈의 기질을 쏟아내려는 교사는 많지 않다.

이 시대에는 교사뿐만 아니라 많은 사람이 자신의 취향에 맞는 취미 생활을 즐기고 있고, 더 높은 수준의 능력을 연마하기 위하여 시간과 돈을 투자하고 있다. 그렇다고 눈부신 결과를 거두려 하는 것은 아니고, 참가하는 행위 그 자체에 행복을 두기도 하는 것 같다. 이타적으로 사회에서 나눔과 봉사의 길을 걷기 위해 선택하는 사람도 많다.

교사들도 자신의 역량을 키우기 위해 다방면으로 노력을 기울이고 있다. 사범대학에서 융합적인 잡놈의 기질을 키우는 교육과정을 운영하고, 임용 시험에서도 이를 반영해 주면 더없이 좋겠지만, 그러지 않아도 자기 발전을 위한 노력은 앞으로도 계속될 것이다. 이에 교사가 자신의 재능을 학생들에게 과감하게 발휘

제1부 그리운 학교

하고, 교육 당국도 이를 위한 지원책을 보탠다면 금상첨화가
될 것이다.

살아가면서 다들 느끼겠지만 삶도 행복도 별것 아니라는 사실에
고개를 끄덕이게 된다. 행복은 거창한 패러다임으로 비싼 대가를
치러야만 얻을 수 있는 것이 아니라, 작은 몸짓 하나만으로도
누릴 수 있는 것이다. 세상 사람들에게 가장 옆에 세워두고 싶은
사람을 고르라면, 돈이나 권력을 가진 자보다는 즐거움과 행복을
주는 사람일 것이다. 학생들에게도 그런 유연하면서도 열정적인
잡놈의 교사가 옆에 있다면, 학교 폭력이나 자살 충동 같은 것이
많이 사라지지 않을까.

교사들에게 너무 많이 요구하기는 어렵다. 전공과목을 위한
준비와 가르침만으로도 벅찬데, 잡놈의 역할까지 하라면 교사의
행복은 어디에서도 찾기 어렵다. 하지만 전문적인 잡놈이 되라는
것은 아니다. 취미로 키운 자신의 재능을 자연스럽게 수업 현장에
연계시킨다면, 보다 창의적이고 융합적인 학생을 길러내는 데
도움이 될 것이다. 교사의 자아 존중감도 높아질 것이고, 학생들
에게 인기 '짱'인 교사가 될 것이다.

지금 시점에서 학교 동창생들을 떠올려보니, 특별한 개성이나
호기심 없이 공부만 열심히 했거나, 있으나 마나 했던 녀석들은
현재에도 그저 그렇게 사는 것 같다. 하지만 코 질질 흘렸거나
예쁜 구석 하나 없었는데도 성공한 아이들이 있는데, 그들은
남다른 잡놈 기질을 가지고 있었을 것이다. 다만 힘들고 어려운
시대와 가난한 가정 형편에서 자랐기에 잡놈의 기질이 있었지만

선생님의 인기 비결

발현시키지 못하였을 것이고, 뒷날 스스로 환경을 헤쳐 나갈 수 있게 된 시점에서 잡놈 기질이 성공의 촉매제로 작동하게 되었을 것이다.

과거에는 학교에 잡놈이라 칭하는 그런 교사들 몇몇만 있어도 조직 문화가 정말 좋아졌다. 하지만 지금은 능력이 있어도 나서려는 잡놈도 없지만, 나서도 가능하지도 않다. 이제 학교 조직은 몇 사람에 의하여 전적으로 움직이는 것은 불가능하고 바람직하지도 않다. 더불어 목표를 만들어야 하고 함께 그것을 실현하기 위해 노력해야만 한다. 조직을 이끄는 교장의 리더십도 그런 학교문화 속에서만 빛을 발할 수 있다.

오늘날 어느 조직이든 서로 업무와 책임을 떠넘기는 일에는 예외가 없어 보인다. 해야 할 일에는 관심이 없고 마땅치 않은 일에는 침을 흘리는 이기적인 조직 문화, 이것을 바로 돌려놓을 잡놈들조차 없다. 그나마 가장 인간적인 조직이라고 할 수 있는 학교마저도, 그런 희망은 현실과 점점 멀어지고 있는 것 같다. 학교만이라도 남들이 탐내는 것은 나누어 주고, 남들이 뱉어낸 것은 쿨하게 받아주는 잡놈을 다시 만들어 낼 묘책은 없는 것일까.

우리의 교육도 여러 방면에서 지금 당장 바꾸지 않으면 미래를 보장할 수 없다. 문제 풀이 능력으로는 미래에 필요한 역량에 대처하지 못한다는 것은 삼척동자도 아는 일이다. 이해와 공감, 소통과 협업, 감성과 창의성의 발현이 있어야 가능한 일이다. 그렇기 위해서는 먼저 교사들에게 그런 능력을 키우는 재교육이 필요하고, 신규교사의 임용 시험에도 반영되어야 할 것이다.

원론은 다 잘 알면서도 실천에 가서는 못 본 체 눈을 돌리는 일에서 너나없이 벗어나야 한다. 현실이 그러니 어쩔 수 없다는 변명, 몇 번이고 변명의 현실을 제거해 주어도 또다시 원점으로 되돌아오는 것이 현실이다.

창의성과 다양성 없는 교육은 죽은 교육이라고 외쳐 온 지도 수십 년이 지났다. 잡놈을 키우지 않았거나, 잡놈이 제 역할을 할 수 있도록 방석을 깔아주는 일에 소홀했던 탓이다. 이제는 학생들도 문제를 콕콕 잘 찍어주는 선생님보다, 다정다감하고 능력 있는 잡놈 같은 선생님을 더 기다리고 있다. 자기 한 몸 아끼지 않고, 세 치 혀로 알랑거리며 득세하려는 무리를 몰아내는 일에 굳은 용기를 가진 잡놈이, 언젠가는 세상의 가운데 우뚝 서게 되리라는 믿음을 가져 본다.

고무신과 삼선 슬리퍼

유행이란 스타일이나 특정한 삶의 양상에서 주로 나타나는데, 어느 정도의 기간이 유지되어야 유행이라고 할 수 있다. 유행은 일반적인 문화로 정착되기도 하고, 짧은 기간 나타났다가 사라지거나 주기적으로 반복되어 나타나기도 한다. 특히 현대 사회에서 개인들이 자신의 욕망과 개성적인 가치를 자유롭게 드러내기를 좋아하지만, 모순되게도 사회적 흐름에 동조하거나 그것을 모방하려는 욕망을 가지기도 한다. 그 결과 특정한 개인이나 단체의 성향이 보편화 과정을 밟게 되면 하나의 유행으로 자리매김을 하게 되는 것이다.

개성적 성향이 존중되지 않으면 문화적 진보는 불가능하지만, 일정 부분 유행에 동조한다고 해서 개인의 취향이나 욕망이 완전히 좌절되는 것은 아니다. 개인들이 독자적인 형태의 개성만을 표출하는 데 집중한다면 대중사회와 단절될 것이므로, 적당한 수준에서 대중들의 욕구에 맞추려고 노력하는 것이다. 이런 현상은 시대의 흐름에서 벗어나지 않으면서도 자신의 욕망을 충족하고자 하는 타협이라고 할 수 있다.

유행은 그 시기적 적절성이나 다수의 사람에게 파급 가능성이 있는 현상에서 많이 일어날 것이다. 또한 개인이나 소수 집단의 현상들이 보편화의 과정을 거쳐서 유행으로 정착되기도 하겠지만,

주로 사회를 주도하거나 영향력이 큰 특정 개인이나 단체에 의하여 더 많이 좌우될 것이다. 대중사회 속에서 개인의 자존감과 정체성을 드러낼 여유가 있는 계층은 아무래도 경제적, 문화적 여건을 충족한 사람들일 것이다. 또한 동조와 모방의 욕구는 자기보다 더 상류층을 목표로 하는 현상이 일반적이기 때문이다.

일반적으로 유행은 어떤 현상에 대해 일정 기간 붐을 일으키며 지속되다가, 새로운 것으로 흘러가거나 사라지게 된다. 물론 현상에 따라서는 하나의 사회적 문화로 단단하게 정착되기도 하지만, 유행은 대체로 그 생명이 짧은 편이다. 물론 문화라고 영원한 생명을 가지는 것은 아닐 것이다. 또한 유행은 언제나 새로운 트렌드로만 방향을 잡는 것은 아니다. 다시 복고풍의 광장에 되돌아오기도 하며, 서로 섞여 혼합의 유행을 만들어 내기도 한다.

학교에서 학생들과 생활하다 보면, 젊은이들의 개별성, 특이성이 집단의 유행으로 흘러가는 것을 볼 기회가 많다. 대수롭지 않은 것도 있지만, 사회적으로 큰 반향을 일으키는 것들도 있다. 우리 학창 시절에도 나름의 유행이 있었고, 그 맛을 보기 위해 불량 학생으로 낙인이 찍히는 일이나 몽둥이찜질, 징계 처분까지 감수하는 대가 센 학생들도 있었다. 그렇다고 해도 제재나 처벌이 두려워 용기를 내는 학생은 소수였으니, 사실상 개성을 추구할 권리는 없었다.

지금 당시의 불량 행위들을 회상해 보면, 참으로 한심한 것들이어서 울어야 할지 웃어야 할지를 모르겠다. 남학생들은 검은색 교복을 3년 내내 입고 다녔다. 가난한 시절이었으니 교복을 두 벌 가진 아이들은 거의 없어서, 세탁하거나 수선을 맡기기가 어려웠다. 토요일도 휴무일이 아니었고 오전 수업이 있었으니, 하루에 세탁하고 말리느라 노심초사하였다. 교복을 입지 않고 등교한다는 것은 상상할 수 없는 일이고, 교복 상의에 목을 조이는 갈고리 모양의 후크가 달려 있었는데, 그것을 채우지 않고 다니다가 발각되면 혼이 났고. 바지의 폭을 줄여 쫄바지를 만들어 입는 일은 더 큰 처벌 대상이었다.

모자 착용과 관련한 일화는 많았다. 그 당시에는 모자를 들고 다니거나 뒷주머니에 꽂고 다니는 것이 유행했다. 그것이 학교 내에서는 불량하다고 낙인찍힌 학생들에 의하여 주로 주도되었지만, 교문을 벗어나서는 일반 학생들도 그렇게 하고 다녔다. 당시에는 빡빡머리였기에 머리통을 감추는 데에 모자가 유용하기는 했지만, 추우나 더우나 늘 무겁고 딱딱한 것을 머리를 이고 살아야 했다. 지금 학생들에게 그런 모자 착용을 강제한다면 아무도 학교에 다니려 하지 않을 것이다.

이제 학교에서는 학생의 용모나 복장 등을 규제할 수 없다. 적당한 것을 정해서 권고할 뿐이다. 학생 인권이나 선택의 자유가 존중된 탓도 있겠으나, 복장 단속 그 자체가 이제는 시대의 트렌드에 적합하지 못하다는 인식이 높아졌기 때문이다. 교복을 폐지한 학교도 많다. 두발 자유화는 반대가 심했지만, 장발족처럼 머리카락을 휘날리고 다니거나 빨강으로 머리털을 치장하고 다니는 학생이 많지도 않고, 문제가 되는 일도 거의 없다.

지금까지도 논란의 중심에 서 있는 것 중의 하나는 신발 착용이다. 학생들의 신발 선호 현상은 여전히 유명한 메이커에 집중되어 있다. 보통 신발은 아예 신으려 하지도 않거니와, 부모도 자녀의 자존심을 살리는 일에 돈을 따지지 않는다. 그러니 아무리 가정 형편이 어려워도 재래시장에서 자녀의 신발을 고르지 않는다. 그런데 학교에서는 학생이 무슨 종류의 운동화라도 신고만 다니면 다행으로 여긴다. 운동화 대신 슬리퍼를 신고 다니는 학생을 교문에서 지도하느라, 담당 교사는 아침마다 골치를 앓았다.

십여 년 전 초임 교장으로 근무하던 시절에, 나는 학생의 교복에 대해서는 좀 관대한 편이었다. 획일적인 교복이 일정 부분 학생의 통제에는 효과가 있지만, 그것이 창의성을 해치게 될 것이라는 생각도 있었기 때문이다. 그리고 교복을 입지 않은 모습이 불량해 보이지도 않았다. 그래서 교문에서 학생지도부 교사들이 교복 미착용 학생을 지도하거나 단속하는 것을 막지는 않았지만, 강조하지도 않았다.

하지만 학생들이 맨발에 슬리퍼를 질질 끌고 등교하는 것을 보고서는 그냥 지나치기가 어려웠다. 사복 착용과는 달리 슬리퍼 착용은 우선 불량해 보였다. 그리고 공부를 위해 학교에 오는 것이 아니라, 어디 해수욕장에라도 가는 마음 상태로 등교하는 것쯤으로 여겨졌기 때문이다. 그리고 슬리퍼를 신고 통학을 하다 보면 발을 다치는 일도 많이 일어날 것이라는 교장으로서의 기우도 작용한 탓일 것이다.

초임 교장 시절에는 내가 50대 중반이어서 의욕이 식지 않은 팔팔한 상태였기에 그랬는지는 모르지만, 4년 임기 내내 아이들을 꾸짖고 달래고, 심지어 벌점도 주어 가면서 슬리퍼를 신지 않도록 지도했다. 교장이 직접 아침마다 교문에 나서서 그렇게 열성적으로 지도했지만, 끝내 슬리퍼를 포기하지 않는 학생들도 많았다. 나와 부딪치기 싫어서 1교시 수업이 시작되고 나서야 등교하는 녀석들도 있었다.

그러다가 공모 교장 임기를 마치고 교육청에 들어가서 여러 보직을 4년여 동안 두루 거치고 다시 학교에 교장으로 돌아와 보니, 이제는 정말 지도가 불가능한 상황이었다. 지도하는 교사도 없었고 지도할 수도 없었다. 나는 거의 매일 지하철로 출근했는데, 걸어오는 길에 슬리퍼를 신고 등교하는 우리 학생들을 많이 만나기도 한다. 나 딴에는 그들에게 제법 부드러운 대화로 나서보지만, 들은 척도 안 하는 학생들이 있어서 오히려 내가 머쓱해지기도 한다.

어느 날 생활지도 부장 교사가 샌들을 들고 교장실로 왔다. 학생들이 운동화를 신지 않은 이유는, 교실에서는 어차피 실내화로 갈아신어야 하고, 발에 땀이 난 상태에서 갈아 신으면 고약한 냄새를 견디기 어렵기 때문이라고 했다. 그렇다고 운동화를 그냥 신고 있자니 갑갑해서 힘들다고 했다. 다수 학생도 그렇게 생각하지만, 학칙이니 그냥 참고 지낸다는 것이다. 그래서 학생의 불편은 덜어주되, 발을 다치는 일이라도 줄여보자는 생각으로 샌들 착용 허용의 의견을 가지고 온 것이다.

나는 지난 초임 교장 4년 내내 슬리퍼와의 전쟁을 벌였던 일을 깊이 회상해 보았다. 학교에서 학생의 올바른 생활 습관 형성을 위한 교육은 지식을 가르치는 일보다 더 중요한 역할이라는 생각에는 변함이 없었다. 그렇기에 나의 행동은 필요했고 정당했다는 생각이 여전히 머릿속을 떠나지 못하는 것이다. 하지만 다른 자율화는 허용하면서, 유독 자유로운 슬리퍼는 불량해 보여서 통제하는 것은 잘못된 일이라는 생각도 만만하지 않아서, 내 마음속에서는 갈등이 멈추지 않았다.

나는 이전부터 개인의 개성과 아름다움을 추구할 권리를 누구도 뺏어서는 안 된다는 철학을 가지고 있었다. 학생들이 슬리퍼를 신고 다니는 동안에 불편하거나 아니라고 느끼면, 언제든지 운동화든 맨발이든 새로운 유행으로 갈아탈 것인데, 슬리퍼는 안 된다는 나의 염려는 기우일 뿐이라는 결론을 내렸다. 그리고 그 이후로 슬리퍼에 대한 편견을 버렸다.

얼마 전에 도어스테핑에서 슬리퍼 차림으로 대통령에게 질문한 언론사 기자가 문제가 된 적이 있는데, 이유는 대통령 앞에서 그런 신발을 착용하는 것은, 예의가 없고 건방진 행동이라는 것이었다. 엄격한 통제의 시대에 살았던 우리 세대가 볼 때는 충분히 이유 있다고 생각할 수도 있다. 하지만 지금 시대에 그런 생각에서 벗어나지 못하는 것이, 슬리퍼를 신고 도어스테핑에 나타나는 것보다 더 문제가 있어 보인다.

우리의 고교 시절에는 보통의 모습이 잘 지켜지기는 했지만, 엄한 규칙에도 불구하고 딴짓을 하는 학생들도 있었다. 신발에 얽힌 추억을 들춰내니, 흰 고무신을 신고 교내를 활보했던 녀석들이 떠오른다. 매일은 아니고 가끔이기는 했지만, 흰 고무신 부대는 우리에게 상당한 즐거움을 주기도 했다. 흰 고무신을 신고서는 교문을 통한 정상적인 등교가 불가능했기에, 그들은 학교 담장을 넘어 등교하는 대담성도 가져야 했다.

옛날 그 시절에, 흰 고무신은 제멋을 뽐내는 상징물이 되기도 하였고, 야간 자율학습이 끝나갈 무렵에는 학교 밖에서 주전자에 사 온 막걸리를 한 잔씩 나누어 마시는 술잔으로 사용되기도 했다. 흰 고무신에 막걸리를 부어 마시면서 껄껄거리며 즐기던 추억의 그 장면을 생각만 해도 눈물이 나도록 정겹다. 흰 고무신도 주전자 막걸리 파티도 학교에 있어서는 안 되겠지만, 인생은 오로지 한 길만이 아니라는 생각의 여지를 남들에게 주게 되는 추억이 아닐까.

사람이 너무 교과서적으로만 살아가면 재미가 없다. 물론 범법 행위를 용인해서는 안 되겠지만, 삶의 활력소가 되기도 할 고정 관념 밖 작은 일탈에 대해서는 포용적 태도가 필요하다고 생각한다. 부모나 학교가 아이들을 표준 유리병 속에 넣고 키우려고 애쓸 게 아니라, 거센 물결이 휘몰아치는 강물에 풀어놓고 마음껏 헤쳐가며 꿈의 유영을 펼칠 용기를 심어주는 일에 더 노력해야 할 것이다.

흥미와 개성을 살리면서 제멋으로 살아가는 것도 행복하게 사는 하나의 길이다. 기성세대는 나 아닌 가족과 다른 사람, 조직이나 국가 등 자기 밖의 존재에 너무 많은 시간과 노력을 쏟도록 교육

받았고 그렇게 실천해 왔다고 생각한다. 하지만 MZ 세대들은 잘못된 교육 탓으로 극단적 개인주의의 행동과 사고를 드러내고 있다고 탄식하기도 한다. 나는 결코 그렇게 생각하지 않는다. 오히려 그들의 톡톡 튀는 행동이 새로운 창의적인 세계로 나가게 하는 성장동력이 될 수 있다고 생각하기 때문이다.

학생답게 단정해 보이지 않는다. 어딘가 질 낮고 불량해 보인다. 그런 생각은 아이들의 세계를 이해하지 못하는 선입견에 불과하기 쉽다. 파격적이고 기상천외하지만, 그것을 무조건 통제할 것이 아니라 허용하면서, 창의적인 아이디어를 만들어 내도록 길을 여는 교육이 진정한 학교 교육이다. 이제는 우리 세대의 해묵은 고정 관념이나 권력과 금력을 밀어내고, 새로운 세상을 만들어 가는 능력을 젊은이들에게 가르치는 데 마음을 쏟았으면 좋겠다.

지리산에서 되돌린 인생

　최근 통계자료에 의하면 한 달에 한 번 이상 등산하는 인구가 2천만을 넘었다고 한다. 산림청 등에서는 100대, 200대, 300대 명산을 선정하여 등산객들을 산으로 끌어들이고 있다. 나도 100대 명산을 비롯하여 유명세에 끼지 못하는 산까지 합치면 300개는 올랐을 것이고, 횟수로는 오백 번도 넘었을 것이다. 사람마다 등산의 이유가 다르겠지만, 나는 산이 내 인생에 특별한 의미를 주었기 때문에 산에 오른다.

　2천만이 등산 열풍인데, 등산 예찬을 한다는 것이 우습기는 하겠지만, 산을 오르면 말로는 다할 수 없는 즐거움과 유익함이 있다. 깔딱고개를 타고 오를 땐 땀에 흠뻑 젖고 가슴이 터져 나갈 듯하지만, 정상에 오른 그 순간의 희열은 한 주에 쌓인 스트레스와 피곤함이 싹 사라지게 한다. 불안과 초조, 증오와 경멸의 감정들은 씻은 듯이 사라지고, 날아갈 듯 가벼운 평화와 소리 없는 편안함이 온몸을 지배한다.

　정상에서 사방을 내려다보는 그 호쾌함은 돈 한 푼 안 들이고도 호연지기를 얻게 하고, 온갖 세상의 험한 것들과 치열하게 맞짱 뜰 수 있는 자신감과 용기를 준다. 한 줄 김밥과 막걸리 한 잔이 세상의 산해진미를 다 즐기는 사람을 부럽지 않게 하니, 천하의 어떤 보양식이라도 그 무슨 특별히 소용이 있겠는가. 산에 오르는 길은 우리 인생의 길과 닮은 점도 많다.

등산 초보자는 산에 오르기가 더 힘들다지만, 많이 올라 본 사람들은 오르기보다 내려갈 때가 더 힘들다고 한다. 인생에서도 오르막길은 목표와 희망을 향하기에 지치지 않지만, 언젠가는 내리막이 있어서 힘든 싸움을 해야 할 때가 온다. 명예나 권력, 재화를 얻고자 하는 목표에 끝이 없으면, 어느 순간 모든 것이 와르르 무너지게 되고, 그것을 어떻게 나누고 이용할 것인가에 대한 철학이 없으면 내리막길은 힘들게 된다.

나의 등산 사랑은 고교 2학년 시절에 시작되었다. 1학년 말에 시작된 나의 방황은 2학년 여름 방학을 넘기면서 거의 열 달 가까이 계속되었다. 그러던 어느 날, 인생에 부딪힌 삶의 육중한 고뇌를 풀기 위해서라기보다는, 다 잊고 현실에서 도피해 보자는 심정으로 찾아간 곳이 지리산이었다. 나는 마산에서 고교를 다녔는데, 그해 시월 초 연휴에, 진주에서 학교에 다니는 친구 2명과 지리산 등산을 하기로 계획한 것이다.

처음으로 올라 보는 지리산은 한 마디로 죽을 맛이었다. 어린 시절 땔나무 하러 동네 앞산 뒷산은 자주 올랐지만, 높은 산의 등산이라는 것은 전혀 경험하지 못했는데, 남한에서 두 번째로 높은 1,915M 지리산을 첫 등반 장소로 택한 것은 사실상 무리였다. 지리산 등산 중 가장 짧은 코스인, 중산리에서 정상인 천왕봉으로 오르는 코스를 선택하기는 했지만, 짧은 코스이니만큼 가파르기 그지없는 길이었다.

2박 3일 자고 먹을 짐도 챙겨 메고 가야 했으니, 봇짐에 대한 부담도 만만치 않았다. 당시에는 군용 텐트에다 군용 담요, 석유

버너와 석유통, 유리병 소주와 통조림 등, 대체로 무거운 물품들이 대부분이었다. 게다가 청춘이랍시고 메고 간 기타며 큰 카세트 등이, 산을 오르는 데 막대한 장애가 되었다.

한 사람이 약 20킬로 이상의 물건을 배낭에 넣어서 메고 법계사까지 올랐는데, 그곳에 도착하니 이미 어둠의 빛이 스멀스멀 기어들고 있었다. 마산에서 기차 타고 2시간 간 다음, 진주에서 친구들을 만나 시장 보고 또 시외버스 타고 중산리까지 갔으니, 등산이 늦게 시작된 탓이기도 하였다.

그날 저녁 우리는 호기롭게 소주도 한 병씩 들이부었다. 그때에도 고교생들이 술을 마시지 못하는 시대였지만, 술 마시는 것에 큰 제약이 없었고 사회적으로도 관대한 분위기였다. 거기까지 오르면서 힘들었지만, 인생이란 극장과 학교라는 무대에서 받은 괴롭고 고달픈 현실을 까맣게 잊을 수 있는 분위기여서 좋았다. 우리는 기분 좋은 밤을 보냈다. 하지만 문제는 다음 날이었다. 아침에 눈을 뜨자, 몸은 꼼짝할 수 없을 정도로 피로에 절어 있었다.

그날은 급경사 길을 따라 지리산 정상인 천왕봉에 올라가야만 하고, 배낭 속의 짐도 거의 줄지 않았다. 종일 여전히 무거운 배낭을 메고 다녀야 한다고 생각하니, 눈앞이 깜깜하고 한숨만 나올 뿐이었다. 그럭저럭 짐을 챙겨서 정상을 향하여 출발은 했으나, 얼마 가지 못하여 발걸음이 떼지지 않아 땅바닥에 주저앉고 말았다. 다리가 후들거리고 허리가 꺾여서 무거운 배낭을 감당하기 어려웠다. 동행한 친구들은 덩치가 좋고 힘도

제1부 그리운 학교

세었지만, 이미 자기들이 짊어진 짐조차 한계 상황에 이르렀기에, 나에게 별로 도움을 주지 못하였다.

결국 발걸음을 멈추고 등산로 옆에 널브러져 있었는데, 지나가는 사람들이 힐끗거리는 눈빛으로 '젊은 녀석이 참 안 되었네'라고 하는 것 같아, 창피스러움에 고개를 들지 못했다. 그리고 그 뒤에 단발머리로 보아 여고생인 듯한 두 명이 지나가면서, '그것도 못 메고 가서 퍼져 있네. 참 약골이네. 안 됐다'라며 비웃듯이 낄낄거렸다. 나는 그래도 자존심은 남은 듯이 화난 얼굴로, '야 니들이 메어 봐. 얼마나 무거운 줄 아냐.'고 고함을 질렀다.

그랬더니 한 여학생이 '그래 정상까지 내가 메어 줄게. 뭐 그리 대단한 거라고' 하면서, 자기 배낭을 벗어 내 앞으로 던지고는 대신 내 배낭을 메고 앞서 성큼성큼 걷기 시작했다. 나는 그 여학생의 배낭을 메고서 뒤따라 걸었다. 당시에도 지리산에는 산장이 있어서 야영 장비를 갖추지 않고도 숙박 등정할 수 있었다. 우리는 야영을 위한 준비였으니 배낭이 무거웠지만, 그녀들의 배낭은 각시 베개같이 작고 가벼운 것으로 보아 산장에서 숙박하려는 것 같았다.

그렇게 마지막 경삿길을 통과해서 지리산 천왕봉 정상에 올랐다. 마음속으로는 무거운 짐을 대신 지고 온 그녀에게 감사의 인사라도 하고 싶었지만, 더 비참해질 것 같아서 그렇게 하지 않았다. 잠시 후에 정상 표지석에서 인증샷을 하고 어정쩡하게 허공을 바라보고 있는데, 그 여학생은 내 배낭을 다시 메고서 장터목 산장을 향하여 걷기 시작했다. 나는 그녀에게 빼앗듯이 배낭을 받아 메고서는 앞을 향해 걸었다.

그나마 다행으로 천왕봉에서 장터목산장까지는 내리막길이어서 크게 힘들지 않았다. 그곳에 도착해서는 라면을 끓여서 점심으로 때웠다. 여학생들은 산장 매점으로 먹거리를 해결하러 갔는지 보이지 않았다. 점심 식사 후에 세석산장을 향하여 출발했는데, 그때에도 여학생들은 눈앞에 보이지 않았다. 우리는 계속 걸어서 세석산장에 도착하였는데, 그 여학생들이 먼저 도착하여 쉬고 있었다. 우리 여정과 마찬가지로 그곳에서 쌍계사로 내려간다고 했다.

맑고 푸른 가을 하늘이 온 사방을 덮으며 기분 좋게 해주는 오후였다. 더구나 나뭇잎들이 풍취를 더하고자 곱디고운 빛으로 산을 물들이고 있었다. 해발이 높고 큰 일교차는 단풍이 빨리 찾아오게도 하지만, 선홍빛으로 더욱 곱게 물들이는 데에도 영향을 미친다. 내리막길이 계속 이어지고 있어서 우리는 힘든 줄 모르고 걸어갔다. 어느 지점에 이르니, 등산로 옆에 열매가 탐스럽게 매달린 감나무가 있었다.

나는 친구가 따서 건네준 감 하나를 그 자리에서 먹었다. 하지만 채 익지도 않은 감이어서 떫은맛이 입안에 계속 남았고, 급기야 내 속은 주체못할 통증이 시작되었다. 전날 지나친 과음에다 채 익지도 않은 땡감을 뱃속에 밀어 넣었으니, 위장이 엉망이 되지 않고서는 배기지 못할 터였다. 결국 내 배낭을 또 그 여학생에게 넘겨줄 수밖에 없었다.

나는 그 여학생의 뒤를 따라 길을 걸으면서 속으로 하염없이 울었다. 인생의 방향에 결정적인 계기가 되는 중요한 순간인 고교

제1부 그리운 학교

2학년, 공부는 팽개치고 목적지 없는 혼돈과 개똥 철학적 화두와 씨름했던 지난 10개월간 방황의 기록이, 주마등처럼 머릿속을 스쳐 지나갔다. 꼼짝도 못하게 하는 억겁의 인연에 묶인 것도, 거짓과 실수가 만들어 낸 악마의 소행도 없거늘, 나는 무엇 때문에 번뇌와 좌절의 수렁에서 헤매고 있었던가. 수도승도 아니고 구원자도 아닌데, 굳이 세상의 모든 원죄를 걱정하는 그들처럼 처절하게 세상에 부딪히며 살고 있을까.

이까짓 배낭도 멜 힘이 없으면서 공부조차 내동댕이친다면, 앞으로 도대체 무엇으로 먹고사는 인생을 만들 수가 있을까. 계속해서 머리와 가슴을 죄어 오는 이런 회의와 반성, 자조와 비탄의 시간 속에서 나는 내내 비참한 심정을 가누지 못했다. 그날 나 때문에 걸음이 지체되어 결국 마을에까지 내려가지 못하고 계곡에서 텐트를 치고 야영을 하였다. 텐트를 그녀들에게 넘겨주고 우리는 바위 위에서 비박을 하였다.

등이 시려오기 시작했다. 피로함에 배탈까지 난 나는 정말 죽을 맛이었다. 하지만 그런 고통보다 더 괴로운 것은, 무너져 내려버린 나의 마음을 들여다보는 일이었다. 도대체 나에게 나란 무엇일까. 나는 왜 이러고 있을까. 누가 나의 삶을 강요하거나 방해하는 것도 아닌데, 나는 왜 스스로 초라하고 헛된 시간을 보내며, 이런 나를 지켜보는 부모님의 심정은 또 어떨까.

엉망인 몸인데도 불구하고 그런 괴로운 마음을 잊고자 남은 소주를 홀딱 먹어 치웠다. 그런데도 좌절과 실망감은 내 머릿속에서 벗어날 생각을 하지 않았다. 결국은 잠들지 못하고 너럭 바위에 깐 비닐에 눈물이 젖도록 밤새 울었다. 그러면서 비몽사몽의 시간이 흘러갔고, 어느덧 먼 산머리부터 새벽빛이 어슴푸레하게 걸리기 시작했다. 잠을 자지 못했지만 아픈 속이 진정되면서 마음은 편안해지기 시작했다. 넘칠 만큼 넘친 후에 얻는 쾌감이었을까. 나를 둘러싼 첩첩산중 같은 마음이 계곡을 타고 점차 내리는 여명에 깨어나게 된 것일까.

다음 날 하산해서 쌍계사를 벗어나 섬진강을 따라 버스를 타고 하동역으로 향했다. 오른쪽으로 길게 뻗은 섬진강의 모습이 너무도 아름다웠다. 백사장은 눈이 부시도록 맑고 깨끗하게 빛나고 있었다. 여름 방학 내내 기차 타고 가서 머무른 낙동강 백사장은 내 방황의 종착지였다면, 처절하게 울며 걸어 온 지리산은 석가모니의 설산과도 같은 내 고행의 공간이었다. 반면에 잔잔한 미소를 머금고 흐르는 섬진강 맑은 물과 백사장은 나에게 절망의 인생을 되돌리는 재생의 공간이었다.

진주역에서 친구들은 내리고, 마산까지 오는 동안 나는 새로운 인생을 꿈꾸고 있었다. 더는 눈물을 흘리지 않고 나를 망가뜨리지도 않겠노라고 거듭 다짐했다. 지리산 고행의 눈물은 참으로 값진 것이었고, 내 봇짐을 짊어진 그 여학생은 삶의 소중함을 깨우치는 관세음보살처럼 홀연히 왔다가 갔다. 황홀하게 멋진 섬진강의 흰 모래가 내 가슴을 깨끗하게 씻어 주었다.

그 후로 산은 나에게 신성한 공간이었고, 지금까지도 나를 지탱해 주는 큰 바위 얼굴이 되었다. 세상 사람의 말처럼 '산이 있으니 오르고, 산이 그냥 좋으니 산에 오른다'라는 평범한 사실을 나도 진리로 받아들인다. 하지만, 산은 나에게 그냥 가깝게 지내는 친구 정도가 아니다. 산은 고뇌의 구렁텅이에서 나를 건져준 고마운 은인이다. 제2의 나를 다시 만들어 주었고, 지금까지도 나의 정신세계를 이끌고 바로 잡아 주는 스승이다. 그래서 산은 나에게 부모요 연인이며, 종교요 철학이다.

　나는 35년 동안 틈만 나면 학생들에게, '결국은 남에게 의지하지 않고 스스로 깨달아야, 절망의 늪에서 벗어날 수 있고 진정한 행복도 온전히 누릴 수 있다'라고 말해 왔다. 그리고 나는 학창 시절의 쓰디쓴 나의 이야기를 자주 학생들에게 들려주기도 했다. 단 한 명의 학생에게라도, 나의 경험담이 절망의 늪에서 희망의 숲으로 인생을 되돌리는 실마리가 되었으면 하는 소망으로 말이다. 하지만 그들은 과거에 내가 그랬던 것처럼, 누구에게도 진정으로 자신을 맡기기 어렵다고 생각하면서 절망했는지는 모를 일이다.

우리들의 일그러진 영웅

요즘 학생은 이문열의 『우리들의 일그러진 영웅』이란 소설을 대다수가 읽어보지 않았을 것이라는 생각이 든다. 물론 지금도 서점에서 판매되고 있고, 학교 도서관에서도 볼 수 있는 책이다. 하지만 발표된 시기가 35년이나 되기도 하였거니와, 그 속에 담긴 내용도 한 학급 반장을 둘러싼, 지금 청소년들에게는 별로 관심도 흥미도 없는 이야기라서 더욱 그렇겠다는 생각이 든다.

이 작품은 1987년 『세계의 문학』 여름호에 발표된 중편소설로, 당시 한국 사회의 풍토와 지배자와 피지배자 사이에 일어나는 권력의 속성 등을 조명하여, 그해에 이상문학상을 수상하기도 하였다. 1992년에는 박종원 감독이 영화로 만들기도 하였는데, 이 영화는 소설의 기본 줄거리를 바탕으로 하고 있으나, 줄거리나 묘사 등에서는 소설과는 다소 다르다.

이 소설의 주인공 '나'는 서울에서 시골 초등학교로 전학을 온 한병태라는 학생이다. 병태의 아버지는 자유당 시절 잘 나가던 공무원이었는데, 시골로 좌천되어 가족이 모두 촌 동네로 이사 올 수밖에 없었다. 그 초등학교에는 엄석대라는 학생이 있었는데, 담임 선생님에게 두터운 신임을 받았고, 같은 반 친구들도 절대적으로 복종하고 있었다.

한병태는 전학 첫날부터 엄석대의 지시와 그에게 복종하는 급우들에게 반항적이고 도전적인 태도를 보였다. 그러자 엄석대의 주도로 급우들로부터 놀림을 당하였으며 외로움과 소외감에서 벗어나지 못했다. 결국 견디다 못한 한병태는 용기를 내서 엄석대의 비행과 폭력을 담임 선생님에게 낱낱이 알렸는데, 선생님은 들은 체도 하지 않았다. 결국 그는 엄석대에게 굴복하고 그의 보호막 속에서 생활하게 된다.

6학년으로 진급한 다음 해에 새로 바뀐 담임 선생님은, 엄석대가 반장 선거에서 몰표를 얻게 되자, 이를 수상하게 여기기 시작했다. 또한 엄석대가 우수한 아이를 시켜 시험 답안지를 조작한 사건도 드러나게 되었다. 그렇게 되자, 학생들은 엄석대의 비행을 낱낱이 담임 선생님에게 일러바쳤고, 그는 결국 몰락하게 된다. 그 후 엄석대는 학교에 불을 지르고 어디론가 사라지고, 아이들은 굳건한 성벽 같은 그의 권력의 횡포에서 벗어나 자유를 맛보게 되었다.

이처럼 『우리들의 일그러진 영웅』이라는 소설은, 시골 초등학교를 배경으로 반 아이들에게 군림하는 엄석대라는 인물을 통해, 권력의 속성과 무기력한 대중들의 모습을 비유적으로 보여준 작품이다. 하지만 나는 이 소설이 주고자 하는 권력의 속성, 지배자와 피지배자의 관계 문제는 덮어두고, 다른 관점에서 학교라는 현실 공간에서 떠올린 생각을 말해 보고 싶다.

새 학년이 시작되는 3월이 되면, 학교마다 옛날에는 학급 반장이라고 했던 학급회장을 뽑고, 전교 학생회장을 선출하게 된다. 우리 세대의 학창 시절에는 학생회장 선거가 제법 거창한 행사로 치러지기도 했고 경쟁도 치열했다. 모든 사정을 모르긴 해도, 그때 출마하는 아이들은 무슨 개인적인 이익을 위한 목표는 없었던 것 같았다. 하지만 그것이 가져오는 권위와 자랑스러움만으로도 충분히 도전할 가치가 있었고, 담임을 보조하여 학급을 이끌어가는 봉사심도 남달랐던 것 같다.

앞 소설에서 드러난 엄석대의 행동은, 실제 현실에서 일어나는 상황과 비교하면 좀 과장된 측면이 있는 것 같다. 물론 그보다 심하게 전횡을 부린 아이들도 있었을 것이다. 하지만 그때의 반장들은 성적이 우수한 모범생이었다. 집안의 경제적 여건도 좋아야 했던 것 같았는데, 그렇지 못한 학생들의 경우에는 스스로 출마를 포기하기도 했다. 학교에 따라서 성적에는 입후보 자격 제한이 있었으나, 경제 사정은 그렇지 않았던 것 같다. 하지만 대체로 여건을 갖춘 학생이 자천타천으로 출마했다.

지금 시대에는 이런저런 외적인 조건이 없어져서 자유로운 분위기 속에서 출마할 수 있게 되었다. 그런데 학급회장이나 전교학생회장에 입후보하는 학생들의 출마 목표가 분명하지 않은 것만 같다. 위에서 언급한 대로 우리 시절에는 분명한 목표가 있었다. 물론 시대에 따라 그 목표가 다르게 나타나기도 했다. 가령 대입 전형에 수시 모집이 도입되면서 학교생활기록부 기록이 중요해지자, 전형에 도움이 되는 스펙으로 활용하기 위해 회장을 맡으려 하기도 하였다.

그나마 그런 목표가 있었기에 선출되면 자기 나름의 역할을 충실히 하려는 측면이 있었다. 하지만 지금은 그런 실리적인 목표

제1부 그리운 학교

조차 분명하지 못하다. 물론 이런 단정이 학생들의 뜻을 지나치게 폄하하는 것일 수도 있지만, 도무지 미덥지 않은 것은 솔직한 내 심정이다. 학교마다 정착된 학생 자치 문화가 다르고 당해연도의 학생 구성의 특성에 따라 달라지기도 하겠지만, 아쉬운 일이 하나 둘이 아니다.

전교 단위의 학생회는 학교의 다양한 분야에 참가하여 목소리를 내면서 중요한 일도 하고 있어서 학생회장의 권위는 그래도 괜찮은 편이다. 그러나 과거 학급 반장에 해당하는 지금의 학급 회장은 별로 인기가 없는 것 같다. 실리적인 목표의 효용성이 떨어지고 특별히 할 일도 많지 않은 것이 그 원인이 아닐까 하는 생각이 든다. 더구나 집단지성이 중요하고 학급회장이 독단적으로 학급을 이끌어가는 시대가 아니기 때문에, 현실적인 성과를 내기도 어렵게 되었다.

그러다 보니, 학급의 자치활동은 그렇게 활성화되어 있지 못한 형편이다. 학생 자치활동 시간이 특별활동 시간으로 편성되어 있기는 하지만, 고교의 경우 자습 시간으로 활용되거나 담임 교사의 잡무를 처리하는 시간으로 이용되는 것이 다반사다. 더구나 코로나19로 인해 거의 3년간 제대로 된 행사가 이루어지지 못했다. 학생 자치활동을 비롯한 체험, 행사 등의 활동을 직접 참여하는 방식으로 운영하지 못했으니, 학생회 역시도 눈에 잡히는 실적을 내기는 어려웠다.

코로나19가 바꾸어 놓은 일이 일상화되다시피 했으니, 설령 그 바이러스가 물러간다고 하더라도, 과거의 적극적인 활동을 기대하기는 어렵게 되었다. 또 한편으로는 대면 수업의 단점을 극복하기 위해, 이와 병행할 수 있는 효율적인 온라인 수업 방식도 찾아야 할 것이다. 그렇다고 하더라도 과거의 등교 수업을 소홀히 해서는 안 된다. 인터넷 등을 통한 온라인 수업은 혼자만의 세계를 잘 구축할지는 모르겠지만, 다른 사람과의 소통이나 관계 형성에는 미흡한 방법이다. 온라인 수업이 지식의 전달은 가능하겠지만, 소통과 협업은 사실상 어렵다. 특히 성장 과정에 있는 학생들에게는 직접 대면을 통해 시민의 자질을 갖추게 하는 일이 무엇보다도 중요하다.

현대인들은 자기의 취미나 흥미, 이해관계에 해당하지 않은 것에는 일반적으로 관심이 적다. 매일 만나고 같이 일하는 동료들조차 타인으로 취급되어 관심을 받지 못하는 사례도 많다고 한다. 강 건너 불구경하듯이 하는 자세도 바람직하지 않은데, 바로 옆집의 일조차 불구경하듯 하는 사회가 되어서야 안 되지 않을까. 물론 이 시대에, 엄석대 같은 학급 반장이 존재해서는 안 되겠지만, 개인적인 관심과 이익을 떠나 봉사와 희생정신으로 앞장서서 일하는 사람들은 많아져야 할 것이다.

학교 교육이 지나친 입시 중심의 경쟁적 구도 속에서 벗어나지 못하다 보니, 소통과 협력의 학교문화를 만들어 내는 일이 보통 어려운 일이 아니다. 그런 경쟁의 구조가 형성될 수밖에 없는 원인도 잘 알고, 그 해결 방안도 다양하게 정리되어 있다. 다만 실천이 잘 안 된다는 것인데, 이는 기성세대의 미래를 보는 안목이 어느 정도 달라져야 가능한 일인 듯하다.

제1부 그리운 학교

부모 세대는 나름의 가치관과 방식으로 현실에 맞추는 삶의 철학을 형성해 왔다. 하지만 지금은 그런 철학의 시효가 끝났다. 사회의 양상이 가랑비에 옷 젖듯이 변해왔기에 잘 느끼지 못했을 수도 있겠으나, 결과만 두고 보면 혁명적으로 변했다. 그런데도 부모는 자녀들에게 미래를 향하여 준비하는 혜안을 길러주기 보다는, 당장 눈앞의 입시 등에서 성취를 거두려는 욕심이 앞서 왔다. 사회 변화의 속도에 비해 그것을 바꾸려는 노력이나 속도가 너무 느린 편이다. 이런 현상은 학교 교육의 방향이 제 길로 갈 수 없는 환경을 만들고, 그것은 결과적으로 아이들에게 영향을 미치게 된다. 부모는 아이들이 어릴 때부터 올바른 가치관을 가진 사회인으로 성장하도록 이끄는 가정교육에 관심의 초점을 두어야 한다. 그래야 학교 교육도 정도(正道)를 향하여 살아나게 될 것이다.

　기성세대는 자신들과 괴리가 있는 청소년의 생각이나 행동을 믿지 못하기 때문에 답답함을 느낄 것이다. 하지만 개인적인 취향이나 관심사에 관전 포인트를 두지 말고 시야를 더 넓혀서 생각해 본다면, 이해를 넘어서서 적극적인 지원자도 될 수 있을 것이다. 오리는 물 위에서 평온하게 떠 있는 것 같이 보이지만, 물 속에서는 쉼 없이 두 발로 갈퀴질을 하고 있다고 한다. 우리 청소년들도 겉으로는 무기력해 보이는 측면이 있을지는 몰라도, 내적으로는 성장통을 앓으면서 더 나은 미래를 위한 몸부림을 하고 있을 것이다.

기성세대는 자기의 눈에 보이는 것만으로 청소년의 생각이나 행동을 평가하고 단정할 것이 아니라, 청소년의 내면에 깊숙이 들어가 볼 필요가 있다. 그러면 충분히 공감할 수 있는 여지가 있을 것이다. MZ 세대를 무조건 싸가지 없는 세대로 단정해서도 안 될 것이다. 어쩌면 그들의 언행이 쿨한 것인데도, 겉으로만 보아 판단의 오류를 범하고 있는지 모르는 일이다. 나 자신도 곰곰이 생각해 보니, 나도 모르게 점점 꼰대가 되어 가고 있는 것 같아서 마음이 편치 못할 때가 있다.

내 몸으로 낳은 자식도 키우다 보면 참으로 실망하는 일이 많다. 부모의 생각대로 성장해 주지 않은 것은 그렇다고 치더라도 부모와 자식 간의 관계라고 할 수 없을 정도의 삭막한 일들이 가끔 일어나면서 극도로 서운하고 절망적인 순간도 있다. 하지만 반대의 경우도 마찬가지다. 그들 역시 부모를 바라보면서 너무도 안타깝고 답답함을 느낄 때도 많을 것이다. 부모가 자식을 바라볼 때보다 자식이 부모를 바라볼 때가 더 힘들고 큰 절망감이 자리하고 있는 것은 아닐까 싶다.

그러나 부모 세대는 어떻고, MZ 자식 세대는 어떻고 하는 식의 이분법적 선 긋기는 서로가 하지 말아야 할 일이다. 어느 한쪽이 선이면, 어느 한쪽은 반드시 악이 아니다. 우리 사회는 이분법적 갈라치기가 너무 심하다. 지역과 세대 및 빈부, 이제는 그것도 모자라 남녀에까지 현실 정치 집단이 만들어 냈다는 극한 이분법이 횡행하고 있다. 자신을 어떤 집단 내에 복속시켜 집단 동질감과 정체성을 확인하고 싶어지는 것이 사람의 보편적인 심리라고 하더라도, 집단의 특성에 몰입되어 자신을 망각하는 상태가 되면 불행이 먼저 웃음 지을 뿐이다.

문제의 본질을 자신의 내부에서 찾을 수밖에 없는 것이 동물과는 다른 인간의 특징이다. 그리고 이기적이고 개인적인 생각이나 행동은 어느 세대의 전유물이라고 하기도 어렵다. 모든 세대가 예외 없이 그런 사회적인 트렌드에 집착하는 것이 현실이기 때문이다. 기성세대뿐만 아니라 MZ 세대도 사회적 정의와 공정에 중심을 두고 자기의 세계를 구축해 가고 있는지 성찰하면서 생각하고 행동할 필요는 있다고 할 것이다.

이제는 기성세대가 엄석대를 통하여 자기 학창 시절의 향수를 자극해 보는 일은 의미가 있을 수도 있겠지만, 그것은 옷이나 음식처럼 복고의 대상이 아니다. 부모든 교사든 친구든 그 누구도 자기 아닌 타인에게 무엇을 강요하는 것은 시대착오적인 행동이다. 제2의 엄석대를 만들려고 해서는 더욱 안 된다. 자유로움을 누리고 그것에 익숙해지면 보이지 않았던 사람과 조직이 눈에 보이게 된다. 모두가 모두에게 믿음과 칭찬의 메시지를 보내면 좋겠다.

잃어버린 존중감과 존경심

세상에서 존경받는 사람으로 살아가려면 어떤 것들을 갖추어야 할까. 존경이란 단어는 사전에서 '남의 인격, 사상, 행위 등을 높이어 공경' 한다는 뜻으로 풀이되어 있다. 사람의 범주에 속하면 존경의 대상이 되지만, 이를 제외한 동식물은 존중은 모르겠으나 존경의 대상은 아닌 셈이다. 그렇다면 짐승보다도 못한 사람은 당연히 존경의 대상이 아니다. 그런데도 짐승보다 못하다고 손가락질받는 사람이 자기를 존경해 주지 않는다고 호통을 치는 경우를 우리는 종종 보게 된다.

요즘은 존경할 만한 사람이 없어서 그런지 몰라도, 생활 속에서 존경이란 말은 별로 사용되지 않는다. 옛날에는 존경받는 인물이 상당히 많았던 것 같다. 그러나 진정으로 존경받아 마땅한 사람도 많았겠지만, 사관이나 호사가의 조작된 존경 속에서 당당함을 누린 위선자도 있었을 것이다. 지금 와서 그 진실 여부를 따지기는 어렵고, 기록이든 구전이든 이미 사실인 양 되어버린 터이니, 굳이 내가 시비를 걸 일은 아니다.

나는 학교와 교육청에서 평생 밥을 먹고 살았기에, 존경이란 말을 여느 집단들보다는 많이 듣고 살았다. '존경하는 선생님' 이라는 문구가 적힌 학생들의 쪽지나 편지를 자주 받기도 하였다. 쑥스럽기는 했으나, 가끔 '사랑합니다. 존경합니다.'라는 말을,

얼굴을 맞대고서 듣기도 하였다. 더구나 졸업하고 학교를 떠난 제자들에게서 전화나 편지, 메일을 통해서 감사와 존경의 인사를 받는 일도 적지 않았는데, 그것은 어느 무엇보다 참으로 나를 기분 좋게 만들었다.

이제는 학교에서도 존경이란 단어가 잊히고 있는 것 같다. 참으로 존경할 만한 선생님이 없어서 그런지, 존경하고도 자기의 속내를 잘 표현하지 않는 세태가 반영되어 그런 것인지는 모르겠지만, 현실은 그렇다. 굳이 이유를 따진다면 복합적일 것이나, 이전에는 선생님이 교직을 천직으로 여기면서 희생을 감내하고 감동적인 인간미도 발휘했는데, 지금은 현실적이고 자기중심적 생활인으로서의 모습을 더 많이 보여주는 것이 핵심적인 이유 중의 하나가 아닐까 싶다.

나도 그런 선생님으로서, 이제 정년을 앞에 두고서 지난 세월을 되돌아보니 스스로 부끄럽고 민망함이 얼굴을 화끈거리게 만든다. 그 시절에 선생님이라면 존경받는 것이 당연한 일이라 생각한 것인가. 아니면 무심하고 생각이 짧아 학생의 언행을 곰곰이 따지면서 나를 거울에 비추어보는 진지한 노력을 하지 않은 것일까. 어쨌든 얼굴이 화끈거려오는 것은, 진심으로 존경을 보낸 학생도 있었겠지만, 무의미한 언행이었거나 무슨 목적을 위해 가장된 존경을 진실처럼 표현한 것도 많았을 것이란 생각이 들었기 때문이다.

우리가 자랐던 시대만 하더라도 그나마 '존경'이란 표현을 여기저기에서 많이 듣는 편이었다. 존경하는 부모님, 존경하는 스승님, 존경하는 선배님, 존경하는 사장님, 심지어 존경하는 친구까지 모두가 존경의 대상이 되기도 하였다. 이렇게 말하고 들어도 부자연스럽지 않았기에 존경이란 말을 아끼지도 않았던 것 같다. 언어적 표현만 그랬던 것은 아니고, 실제로 본받고 존경하고 싶은 사람들이 주변에 많이 있기도 했다.

각자에게 대상이나 정도는 다 달랐겠지만, 나의 존경 대상의 첫 번째는 아버지였다. 무섭고 좀 인정 없어 보일 때도 있긴 했지만, 과감한 결단력과 불의에 타협하지 않는 추상같은 엄함이 겉으로 드러난 것일 뿐이었다. 내면적으로는 자상하고 따뜻한 분이셨다. 세상의 어느 아버지가 자식들을 사랑으로 감싸고 헌신으로 키우지 않은 사람이 있을까만은, 나의 아버지는 누구보다도 특별했다.

박봉에 여러 식솔을 먹이고 입히고 보살피는 일이 고달프고 힘들었을 텐데도, 겉으로 거의 드러내지 않았다. 가족들의 자존심을 세워주고 기죽게 하지 않으려는 마음이 보호와 책임의 본능을 훨씬 넘어선 것이었다. 훗날 내가 자식들을 키우는 가장이 되고서야, 그때 아버지의 마음 씀씀이에 크게 공감하게 되었다. 하지만 나는 아버지의 근처에도 못 가는 아버지인 것 같아 지금도 부끄러움이 적지 않다.

초등학교 시절의 담임 선생님들을 곰곰이 떠올려보자면 각양각색이 아니었나 싶다. 육 년 동안 여섯 선생님을 병풍같이 세워 놓고 하나하나 기억해 보니, 네 분은 거의 기억에 없고 두 분만 기억에 선명하다. 고학년으로 올라갈수록 대체로 기억의 선명성이 크겠지만 꼭 그런 것만은 아닌 것 같다. 기억의 선명성은 시간 순서보다는 우리에 대한 사랑의 정도에 달린 것이 아니었나 싶기 때문이다.

교사가 학생들에게 사랑을 베푸는 방법은 다양하지만, 그 효과는 각자 받아들이는 양상에 따라 다를 것이다. 학생이나 교사 시절에 겪은 나의 경험으로 보아, 희망을 꿈꾸게 하고 그것을 현실로 만들 자신감을 심어주는 일이 가장 소중했던 사랑이었던 것만 같다. 초등학교 은사님 중에, '촌놈에게도 희망은 있다.' 하면서 자신감을 북돋아 주었던 분이 있었는데, 지금도 가장 뚜렷한 기억으로 자리 잡고 있다. 산골의 아이들이라고 의도적으로 무시한 것은 아니겠지만, 도시로 전근 가는 날까지 마냥 쉬려고만 하는 선생님도 있었다.

급우들 모두가 존경한 그 선생님은, 그간 경험하지 못한 흥미로운 방법으로 공부를 가르쳐 주었다. 우물 안 개구리처럼 세상 물정 모르는 촌뜨기들에게 미래를 향한 희망과 자신감을 불어넣어 주었다. 당신의 모든 것들을 아깝게 여기지 않고 베풀었던 선생님도 있었다. 그 선생님들이야말로 지금도 잊을 수 없는 존경의 바로미터라고 할 수 있다.

요즘 시대에 가장 존경받는 사람은 누구일까? 특출하게 존경이 쏟아지는 직업군은 없어 보인다. 국민의 지지 속에 당선된 대통령도, 열혈지지자들 외에는 존경의 말을 듣는 게 좀 머쓱한 형편이 아닐까 싶다. 존경은커녕 작은 일에도 탄핵 못 해서 안달이 나는 세상이다. 한때 존경받았던 장군이나 의사, 법관에 대한 존경도 이제는 한물갔다. 잘 모르긴 해도 과거에는 그래도 애국심이 남달랐고 희생과 봉사 정신도 특출한 정의의 지팡이였지만, 지금은 그렇지 못하기 때문일 것이다.

학교 선생님들에 대한 존경의 척도도 시대에 따라서 많이 변해 가는 것만 같다. 앞에서 말했듯이, 옛날에는 인격적으로 대해 주고 꿈과 용기를 북돋아 주는 선생님이 가장 존경받았다. 그러다가 대학 진학이 보편적인 현상이 되고 학벌이 권력의 중심으로 옮겨 오면서, 입시 전문가로서 명문대학 입학을 요리하는 족집게 선생님 등, 인격보다는 교과를 잘 가르치는 선생님들이 지금까지도 든든하게 존경을 받고 있다.

교사라면 누구든지 대학 입시라는 현실적 문제에 강 건너 불구경 하듯이는 못한다. 그러나 입시가 결코 교육의 본질이나 목표가 될 수 없다는 것을 인식하는 사람들의 목소리가 높아지기 시작했다. 혁신의 기치로 교육 문제를 해결하고, 더불어 소통하고 협력 하면서 집단지성을 만들어 냈다. 자기 주도적이고 창의적인 새로운 수업 방법과 전략을 도입하였다. 하지만 아직도 입시 제도의 철옹성을 무너뜨리지 못한 채로 어정쩡하게 교단에 머물러 있다.

그러다 보니, 입시 전략에 도통하거나 혁신적인 교수법의 전문 가가 되어도, 옛날 스승들의 반열에 오르기는커녕 존경의 교사상 으로 남기조차도 어려운 듯싶다. 교사라면 학생을 위해서 교육 적인 헌신과 희생을 보여야 한다는 것을 모르지 않을 것이다. 하지만 개인적인 형편에 따라 편차는 있겠지만, 교직에서 생활 수단을 따로 떼어내기가 쉽지 않을 것이다. 이런 상황에서 존경 이란 감투를 함께 모두가 한길로만 내달릴 수는 없을 듯하다.

전체적인 풍조가 그러하다고 선생님 각자가 자기 일의 결과에 면죄부를 받을 수는 없는 노릇이다. 교사의 관점도 있지만, 학생의 관점이란 것도 있다. 오히려 학생의 관점으로 평가되는 일이 우선적이고 영향도 더 크다고 봐야 할 것이다. 이 시대에는 자기 이익과 연계된 것이 아니면, 어떠한 일에도 감동하거나 감사하지 않는 사회문화적 태도가 학생에게도 고착되었다. 그러니 학생이 학교생활을 교사의 입장으로 너그러이 받아들이거나, 사뭇 깊은 공감을 가지고 문제를 쉽게 받아들이려 하지는 않을 것이다.

이런 상황인데도 학생들에게 시대와 사회의 트렌드에 부합하는 옷만 입히고서 교육이 잘 이루어졌다고 선언이라도 한다면, 학교도 교사도 더는 필요하지 않은 세상이 될 것이다. 물론 우리 세대에서 교육을 잘못했거나 모범을 보여주지 못한 원죄가 있기는 할 것이지만, 교육에서 포기할 수 없는 기본적인 것조차 인정하지 않으려는 학생들의 태도도 문제가 크다고 할 것이다. 다행히 최근에 타인을 배려하는 봉사와 희생이 MZ 세대에게 나타나고 있다고 하니 고무적인 일이다.

우리 사회에서 아직 '존경'이란 말이 많이 오가는 곳은 정치 집단이 아닌가 싶다. 하지만 국민은 그들이 존경받을 인품을 보여주는 집단이라고 절대 생각하지 않는다. 맨날 치고받고 싸우다가도 각종 감사만 열리면, '존경하는 모 의원님'으로 수사를 시작하면서 서로에게 존경을 외친다. 중요한 것은 다 빼 먹고 제대로 따질 줄도 모르는 의원 나리들도 그런 수사는 절대 빼 먹지 않는다. 소가 웃을 일이다.

그게 어디 지체 높은 국회의원 나리들뿐이랴. 주민의 심부름꾼으로 뽑아 놓은 지방자치단체의 시군구 의원들도 서로 존경을 받고 주기에 여념이 없다. 자기들 스스로 존경의 수사를 사용하지 않더라도 국민의 종복이 되어 일한다면, 그들에게 존경의 보따리를 푸는 일에 국민은 인색하지 않을 것이다. 세상에서 큰 꼴불견 중의 하나는 말장난이다. 유머의 한 축으로서 말장난은 즐거움이라도 주지만, 그들이 주고받는 존경은 진정성이 손톱만큼도 담기지 않은 위선과 허세의 덩어리다.

그런데 우리 선생님들도 여유 부릴 일은 아니다. 학교에 대한 불신이 생각보다 높은 편이다. 교사의 수업이나 평가에도 깊숙이 간섭하고 나서는 것을 넘어서서 대놓고 불만을 표출하기도 한다. 학생들 간에 일어난 문제뿐만 아니라 교사의 정당한 지도에도 변호사를 들이대기도 한다. 의원 나리들을 탓하는 우리 선생님들에게 '너나 잘하세요.'라고 하는 날이 오면, 얼굴을 들고 교실을 들어서기가 힘들어질 것이다.

누가 비난해서라기보다는 선제적으로 우리 선생님은 거울 속 자화상을 곰곰이 살펴서 반성할 것은 반성하고, 학생의 역량을 높이고 즐거움을 찾아 주기 위해, 어떻게 얼마나 더 노력해야 하는가를 고민해야 할 것이다. 그 누구도 손가락질받을 언행으로 학교의 신뢰에 짐이 되어서는 안 된다. 모두가 같은 마음으로 한곳을 바라보면서 굳게 나아가다 보면, 우리가 모르는 사이에 서서히 추락해 버린 선생님에 대한 존경심이 되돌아오게 될 것이다.

교육은 사회의 다양한 양상들이 밟고 지나간 뒷설거지를 책임지는 일이 올바른 역할은 아니라고 생각한다. 소극적 대응이 아니라 적극적인 앞서기가 필요하다. 미래 시대를 앞질러 예측하고 미리 준비해 가면서 사회의 변화를 이끌어가야 한다. 또한 삭막한 세상에 눌려 피폐해진 인간성을 살려가는 인간 중심의 교육을 항상 곁에 두어야만 한다. 개인의 일상사와 삶도 중요하지만, 우리가 책임지고 있는 학생을 위하여 안일과 방임을 기쁜 마음으로 내려놓을 필요가 있을 것이다. 과거 우리 선배 교사들처럼 학생들에 대한 조건 없는 관심과 사랑을 실천한다면, 학생과 학부모에게 신뢰를 넘어서서 신선한 감동을 주게 되고, 존경은 저절로 우리의 몫이 될 것이다.

일제고사와 창의성 교육

2010년 전후로 당시 교육과학기술부는 모든 학생이 국가 수준 학업성취도평가를 의무적으로 치르도록 하였고, 심지어 학교별로 성적을 공개하도록 하였다. 그 결과에 따라 교사들에게 해외 연수 기회를 제공하거나 성과급에도 반영하도록 하였다. 연수나 황금에 눈이 어두워서는 아닐 테지만, 초등학생조차도 시험을 앞두고는 강제적인 자습에 동원되거나 휴일에도 등교해서 일제고사 대비 문제 풀이 훈련을 받기도 하였다. 그러자 교원노조나 시민단체는, 소위 일제고사인 이 반교육적이고 시대착오적인 시험을 중단하라고 목소리를 높였다.

우리 세대가 초등학교에 재학하던 60년대에도 학력 평가는 엄격했던 것 같다. 일제고사 방식이었고 문제의 형식은 주로 단답형이거나 4지 선다형이었다. 일제고사를 보았던 추억의 장면은 지금도 또렷하게 떠오른다. 당시 교실에서는 일흔 명이 넘는 학생이 우글거리면서 공부를 했었다. 그 많은 인원이 한 교실에서 시험을 보자면 눈만 살짝 돌려도 다 보이는 가까운 거리일 수밖에 없으니, 그곳에서는 엄정하게 시험을 치르기가 어려웠을 것이다.

그래서 일제고사 시험 때는 넓은 운동장으로 나갔다. 가지고 나간 걸상은 책상 대용으로 사용되었고 흙바닥에 주저앉아 시험을 보았다. 내가 다닌 초등학교는 첩첩 산골이었지만 전교생이 400 명이 넘었다. 그 많은 인원이 동시에 운동장에 차지하고서 보는 시험 장면은, 당시에는 그저 그런가 보다 했을 것이지만, 지금 그런 장면을 상상해 보면 정말 가관이었겠다 싶다. 굳이 어린 아이들을 운동장에 불편하게 앉히고 시험을 보게 해야만 했을까. 교실이 비좁기에 공정성을 확보하기 위해서는 어쩔 수 없는 선택이었을 것이다. 당시에는 내신성적이 반영되지는 않았지만, 중학교 입학을 위해 시험을 치러야 했고, 그와 상관없이도 성적은 엄격하게 관리 되었던 것 같다.

그러나 일제고사가 아닌 월례고사 같은 시험은 운동장이 아니라 반별로 교실에서 실시되었다. 초등학교는 두 명이 같이 앉아 공부하는 긴 책상이었는데, 부정행위를 방지하기 위해서 가운데에 책가방을 놓고 반을 갈라서 시험을 보았다. 저학년 시절에는 책가방을 가지고 다닌 아이들이 많이 없었고 주로 책보를 차고 다녔기에, 경계를 가리기에 어려움도 많았다.

요즘의 학교 시험은 정말 살벌하리만큼 엄격해졌다. 특히 고등학교의 중간이나 기말고사 성적은 내신에 반영되어 대학 입시에 무척 중요한 데이터가 되기에, 거의 수능 수준으로 출제와 시험, 채점을 관리하고 있다. 시험 범위도 적절하게 조절해야 민원이 없고 문제 출제에 심혈을 쏟아야 하며 교차 검토는 필수다. 시험 기간에는 일찍 학교 밖을 나가서 부서별·교과별로 협의회란 이름으로 자유로운 시간을 가졌던 일은 '아, 옛날이여'가 되어버렸다. 이제는 시험 기간에 선생님이 더욱 긴장해야만 하는 시대가 되었다.

과거에는 간혹 붉은색 플러스펜으로 표기하고서는 컴퓨터용 사인펜으로 미처 마킹하지 못한 답안지도 구제해 주기도 했지만, 지금은 그런 미덕을 발휘하는 것이 어림도 없는 일이다. 선다형 문제에 정답이 없으면 모두 맞게 해주는 미덕 아닌 미덕이 적용되기도 했지만, 이제는 한 문제만 틀려도 무조건 재시험을 봐야만 한다. 서술형 문항의 채점에 있어서 객관성과 공정성은 말할 것도 없다. 종이 울리고 한 문항이라도 더 기표하면 부정행위로 처리하는 것도 당연한 일이 되었다.

내가 고등학교에 다닐 적에는 시험을 매우 자주 보았는데, 매주 월요일 아침에 보는 주초고사와 한 달에 한 번씩 보는 월례고사가 있었다. 그리고 중간중간에 전국이나 지역이 주관하는 모의고사가 끼어 있었다. 하지만 대학 입시에 내신성적이 반영되지 않았기에 심적인 부담은 크게 없었다. 그렇다고 시험에 막 대하지 않았고 나름대로 성실하게 임하였다. 시험은 자기의 수준을 평가해 보는 자료로만 활용되었으니, 비정한 지금의 시험 현실을 보면, 차라리 과거의 제도가 좋았다는 생각도 든다.

지금은 일제고사라는 용어가 사라졌다. 대신 국가 수준 학업 성취도 평가라는 용어로 바뀌었다. 그러나 호박에 줄을 그은 수박 같은 호박, 그게 그거다. 이 시험은 오랫동안 논쟁이 되어 시끄러웠지만, 일제고사가 필요하다거나 절대로 안 된다고 주장하는 사람들의 머릿속을 채우고 있는 생각에는 별다른 차이가 없어 보였다. 교육에 대한 본질적인 고민인지, 이념의 둑을 허물지 않으려는 고집인지, 솔직히 그게 그거인 것 같아 구분하기 어려웠다.

　　　　　　　　　　　제1부 그리운 학교

일제고사를 찬성하는 측은, 학업 성취도 평가를 통하여 객관적인 데이터를 축적하여 기초 학력 부진 대책을 세우고, 학력 붕괴를 막는 동기를 제공할 필요가 있다고 했다. 또한 수학능력 시험도 어차피 일제고사라는 점을 생각하면, 그에 맞는 훈련도 필요하다고 주장했다. 비싼 학원에 다니는 아이들은 수시로 레벨업 평가를 받고 있는데, 그런 학원 근처에 못 가는 아이들은 자기 평가 기회도 적고 학업 능력을 높이기 위한 학습 동기도 확보하지 못하니, 이 역시 차별이라고 주장했다.

일제고사를 반대하는 사람들의 주장은 훨씬 적극적이었다. 나름 이념적 무장이 더 되어 있기에 그런 것이 아닌가 생각된다. 그들은 학습 부진이 일제고사가 아니더라도 교사의 수업을 통해서 판별될 수 있고, 전국의 석차까지 내는 일은 잔인한 비교육적인 행위라고 했다. 이는 결국 학생을 줄 세워 끝없는 경쟁을 조장하고, 교사들에게도 성과 평가의 자료로 활용하려는 의도가 있다고 주장하였다.

어쨌거나 나름의 명분이 있기에 두 측면의 주장에 대한 이유는 모두 타당하다고 하겠다. 교육에 따른 평가는 당연히 필요하고 어떤 방법으로라도 평가는 이루어지고 있다. 다만 평가의 동기나 방법에서 차이가 있을 뿐이다. 입학시험이 아닌 이상 학교가 시행하는 평가에서 결과만이 중시되어서는 안 된다. 평가의 결과가 교육적으로 어떤 의미 있는 자료로 쓰이느냐에 따라서, 그 의미가 있고 없음이 가려지는 것이다.

국가 수준의 평가 시험이 학습 부진 학생을 판별하여 그 대책을 세우는 자료로 쓰이는 일도 필요하고, 학생 개인에게는 자신의 학업 성적의 위치를 알아보게 하는 것도 의미가 있다. 다만 선다형 평가 방법이나 일제고사라는 획일적인 방식, 전국적 석차 개념 등, 이런 것이 좋은 의미를 못 살리는 요인으로 작동하게 되는 것이다. 또한 이 평가가 교사와 학생의 줄을 세우는 일일 뿐이라고 무조건 반대하는 논리에도 동조하기 어렵다. 교육이 있으면 평가가 따르고 국가 수준에서 성취도를 평가하는 일도 당연하다. 다만 그런 평가가 본래의 궤도에서 벗어나는 일을 방지하기 위한 고민이 필요하다. 올바르고 정의로운 평가가 이루어지도록 머리를 맞대고 함께 고민하면서 해결책을 찾아나갈 일이다.

그런데 지금 시점에서 보면, 일제고사의 이런저런 논쟁은 이제 불필요한 것이라 본다. 다만 일제고사를 비롯한 여러 평가가 미래의 비전을 성취해 갈 수 있는 능력을 길러주는 데 정말 유익한 평가인지 고민할 필요가 있다. 학교 평가는 한쪽에만 초점을 두는 평가여서는 안 되겠지만, 기존의 평가 목적과 방법을 뛰어넘는 새로운 시도가 필요한 시대가 되었다고 생각한다. 평가가 입시를 위한 객관적인 자료로만 쓰인다면 교육을 통해 희망적인 세상을 만들어 가는 일은 요원할 것이다.

창의성이 깊은 생각을 바탕으로 하는 것이라면, 다양성은 넓은 생각이 필요한 것이라고 할 수도 있겠다. 과거나 지금도 그렇고 미래에도 중요한 것 중의 하나는 창의성이다. 남들과 똑같은 생각과 태도로는 앞서갈 수 없을 뿐만 아니라 현실을 지켜내기도 어렵다. 창의성이야말로 전후 시대를 통틀어 가장 중요한 역량의 하나가 아닐까 싶다. 그러함에도 우리의 근대 이후의 교육은 창의성을 길러내는 일에 집중하지 못했다.

학벌의 위세에 눌려서 입시 전략에만 고심해 왔지, 개인 하나하나가 가진 장점을 계발해 내는 일에는 게을리해 왔다. 그런데도 이만큼 경제 성장을 이루고 경쟁의 선순환 속에서 능력을 발휘하게 된 것은, 소수의 창의성에 기대어 모방과 복종의 문화를 일구어낸 결과다. 똑똑한 한 명이 백 명을 먹여 살리는 시대에서는 엘리트 교육이 통했다. 하지만 이제는 어림도 없다. 소수의 창의성에 기대어 전체가 성장하거나 안정적인 사회를 유지할 수가 없게 되었다. 왜냐하면 이제는 사회가 복잡하고 다양해진 까닭에, 소수의 힘이나 능력만으로는 복잡한 미래 사회를 책임질 수가 없기 때문이다. 또한 개인들의 자유로운 개성과 취향은 소수의 독점적 리드를 원치 않은 세상을 요구하고 있다.

그래서 각자의 독창성을 존중하면서도 집단지성을 만들어 내는 일이 필요하게 되었다. 우리의 비빔밥 같은 것이라고 해야 할 듯하다. 한데 비벼지고 섞여지지만, 각각의 재료들이 가진 본연의 맛이 살아있으면서도 하나의 새로운 맛을 만들어 내는 우리의 비빔밥에서, 창의성의 시대에서 앞서는 비결을 얻어 낼 수 있다고 하면 지나친 비유가 될까.

이제 개별 국가는 국경을 넘어서서 세계의 공존 패러다임에 관심을 두지 않으면 유지되기도 어려운 시대가 되고 있다. 최근에 지역주의나 국가주의가 더욱 기승을 부리고 있기에, 이를 이겨내기 위해서는 글로벌 역량을 갖추는 일이 시급한 과제가 되었다. 글로벌 세상에 필요한 역량은 많겠지만, 다양성이 가장 중요한 역량이 아닐까 싶다.

다양성 교육이란 개념은 쉽고도 어려운 것으로 생각된다. 다양성 교육의 첫 번째 정의는, 한 인간에게 여러 능력을 길러내는 교육이라고 생각한다. 두 번째는 여러 분야에서 각각 필요한 전문가를 만들어 내는 교육일 것이다. 세 번째는 다양한 가치를 이해하고 존중할 수 있는 능력을 길러내는 교육이라고 정의할 수 있을 듯하다. 복잡한 글로벌 세상에서 한 사람이 여러 가지 능력을 갖추는 일은 쉽지 않다. 그러므로 결국은 세 번째의 다양화 교육으로 접근하는 것이 필요하리라 본다.

학교에서는 학생에게 다양한 분야에서 뛰어난 능력을 보유하도록 하는 교육은 어렵지만, 적어도 다방면의 문화와 가치를 이해하고 존중하는 능력을 길러주는 교육은 가능하다. 학생 각자의 창의성이 여러 종류의 비빔밥 그릇 속에 들어오면 그릇마다 독특한 맛을 살리게 되고, 이것은 미래의 경쟁에서도 더욱 빛을 발할 것이다. 슈나이더일렉트릭코리아의 대표는 모 대학의 특강에서 '다양성과 포용성'을 회사의 주요한 인사 전략으로 삼고 있다고 한 바가 있다.

학벌이라는 계급장

나는 긴 세월을 오로지 교직에서 머물다 이제 정년을 앞두고 있다. 그간 롤러코스터 같은 격동의 풍파에서 여러 번 좌초의 위기를 맞기도 했지만 끝내 멈추지 않고 목적지에 도착하였기에, 나는 멋지고 의미 있는 훈장을 받고 싶다. 재직 기간만 채우면 누구나 받게 되는 국가의 훈장 말고, 내가 나에게 스스로 내리는 훈장 말이다. 그것은 남이 주는 훈장보다 받기가 더 어렵기는 할 것이다.

나는 왜 나에게 훈장을 주려고 할까. 이 바람 먼지 가득한 세상에서 이익을 좇아서 요리조리 옮겨 다니지도 않고 35년씩이나 오로지 한 길로 교직 생활을 했다고 표창하고자 하는 것은 아니다. 또한 어떤 일보다 학생들을 가르치는 일을 천직으로 여기면서 부귀와 영화를 꿈꾸지 않고 주어진 현실에 만족하고 살았기에 주려는 것도 아니다. 박봉에 아이 셋 키우느라 허리가 휘었다고 표창하려는 것은 더욱 아니다.

35년 전 교사의 길로 들어선 첫날에, 나는 자신에게 훈장을 줘야겠다는 생각을 가졌다. 왜냐하면 부임 첫날 교장실에서 나 자신도 믿기지 않는 대단한 인내력을 발휘했기 때문이다. 그것은 평소 나의 성깔로 미루어 보아서는 도무지 있을 수 없는 대단한 일이었다. 나는 학창 시절부터 청춘에 이르기까지 정말 별나다면 별나고 급하다면 급하고 성깔 사납다면 사나운 기질을 지니고 살아왔다. 호불호가 확실하고 내 성질을 스스로 이기지 못하여 파르르 떠는 일도 많았다. 지금도 가끔은 젊은 시절의 그런 성격을 버리지 못하고 산다. 그런 까닭에 그동안 나와 밥숟갈이나 술잔이라도 같이 나눈 사람들은 대충 나의 그런 불같은 성격을 알고 있는 편이다.

정도의 차이가 있겠지만, 사람은 누구나 응당 성깔이 있다. 그리고 그것을 언제까지나 참을 수 없고 억지로 참으면 더 문제가 되기에 어떤 식으로든 표출하고 살아간다. 그때그때 적절한 시점에서 화를 풀지 못하면, 그 화가 가슴에 쌓여서 병까지는 아니래도 견디기 힘든 스트레스가 되기도 한단다. 남들에게 고함지르거나 욕하거나 손가락질하는 사람은 그렇게 못하는 사람보다 더 오래 산다고 한다. 맞는 말인지는 모르지만, 저승사자는 착한 사람을 더 빨리 데려간다고 하지 않은가.

나는 화가 나면 속으로 삼키지도 못하고, 불편부당한 장면에서도 참을 줄 모르는 직선적인 성격을 가진 것 같다. 급하기만 한 것이 아니라 어떤 일을 하는 데에 집착도 대단한 편이다. 무슨 일이든 한 번 마음 먹으면 끝을 봐야 하는 성격이다. 무식하면서 용감한 정도는 아니지만, 내 생각이 옳다고 생각되면 그 집착에서 쉽게 벗어나지 못하기도 하였다. 그러다 보니 남에게 불편을 주기도 하였지만, 내가 손해를 보는 경우도 많다.

나는 이렇게 저렇게 희망하는 대학 입학에 실패한 후, 결국 입학하게 된 대학에서도 적응하지 못해 술판과 딴짓으로 세월을 보내기도 했다. 그러나 대학 재학 중에 군에 입대하여 세상을 바라보는 태도를 좀 바꾸어 보았더니, 무엇을 어떻게 하면서 세상을 살아야만 하는지 조금은 알게 되었다. 하지만 그 험한 성깔이 군대에서도 가끔 작동하여 27개월 3일간의 군 생활에 애로사항도 많았다. 그런 가운데서도 인생의 목표와 방향을 잡게 되었으니, 다시 돌아가고 싶지는 않으나 병영 생활이 무의미했던 것만은 아니었던 것 같다.

군 제대 후에 3학년에 복학하여 공부를 시작했는데, 참으로 한심하기 짝이 없었다. 대학 2년 내내 놀다가 입대했으니 학교 생활이 생소한 느낌으로 다가왔고, 어디서부터 어떻게 공부해야 하는지 감을 잡기도 어려웠다. 심지어 도서관 자료실을 활용하는 방법조차 몰랐다. 그런저런 일로 처음에는 답답한 구석이 많았지만, 군영에서 느낀 삶의 방향과 목표에 집착하고 마음만 먹으면 못할 게 없다는 내 특유의 도전정신으로 절망에 대한 응전을 시작하였다.

잠시도 주저하지 않는 응전으로 2년을 보내니, 비로소 같은 학과 친구들의 꽁무니를 따라잡을 수 있게 되었다. 새벽 등굣길과 늦은 밤 귀갓길, 먹고 놀면서도 고단한 몸이었는데 이상하게도 이때는 참으로 몸이 가벼웠다. 대학 졸업을 앞두고 응시한 상상을 초월하는 교원 임용고시의 경쟁률도 나에겐 문제가 되지 않았다. 물론 출제 방향의 흐름을 잘 포착한 덕분이기는 했겠지만, 시험 운도 따랐을 것이다.

졸업 후에는 임용 대기자의 신분으로 도봉구의 한 고등학교에서 6개월 동안 기간제 교사를 하였고, 9월에 여의도고에 정식으로 발령을 받았다. 교육청에서 발령장을 받고 여의도로 향했는데, 때가 9월이었으니 날씨는 청명한 가을 하늘로 변해가고 한강 물은 은빛으로 푸른 물을 감싸며 흘렀다. 수양버들에 매미들이 여름의 마지막을 아쉬워하며 한껏 재주라도 뽐내려는 기세로 노래하고 있었다.

지하철이 없는 시대였으니 버스를 타고 갔는데, 정거장에서 학교로 가는 길에 몇 번은 가다 쉬다 하였다. 결코 멀거나 힘든 길이어서는 아니었다. 억누르지 못하는 기쁨과 흥분을 가라앉히고자 한 행동이었지만, 첫 직장으로 향하는 알지 못할 두려움도 발걸음을 더디게만 하였다. 때때로 가슴 속은 종잡을 수 없는 뒤죽박죽 상태였지만, 전체적으로는 더할 나위 없는 환희로 채워지고 있었다.

학교 정문에 이르러서야 정신이 중심을 잡았다. 환희도 두려움도 사라지자 객관적인 현실 세계가 비로소 보였다. 여느 학교와 별로 다름은 없지만 육중한 교문이 학교를 지켜 섰고, 끝을 헤아리기 힘든 길고 넓은 운동장, 백 미터도 넘을 것 같은 긴 본관 건물, 학교 둘레에는 당시에는 보기 힘든 멋진 아파트가 병풍처럼 즐비하게 서서 학교를 호위하고 있고, 한강의 아름다운 물빛과 흥취가 흘러드는 듯했다.

중앙 현관을 지나 교무실로 들어섰는데, 끝이 안 보일 만큼 길었다. 당시에는 45학급의 큰 학교로 절반도 넘는 선생님들이

한 교무실에서 생활하고 있었다. 복수 교감으로 두 분의 교감 선생님이 교무실 정 중간에 나란히 앉아 계셨다. 교무 교감 선생님은 서류를 받고 면담 후에 나를 교장실로 인솔하였다. 공식적으로 부임 인사를 드리기 위해서였다.

교장실은 교실 한 칸을 차지하는 넓은 방이었다. 혼자서 차지하고 있기에는 너무 큰 방이 아닌가 싶었다. 임용 전에 기간제 교사 6개월을 했기에 교장실이란 공간에 두어 번 들어가 보기는 했지만, 상당히 낯선 공간으로 다가왔다. 무엇이라 꼭 집어 말할수 없는 엄숙함이 가득한 공간 같아서, 그렇지 않아도 초임 발령지 부임 인사라는 부담과 걱정에 내 마음은 더 쪼그라들었다.

교감 선생님은 먼저 나가시고 교장 선생님과 둘이 남으니, 사무실 분위기의 무거움이 더욱 나를 압도하였다. 나는 콩닥콩닥 뛰는 가슴을 억제하느라 어찌할 바를 몰랐다. 그런 상태에서 교장 선생님의 이런저런 이야기가 이어졌으나 머릿속으로 잘 들어오지 않았다. 기억을 다 하지는 못하지만, 집은 어디냐, 아버지는 뭐 하는 분이냐, 술은 좋아하느냐, 애인은 있냐, 뭐 그런 것들로 시작하지 않았을까 싶다. 임용고시보다 더 어려운 교장 선생님과의 첫 대면이 거의 막바지에 이른 즈음에, 교장 선생님은 나에게 이렇게 말했다.

내가 오늘 마지막으로 선생님께 꼭 말해주고 싶은 것이 있네. 기분 나쁘게 생각하지 말고 귀담아들어 주게. 자네 이력서를 보니 D대 국어교육과 나왔네. 그런데 말이야, 우리 학교 학생들 수준은 너무 대단해. S대학 출신 아니면 이 학교 학생들 가르치기 힘들 거야. 그러니 여기서 가까운 노량진으로 바로 가서 학원에 등록하는 것은 어떨까 싶어. 퇴근 후에는 학원에서 전공 특강을 듣고, 출근해서 학생들을 가르치면 그런 문제가 어느 정도 해결될 것이야. 오해는 하지 마세요. 다 선생님을 위한 충고이니까요.

나는 처음에 귀를 의심했다. 학생을 S대에 많이 보내려면 노량진 학원에 가서 강의를 듣도록 해야 한다는 이야기로 들렸지만, 곧 그것은 학생이 아니라 내가 노량진에서 공부를 더 해야 한다는 말이라는 것을 알았기 때문이다. 상상하기조차 힘든 백 대 일의 경쟁을 당당히 물리치고 첫 교사 발령장을 받고 부임 인사를 온 새내기 교사에게 과연 교장이 할 수 있는 말일까 생각하니, 당황스럽기 그지없고 도무지 이해할 수 없는 상황이었다.

나는 그 순간 모멸감을 이기지 못하여 임용장을 찢어서 교장의 얼굴에 내던지고 그 자리를 박차고 나오고 싶은 충동에 사로잡혔다. 당장 교사를 그만두고 싶도록 온몸에 전율이 일어났지만, 결국은 꾹 참을 수밖에 없었다. 엄청난 경쟁을 물리치고 어렵게 합격한 임용고시 합격을 수포로 돌릴 수는 없었기 때문이다. 졸업하면 곧바로 취직도 해야 하는 형편이고 사범대 출신이라 교사의 길 아니면 준비도 어렵기에, 소설가의 길도 포기하고 교사의 길로 들어섰기에 더욱 그래야 했다.

교장도 아차 싶었는지 화두를 다른 곳으로 돌렸다. 나는 흥분과 분노를 겨우 누르고 말이 끝나자 교장실을 벗어났다. 그렇게 교사로서의 첫날이 시작되었다. 내가 교장이 되어 다시 그 자리로 돌아와서 곰곰이 생각해 보니, 그때 꾹 참았던 것은 참 잘한 일 같기는 하다. 세상 사람들 다수가 자기의 시선으로만 남을 바라보는 것이 무슨 철칙처럼 되어 있으니, 결코 그 교장 선생님만의 허물은 아닐 것이다. 나도 그동안 직장이나 사회생활을 해 오면서 편견과 독선, 오만한 생각과 행동을 내보이지 않았다고 장담할 수가 없다.

문제는 우리 사회를 통째로 점령하고 있는 학벌이라는 계급장에 있다. 언제 우리 사회는 이런 계급장을 버리고 기회의 균등과 평등의 시선으로 모두가 행복한 사회를 만들어 갈 수 있을까. 학부모와 학생의 명문대 지향이라는 현실 속에, 교육의 올바른 목표와 소중한 나의 가치관이 묻히기에, 많은 고민도 하면서 정도를 향한 초심을 버리지 않고 살고자 노력은 해 왔지만, 결국 나도 그런 현실에서 벗어나지 못하고, 학벌이라는 계급장을 만들기 위해 평생을 바쳐 온 사람이 아니었을까.

4차 산업혁명의 시대, 그리고 혁신적 AI와 메타버스 시대에 학벌이라는 계급장은 필요 없다지만, 여전히 학연을 찾아 헤매는 사람이 많다. 그렇더라도 자신들이 먼저 믿어야만 한다. 자기가 가장 잘할 수 있고 좋아하는 일을 하기 위해서 대학이 필요한 사람은 가야겠지만, 굳이 졸업장이 필요 없는 일이 더 많은 시대가 될 것이라는 사실을 말이다.

초임 교사 첫날에 수모를 당했던 바로 그 교장실에서 나는 지금 이 글을 쓰고 있다. 사필귀정인지 아이러니인지 모르지만, 아무튼 그때의 모멸적인 충격이 너그럽지 못하고 까칠한 나를 정년퇴직에 이르도록 붙잡아 둔 기회라면 기회가 아니었을까. 지금 우리 학교에도 여러 명의 신규교사가 근무하고 있다. 그들을 바라보는 학벌의 편견은 없지만, 진심으로 이끌어 주는 선배 교사도 없는 것 같아서 아쉽다. 하지만 그들은 누구보다도 열정을 가지고 학생들을 이끌어가고 있다. 옛날의 나보다 훨씬 멋진 모습으로.

처음 그 자리에 다시 서서

 '처음'이란 단어는 참 좋은 느낌을 주는 말이다. '첫'이 관형사로 사용되건 접두사로 사용되건, 처음의 뜻만 함유하고 있으면 신선하고 풋풋하다. 태어나서 '첫돌'이 되면 비로소 두 발로 지구를 밟고 서서 천상천하(天上天下) 유아독존(唯我獨尊)을 외칠 수 있다. 사람의 존재 가치와 만남에 눈을 돌리면, 낙엽이 소리 없이 창밖에서 흩날리는 장면 없어도 아련하게 다가오는 '첫 만남'을 떠올리게 된다.

 '첫사랑'에 눈을 뜨면 바다와 하늘과의 사랑을 이해하게 된다. 하늘이 시커먼 구름에 휩싸이면 바다는 산더미 같은 파도로 푸른 빛 융단을 내어 주고, 하얀 구름이 하늘을 유혹하면 백설같은 포말로 하늘을 감싼다. 늦은 오후가 되어 바다의 힘이 약해지면, 하늘은 주홍빛 노을을 뿜어 바다와 한 몸이 된다. 바다와 하늘은 그렇게 서로 파란빛과 주홍빛을 주거니 받거니 하면서 사랑을 나눈다.

 이슬 머금은 풀잎에 닿는 촉촉함, 혀끝을 사로잡는 솜사탕의 달콤함으로 빚은 '첫 키스'에 이르면, 노심초사했던 마음은 사라지고 세상의 온갖 살맛이 자기에게로 모여든다. 비록 형설(螢雪)의 공으로 힘들게 준비한 취직이지만, '첫 직장'으로 '첫 출근'하는 아침에는 날개가 없이도 하늘에 떠다니며 천하를 자기의 품속에 담을 수 있도록 가슴이 부풀어 오른다.

늦가을도 저물고 초겨울이 되어, 기다림에 목이 부러진 우리에게 백설공주의 드레스로 만든 '첫눈'이 품속으로 와 닿을 때, 아, 이는 또 얼마나 시원하면서도 포근한 선물인가. 첫눈이 오면 만나자는 약속이 있는 사람만 신나는 일은 아니다. 연인과의 약속 없는 고독한 사람도 솜털 같은 부드러움을 안아보겠다는 자기와의 약속이 있지 않은가. 어디 그뿐이랴. 시인에게는 '첫 시집', 가수에게는 '첫 히트곡'이 영원히 잊을 수 없는 자신의 분신과 같다.

나는 고교 졸업 후 대학 입시에 실패하여 학원에 다녔고, 대학교 재학 중에 군에 입대하여 현역으로 세월을 바쳤더니, 동갑내기들에 비해 늦은 시기에 대학을 졸업하였다. 다행히 졸업과 동시에 임용고시에 합격하였고, 9월에 여의도고에 국어 교사로 '첫 발령'을 받았다. 이어서 다른 학교와 교육청에서 두루 보직을 거친 다음, 정년퇴직을 앞두고 '첫 발령'을 받아 근무한 학교에 교장으로 발령을 받았고, 여기서 정년퇴직을 하게 되었으니 나의 '첫'에 대한 느낌은 말로 표현하기 어렵다.

나는 지방에 있는 고등학교를 졸업했는데, 멀고 바쁘기도 해서 모교를 몇 번 들러보지 못했다. 그런 이유 때문은 아니겠지만, 처음이자 마지막인 이 학교가 모교와 같이 따뜻하고 자랑스럽기까지 했다. 우연히 교문 앞을 지나만 가더라도, 젊은 교사 시절의 열정과 애틋한 사랑의 온기가 내 몸을 적셨다. 간절히 소망하면 이루어지는 것이 진리인가. 반드시 정년퇴직은 이 학교에서 해야겠다는 나의 오랜 다짐이 현실이 된 것이다.

처음이란 이렇게 많은 의미도 주지만, 인생을 삶아가면서 길을 잃지 않도록 유도등이 되고, 좌절의 늪에서 허우적거릴 때는 새로운 길을 열어 주기도 한다. 그러다 보니 그것에 대한 열정과 사랑의 추억은, 삶을 다하는 날까지 언제나 자신을 위무하고 자신감을 주게 되는 것 같다. 교직은 처음 한 번 들어서면 평생 직장으로 여기고 사는 사람이 많기에 '첫 학교'에 대한 기억은 다른 무엇보다도 더 그런 것 같다.

'첫 직장'을 가질 때는 한창 파릇파릇한 젊은 나이기에, 패기만만하고 두려움이 없이 일을 추진할 수 있다. 물론 한 번도 가 보지 못한 길을 걷는 두려움이 있겠지만, 그것은 잠시일 뿐 봄 눈 녹듯이 곧 사라지게 된다. '첫 직장'에 임하는 사람들은, 편하거나 지친 일을 가리지 않고 한결같은 열정을 쏟으려 하는 것 같다. 특히 학교에는 해마다 희망을 꿈꾸는 학생들이 바뀌기에, 새로 시작하는 '첫맛'이 있어서 관심과 애정이 식도록 놓아주지 않는다.

내 젊은 초임 교사 시절, 열심히 학생을 가르치고 학교 일에 밤낮을 가리지 않았던 열정의 옛 모습들이 주마등처럼 스쳐 지나간다. 본관과 체육관, 서관 건물은 옛날 그대로다. 다만 치장의 옷을 입어 좀 단정해지고 깔끔해졌지만, 오랜 세월을 견뎌 온 역사의 흔적을 그대로 머금고 있다. 교실도 리모델링이 되어 낡은 느낌을 덜 주지만, 옛날 구조를 그대로 유지하고 있어 추억을 새록새록 떠올리게 한다. 넓은 운동장은 인조 잔디 구장으로 바뀌어 학생들이 즐겁게 뛰놀고, 당시에는 없었던 축구부 학생들이 꿈을 다지는 공간이 되고 있다.

남학생들에게만 열린 학교라 딱딱하고 거친 느낌의 학교일 것이라는 생각을 가지게 될지 모르겠지만, 곧 그것은 선입견에 불과함을 알게 된다. 종일 복도를 돌아다녀도 학생들의 입에서 터지는 욕설을 듣기가 어렵다. 복도나 운동장에서 만나는 아이 중에는 가끔 자기 아버지의 안부를 전하기도 했다. 아빠도 우리 학교 졸업을 했는데요, 교장샘께 국어 수업을 받았고 지금도 기억에 생생하다네요. 저는 교장샘 강의를 들어볼 기회가 없어서 아쉬워요. 진정인지 빈말인지 모를 일이지만 기분은 괜찮았다. 그러고 보니, 내가 가르친 학생들이 40대 후반이거나 50대 초반의 학부모가 되어 있었다.

이 지역의 아파트는 건축한 지가 오래되었지만, 교통도 좋고 생활 여건도 좋은 인기 있는 지역이어서, 아직도 원주민에 가까운 사람들이 많이 살고 있다. 그랬으니 대를 이어 가르치는 즐거움도 맛보게 되었다. 초임 학교였으니 처음 대하는 아이들인데도 꼭 후배처럼 친근함이 더 했다. 동문회 임원을 만나도 옛날 가르친 추억과 감정이 공유될 수 있어서 부담 없이 일을 같이 추진할 수 있었다. 학교운영위원회 위원으로 활동하는 한 녀석은 내가 진심으로 아꼈던 제자이기도 하다.

초임 시절에는 교장실에 들어갈 일이 많지 않았던 까닭에 당시의 교장실에 대한 기억은 별로 떠오르지 않는다. 지금은 내가 이 방에서 근무하다 보니, 인테리어로 분위기가 조금 달라졌을 것 같지만 구조는 옛날 그대로란 생각이 든다. 그때는 교사들에게는 교장실에 드나드는 일이 편하지는 않았다. 지금은 문턱이 많이

제1부 그리운 학교

낮아져서 쉽게 드나들 수 있다고 나는 생각하지만, 여전히 선생님들에게는 편치 않은 공간일 것이다.

지금 내가 사용하는 이 교장실은 35년 전 나에게 큰 상처와 절망을 준 공간이었다. 이 책의 다른 꼭지인 '학벌이라는 계급장'에서 그 이야기를 다루고 있다. 과거의 쓰라린 경험이 내일에는 약이 된다고 하지만, 출근 첫날 당한 수모는 쉽게 잊히지 않았다. 지금 그 치욕의 공간에 앉아서 근무하고 있으니, 이것은 간절한 소망만으로 이루어지지 않았을 것인데, 무슨 복인지 인연인지는 나도 잘 모르겠다.

나이 먹어서 얻은 상처는 잘 낫지 않지만, 젊은 시절의 상처는 쉽게 아물고 긍정적인 에너지로 변화시킬 수 있다. 이 나이에 내가 그런 상처를 입었다면 회복이 어렵겠지만, 젊은 시절의 아픔이었기에 나를 돌아보는 계기가 되었다. 진정으로 자신을 향한 비판과 겸허한 반성의 시간이 많아질수록 인생은 더욱 단단하게 되는 듯싶다. 교사 첫날부터 나에게 안겨 준 그 무례한 교장의 상처가 내 삶에 약이 되기는 했지만, 그렇다고 그 교장 덕분이라고 할 수는 없다.

'첫'이란 단어가 주는 설렘과 기대, 가벼운 흥분과 영원한 기억. 당시에는 나쁜 '첫'의 일들이 있었더라도, 세월이 지나면 좋은 기억으로 바뀌는 것이 인지상정이 아닌가 싶다. 그래서 누구나 처음으로 돌아가고 싶은 열망을 가지지만, 돌아간다고 좋은 기억대로 되지 않는 것 또한 진리가 아닐까. 처음으로 돌아가는 것이 쉬운 일은 아니다. 실패한 첫사랑을 찾아 떠나기도 어렵다. 엉망으로 보낸 고교 시절로 되돌아가면 멋진 생활을 할 수 있으리라 자신하지만 그렇게 되기 어려울 것이다. 첫 근무 학교로 돌아가서 못 받았던 존경을 받는 선생님이 되어 보자고 해도 이제는 늦었다.

헤어지고 오랜 시간이 흐른 뒤에 처음으로 만나는 날, 설렘으로 흥분이 일기도 하지만 불안감도 이만저만이 아니다. 친구나 연인의 경우에는 좀 덜하겠지만, 선생님과 제자의 사이의 만남에서는 더욱 그렇다. 함께 울고 웃었던 제자들이지만, 혹 그들이 나에게 받는 상처라도 들이대면 무어라 말할까. 미안하다고 용서를 바랄 일도 있을 것이다.

어느 날 졸업한 지 15년쯤 지난 제자들 여럿과 한꺼번에 만났더니, 얻어맞은 이야기로 시작해서 시간의 절반 이상으로 그 화제로 일관했다. 그렇지만 진정으로 화난 얼굴은 아니었다. 매는 지금이야 폭력이지만 그 당시는 교육의 도구였고 강한 자극이 더 오래 남는 법이다. 긴 시간 동안 자리를 잡아가는 그들의 삶을 이야기를 듣고 있으니 참으로 행복한 마음이었다. 제자들도 옛날을 회상하며 박장대소하니 흘러간 과거가 쓸모가 없었던 것만은 아니었던 듯싶다.

자신의 현재에 부끄러워하면서 절망하고 있으면 처음 그 자리에 여유롭게 설 기회는 오지 않는다. 대학 진학에 실패하고 직업 전선으로 나갔거나, 원하지 않은 대학에 다니게 되었다고 절망만 일삼는다면 참으로 어리석은 일이 될 것이다. 나는 대학에 여러 번 실패하여 부끄러움과 자책감에 제대로 학교에 다니지 않았다.

교사가 되어서도 당당하게 출신 대학을 밝히지 못했다. 하지만 문득 그런 어리석음에서 벗어나 용기를 가지고 현실에 대드니 길이 보였다.

이른 학창 시절에 자신을 일깨우지 못했어도, 어느 순간에 새롭게 시작하는 마음이 든다면 그 시점부터가 '첫'에 해당하는 것이다. 모든 사람에게 삶의 길이가 점점 늘어나고 있으니, 살다가도 문득 새 길을 걸으면서 초지일관하게 되면 누구나 처음에 소망하던 그 모습으로 우뚝 서게 될 것이다.

부임 첫날 쓰디쓴 수모를 받으면서 시작한 교직의 길, 그 이후로도 내 인생은 참으로 롤러코스터와 다름이 없었던 것 같다. 그래서 순간순간 나 자신에게 화내고 절망했지만, 초심만은 버리지 않았다. 그리고 절망보다 더 큰 희망을 지으려는 노력을 멈추지 않았기에 이 자리에 앉을 수 있게 된 듯하다. 신규교사가 부임하여 처음으로 교장실에 온다면, 그들에게 나는 무슨 말을 해야 할까. "대학 졸업장을 버리고, 아이들을 온몸으로 사랑하십시오."

제 2 부

아쉬운 학교

학교 가기 싫은 아이들

부모들이 자녀를 키우다 보면, 그들에게서 학교 가기 싫다는 투정을 종종 받게 된다. 그런 말을 처음 듣게 되는 순간에는 누구든지 가슴이 철렁 내려앉게 된다. 그런데 투정이 반복되면 이솝우화에 나오는 양치기 소년의 이야기에서처럼, 눈앞까지 심각한 일이 닥쳤는데도 대수롭지 않게 듣게 된다. 오히려 꾸지람부터 하고는 우격다짐해서라도 아이를 학교에 보내고야 만다. 더 대책 없는 부모는, '내 인생의 온갖 것을 다 바쳐서 공부시키는데, 무슨 그런 멀쩡한 고무신 엿 바꿔 먹는 소리 하느냐.'고 아침부터 목소리를 높이기도 한다.

나는 시골의 초등학교에 다닐 적에는 학교에 가기 싫다는 생각을 거의 해 보지 않았다. 하지만 6학년 들어서기 직전에 시골을 떠나 마산으로 전학을 갔는데, 그 학교에서는 적응이 어려워서 많이 고민하고 방황하기도 하였다. 그때 당한 폭력 등 여러 어려움이 중·고등학교에까지 영향을 주어서 학교에 다닐 애착을 차갑게 만들었다. 그러면서 학교 가기 싫다는 생각이 들기 시작했고, 매우 중요한 고2 시절에는 무전여행을 위하여 무단결석을 하는 등의 일탈을 감행하기도 하였다.

나는 일곱 살 때 당시 초등학교 교사였던 아버지를 따라서, 부임지인 또 다른 깊은 산골에서 1년을 보낸 적이 있다. 그때

나이로는 초등학교에 정식으로 입학할 수 없었다. 하지만 나는 학교에 가고 싶어서 늘 안달복달했다. 아버지는 계속되는 나의 성화를 이기지 못해 3월 말쯤에 1학년에 넣어주었다. 언덕을 가로지른 오솔길을 깡충대며 내닫는 꿈 같은 등굣길, 높은 곳에 자리한 교실에서 내려다보이는 낙동강의 넘실거리는 물결, 친구들이 와글대는 교실이 너무 좋아서 새벽부터 눈이 초롱초롱해지는 날도 많았다. 덜 자란 키에 작은 체구여서 아이들 틈에서 놀고 있으면 찾기도 힘든 나는, 몸집보다 더 큰 가방을 메고 땀을 뻘뻘 흘리면서도 신나게 학교에 다녔다.

그런데 어느 날, 이상한 생각이 들었다. 아침에 등교하면 담임 선생님이 출석을 확인하느라 매일 친구의 이름을 하나하나 불렀는데, 어쩐 일인지 계속해서 내 이름을 불러주지 않았기 때문이다. 처음 며칠은 내가 늦게 입학해서 아직 출석부 정리가 안 되어서 빠뜨렸거니 단순하게 생각했다. 하지만 아무리 기다려도 내 이름은 불리지 않았기에, 이대로 그냥 넘어갈 수만은 도저히 없는 상황이었다.

궁금증이 점점 더해져서 공부도 놀이도 재미가 없어진 어느 날 해거름 무렵, 고샅을 향해 오롯이 시선을 고정한 채 아버지가 퇴근하기만을 기다렸다. 어머니의 채근에도 나는 늦은 시간까지 아버지를 기다렸다가 다짜고짜 물었다. '아빠. 선생님이 왜 내 이름은 안 불러요? 정말 이상해요, 선생님'. '정말 그랬어? 아마 늦게 입학해서 너를 빠뜨린 모양이네. 내일 아빠가 알아볼게. 걱정하지 말고 빨리 자거라'.

그때는 어려서 몰랐지만, 지금 생각하니 아버지는 순간 당황했을 것 같다. 정식으로 입학시킨 것이 아니기 때문이다. 담임 선생님은 다음 날부터는 제일 마지막으로 내 이름을 불러주었다. 아버지가 출근하자마자 출석 확인 때 내 이름도 불러주라고 담임 선생님에게 당부하였기 때문이었겠지만, 나는 세상 물정 모르는 어린 나이였기에, 비로소 학생이 된 것 같아 기쁜 마음으로 열심히 학교에 다녔다.

내가 정규 학생이 아니라 청강생 신분으로 다니고 있다는 것을 깨닫게 된 것은 1학기 통지표를 받는 날이었다. 다른 친구들과는 달리 나는 통지표를 받지 못했기 때문이다. 그 이후 그렇게 즐겁게 열심히 다니던 학교도 시들해지고, 결국 2학기에는 학교 다니는 것을 그만두었다. 한 학기 동안 내 또래의 동네 아이들과 놀다가, 여덟 살이 된 새 봄학기에 고향으로 돌아와서 1학년에 정식으로 입학하였다.

그 시절에 학교에 가기 싫다고 투정하는 학생은 별로 없었던 것 같다. 공부를 좋아하든 그렇지 않든 간에, 대다수는 학교에 가고 싶어서 새벽에 눈이 떠졌을 것이다. 서두르지 않아도 되는데 이른 아침을 먹고 동네 어귀에 모였고, 2㎞도 넘는 자갈길을 걸어서 즐겁게 학교에 다녔다. 고뿔에 걸렸어도 결석하지 않으려고 애썼다. 하지만 어떤 아이는 학교에 오고 싶어도 농번기가 되면 집안일을 도와야 해서 결석하기도 하였다.

즐거운 옛 추억을 회상하다가 현실로 눈을 돌리니, 가슴이 먼저 답답해 오는 것만 같다. 요즘 자식을 키워 학교에 보내 본 사람은

제2부 아쉬운 학교

누구나 느끼고 있을 것이지만, 최근의 학교 상황은 이해할 수 없을 정도로 변하고 있다. 불과 몇 년 전까지만 해도 학교 가기 싫다고 하는 아이의 유형은 정해져 있다시피 했다. 그들은 대부분 학력 부진으로 수업의 내용을 잘 알아듣지 못해 학습 의욕이 매우 낮거나, 목표를 향한 성취동기가 완전히 상실되어서 학교생활에 흥미를 갖지 못하는 아이들이었다. 그리고 왕따, 폭력사건에 연루되거나 급우들과의 갈등 등의 문제가 있는 경우가 그러한 부류에 속했다.

하지만 이제는 공부를 잘하거나 성실과 부지런함의 대명사인 모범생도, 학교 가기 싫은 내색을 부모들에게 노골적으로, 그것도 자주 드러낸다고 한다. 세상이 하도 복잡하고 아이들이 감내해야 할 갈등 요소가 많기에 단순하게 그 원인을 파악하기도 어렵다. 그래서인지 이런 현상을 사회의 보편적인 흐름으로 생각하고 자신과는 상관없는 일로 여긴다. 하지만 막상 자기 자식의 문제가 되면 결단코 받아들이지 않으려고 한다.

학교에 가기 싫은 생각이, 단순하고 순간적인 기분에 흔들려서 하는 것이면 큰 문제가 아닐 수도 있다. 반복되는 학교생활의 지루함만으로도 어쩌다 억지를 부려볼 수도 있기 때문이다. 그러나 이런 생각과 행동이 반복되거나 그 어떤 깊은 동기나 원인이 있으면, 그것을 꼼꼼하게 들여다봐야 한다. 아이는 윽박지르는 부모에 떠밀려 학교에 안 갈 수 없을 것이다. 이렇게 억지 춘향 격으로 교실에 들어서게 된 아이에게, 수업 시간 내내 집중을 기대하는 것은 나무에서 고기를 구하는 일이다.

우리 세대는 학교에 다니는 일을 하루의 가장 큰 즐거움이라 여겼던 것 같다. 툭툭대는 시비는 흔한 일이었고, 아이들끼리의 싸움, 심지어 집단 패싸움 같은 폭력도 있었지만, 당시에는 맞고 때리면서도 또 도우면서 같이 성장해 가는 시대였기에, 그런 일 조차도 심각한 학교 폭력으로 받아들이지 않았다.

물론 그런 일을 모두가 같은 마음으로 받아들인 것은 아니었을 것이다. 갑질과 힘의 논리가 통했던 시대였기에, 집안 등 각자가 처한 상황이 여의치 못해서 일방적인 피해자가 되었어도 항의 조차 하지 못하는 경우가 많았기 때문이다. 그런 일을 당한 부모는 겉으로 아무렇지 않은 듯이 행동했을지 몰라도 가슴은 쓰디쓰게 아팠을 것이고, 아이도 마음에 상처를 입어 학교에 가기 싫었을 것이다.

과거의 환경이나 문화가 향수 이상의 활력을 준다고 생각하는 사람도 많겠지만, 지금의 아이들에게는 과거사가 특별한 의미를 주지 못하는 것 같다. 물론 기간은 짧지만, 지금의 아이들도 자신이 겪어온 과거의 경험으로부터 삶의 에너지를 받기도 할 것이다. 하지만 기성세대보다는 더욱 예측하기 어려운 사회적·시대적 상황에 맞서고 버텨야만 하기에, 과거사를 불러올 여력이 없을 지도 모르겠다. 여력이 있어도 그런 싸움에 별로 도움이 안 될 수도 있겠다.

그런 차원에서 막연하게 과거를 지향하는 태도나 현실을 정리 하고 수습하는 수준에 교육이 머물러서는 안 된다. 다른 어떤 것 보다 앞서서 미래를 예견하고 길을 개척해 나가는 첨병의 역할을

제2부 아쉬운 학교

해야 한다. 전쟁의 참화 속에서도 교육은 멈추지 않듯이, 어떤 상황이 와도 교육은 아이들에게 미래의 희망을 심는 일이어야 한다. 아무짝에도 쓸모없는 것으로 고민하고 좌절하게 만들어, 희망보다는 절망의 서사를 계속 써 내려가게 하는 패러다임을 미련 없이 버려야 한다.

학생이 학교를 부정적으로 바라보게 되는 것은, 제도나 시스템의 결함이라기보다는 그것을 정상적으로 작동시키지 못하는 사람의 문제에 달려 있다. 아무리 좋은 제도나 시스템도 결국 그것을 운용하는 것은 사람이기 때문이다. 교육에 관계하는 구성원들이 제 역할을 다하려는 의지나 노력이 부족하다면, 기울어진 운동장을 알지 못하게 될 것이고, 알아도 그 해결 방법을 적극적으로 찾으려 하지 않을 것이다.

제4차 산업혁명의 시대가 시작되어 상상할 수 없는 모습으로 세상은 바뀌어 가고 있는데, 일부 부모들은 아직도 자녀를 대리 만족이나 자랑질의 대상으로 여기는 듯싶다. 그러니 자식 키우기 책략에 온갖 편법도 동원하기를 마다하지 않는다. 힘깨나 쓰는 주도층도 아닌 평범한 사람들까지도 자식을 위해 몸을 사리지 않는다. 물론 그것이 희생적이고 인간적일지 모른다. 하지만 그런 부모에게 진정으로 감사하는 마음을 갖는 자녀는 많지 않다. 있어도 그것이 오히려 부담으로 작용해서 불화나 부적응, 탈선의 빌미를 만들기도 하는 것 같다.

불법이면 말할 것도 없지만, 합법이나 편법이라도 부모의 찬스로 스펙을 만드는 일은 사라져야만 한다. 그것은 소수만 누리는 특혜일 뿐이고 다수에게는 상처를 주기 때문이다. 학교 교육의 역할은 명문대학 진학이나 부와 권력을 대물림하는 길을 열어주는 일이 아니라, 생물학적 인간을 사회적 인간으로 만들어내는 일이다. 부모 찬스를 못 가졌거나 가졌어도 이용하지 않는 사람이 바보로 취급받는 세상이 된다면, 학교 가기 싫은 아이들은 점점 늘어날 것이다.

특혜 부류에 끼지 못하는 보통 사람이라고 절망할 필요는 없다. 자신이 노력해서 얻지 않은 소득은 삶을 행복하게 만드는 재료로 쓰이지 못하기 때문이다. 오히려 긴 세월 몸을 맡길 행복이라는 방으로 들어가는 데 방해 요소가 되고, 들어가게 되더라도 그 모든 것이 회오리바람처럼 순식간에 사라져 삶을 허무의 늪에 빠뜨리기도 할 것이다.

하고 싶은 것, 잘 할 수 있는 것은 못 하고, 오로지 부모가 선망하는 일을 이루기 위해 학교로 학원으로 동동거리면서 뛰어다녀야만 하는 현실 앞에서, 아이들이 행복하기를 바라는 것은 언어도단이라 할 것이다. 그나마 다행은, 자녀의 행복한 교육과 삶에 관심을 두는 부모가 늘어간다는 사실이다. 자녀의 건강한 삶을 위해 대안학교에 보내기도 하고 농어촌으로 이주하기도 한다. 명문대에 대한 선망도 줄어들고, 대학 학과나 직업의 선택에 자녀의 관심을 존중하는 방향으로 흘러가고 있다.

아이들이 학교에 가고 싶지 않게 만든 동인이 부모들에게만 있는 것은 아니다. 여기에는 학교나 교육 당국의 책임도 크다. 이미 성큼 다가온 4차 산업혁명의 물결 속에, 환경뿐만 아니라 기존의 틀이 완전히 달라지고 있음에도 세상의 변화를 강 건너 불구경 하듯 하며 대책 마련에 소극적이기 때문이다. 나를 포함한 학교와 교육 관계자는 교육이라는 밥상에 숟가락 하나 얹고 그저 편안할 방도를 찾을 일이 아니라, 적극적으로 밥상을 풍성하게 하는 일에 마음을 쏟아야 한다.

세상에 만만한 일이 없기는 하지만, 참으로 어려운 것이 교육 이다. 자식 키우는 일만큼은 자기 맘대로 안 된다고 하는 부모 들의 하소연처럼 말이다. 학교에서는 학생이 원하는 대학에 진학 시키는 일이 쉽지도 않지만, 행복한 교육을 펼치는 일은 더욱 어렵다. 입시라는 현실에 목을 매다 보면, 진정한 교육은 꿈조차 꾸기 어렵기 때문이다. 그렇다고 그것을 남의 탓으로 넘길 일은 아니다.

학교 경영에 부모의 맹목적인 간섭도 받아들이기 어렵지만, 교육부나 교육청의 획일적이고 강압적인 지시도 바람직하지 못하다. 학교 구성원들의 자치 역량을 키우기 위하여 실질적인 자율과 권한을 주고, 그것이 잘 작동하도록 제도와 인력을 지원 하여야 한다. 그동안 교육 당국은 한 그릇 비빔밥을 만드는 데 필요한 온갖 재료를 모으는 작업을 수도 없이 해 왔다. 이제는 학교 구성원이 협력하여 학생의 식성에 맞는 비빔밥을 만들도록 해야 한다. 오로지 최종 목표는 학생에게 있음을 잊지 말아야 한다. 그래야만 학생들이 절망의 늪에서 벗어나 희망의 숲으로 들어가게 될 것이다.

출근길이 두려운 선생님

교육청에서 부서장으로 근무하던 어느 날, 교육감을 모시고 혁신 초등학교에 방문한 적이 있었다. 이런저런 시설을 돌아본 뒤에 학생들이 공부하는 교실에 들르게 되었는데, 학생들에게 반갑다는 인사를 마친 교육감은 '너희들이 원하는 학교는 어떤 학교냐?' 하고 물었다. 한 학생이 손을 번쩍 들고 큰소리로 대답 하였다. '선생님이 없는 학교입니다'. 그 학생은 겨우 초등학교 2학년에 불과하였다.

전혀 예측하지 못한 답변에, 나뿐만 아니라 그곳에 있었던 사람들 모두 큰 충격을 받았다. 평소에 선생님을 자신의 꿈을 가로막는 사람쯤으로 생각하고 있었던 것일까. 너무 이른 나이에 세상 섭리를 깨달아 버린 것은 아닌가 싶어 한편으로는 섬뜩한 느낌이었다. 왜 교사는 학생들에게 부담을 주는 존재가 된 것일까. 물론 모든 학생의 생각이 그런 것은 아닐 테지만, 오직 그 한 명 만의 감정이나 생각은 아닐 것이다.

만일 교사에게도 같은 질문을 한다면 나오는 대답은 무엇일까. 마음속에 있는 것을 솔직하게 드러낸다고 가정한다면 부끄러운 일이 될지는 모르지만, 아마 첫 번째는 '학생이 없는 학교'라는 대답일 것이다. 학생이 없다면 학교도 교사도 존재할 수 없겠지만, 이제는 학생들에게 교사의 권위나 역할은 절대적인 것이 아닌 것 같다. 선생님께 수업을 듣거나 어떤 측면에서 닮고 싶은 하나의 모델로 삼기 위해 학교 다니는 시대가 아닌 것 같다. 교사들도 학생들이 자신들을 존경해 주기를 바라는 마음을 애초에 기대하지도 않는 것 같다. 서로가 그런 상황이니 교사의 정당한 지시가 먹혀들지 않고 그들을 통제하기도 어렵다.

그리고 두 번째는, '교장이 없는 학교'라는 대답이 나오지 않을까. 교사의 생각을 바꾸는 데는 삼 년도 더 걸린다지만, 교장의 생각을 바꾸기는 퇴직해도 불가능하다는 우스갯소리가 있다. 그만큼 고집불통인 교장이 많다는 말일 것이다. 하지만 어느 조직에나 그렇듯이, 미꾸라지처럼 연못을 흐리게 하는 교장도 있지만, 다수는 경험도 많고 인품도 훌륭하다고 본다. 그런데도 교장 역시 교사들에게는 거북한 존재인 것 같다.

같은 질문에 대한 교장의 대답은 당연히 '학생과 교사가 없는 학교'일 것이다. 첫 번째 대상은 교사일 것이고, 두 번째는 학생일 것이다. 교장이 되면 학생들보다 교사들과의 접촉이 빈번하므로 갈등의 요소도 많다. 수업을 직접 담당하지 않고 주로 교사들과 학교 경영 등에 관한 업무를 논의하는 과정에서 상호 오해와 불신 등으로 감정이 격화되는 경우도 있다. 누구의 잘못인지는 보는 시각에 따라 다를 것이나, 대체로 상호 간에 문제가 있기 때문이다.

최근에는 교장과 교사 간의 갈등은 많이 줄어들었다. 교장이 여러 면에서 권한을 내려놓고 교사에게 자율권을 주고 있기 때문이다. 오히려 교사 간의 갈등이 더 많이 일어나고 있다.

좋든 싫든 교사들은 학생과 관련된 일이나 업무를 나누어 맡아야 하기에 제로섬 게임 법칙이 작용한다고 하겠다. 한 번만 버티면 일 년이 편해지지만, 양보하는 미덕을 보이면 내내 힘들고 불편한 것이 학교 일의 진실이다.

직장이라면 어디에나 그런 속성이 있겠으나, 특히 학교는 교사의 성과를 평가하여 거기에 합당한 보수나 적절한 인센티브를 줄 방법이 없기에, 교사들이 눈앞의 불편함을 감수하지 않으려 하고 양보의 미덕도 발휘하지 않는 것이다. 그래서 게임에 임하는 자세가 도전적이고 갈등도 그치지 않는 것이다.

학생과 교사, 교장의 대답이 어떤 식으로 나타나든, 학생과 교사, 교장 모두 있어야만 학교 조직은 존재한다. 서로가 서로에게 마음속의 생각을 표현하기는 어렵겠지만 오래 담아 두어서도 안 된다. 사명감이 약해지고 개인주의가 넘쳐나는 시대라서 쉽지 않지만, 갈등을 해결해 내려는 상호 간의 노력은 절실하게 필요하다. 그렇지 않으면 학교 조직은 엉망이 되고 개인적으로는 질병의 원인이 될 수도 있다.

학교가 미래 준비를 위한 혁신적 트렌드를 즉각적으로 반영하지 못하는 이유에는, 각종 집단의 간섭과 교육 당국의 통제도 한몫 끼어 있다. 그 폐해는 바로 교사들에게 영향을 미친다. 수업과 평가라는 본업도 아닌, 끝없이 내려오는 잡무나 교육 외적 일까지 맡아야 하는 현실은 교사들에게 무거운 짐이 될 수밖에 없다. 교사들이 오로지 본업에 집중할 수 있도록 하겠다는 교육 당국의 말은 자주 듣지만, 굳건한 뿌리가 언제 내릴지는 요원하기만 한 것 같다.

사범대학이나 교육대학 입학생은 교직을 천직이라 여기며 정의감과 봉사심으로 정신적 무장을 하고 대학 생활을 시작한다. 따라서 대학생이 되어도 옆길로 새지 않고 교사의 길을 준비하면서 착실하게 학교생활에 임했을 것이다. 그렇게 대학 생활을 보내고 교원자격증을 취득했더라도, 교사가 되는 것은 쉬운 일이 아니다. 임용고시라는 무시무시한 경쟁을 뚫어야 비로소 교사가 되는 것이다. 이처럼 어려운 과정과 수준 높은 경쟁을 거친 것이 가장 큰 이유이기는 하겠지만, 교사들은 어느 집단보다도 자긍심이 높은 편이다.

초임 발령을 받아 교단에 선 젊은 교사들은, 두려움이 적고 남의 눈치에도 개의치 않고 행동하는 MZ 세대의 특성을 가졌다. 그러면서도 워라밸에 연연하지 않고 학생들에게 쏟아붓는 노력과 열정 또한 대단한 것 같다. 다른 직업에 종사하는 MZ 세대들과는 확연한 차이가 있다고 칭찬하고 싶다. 문제는 그런 열정이 얼마 가지 못한다는 것이다. 학교 현장에서 2~3년 적응하면서 지내고 보니, 임용 전에 가슴에 품었던 꿈과 맞닥뜨린 현실이 확연히 다르다는 것을 느끼기 때문이다.

교사들은 발령장을 받기 무섭게 교육 철학과 꿈을 쓰레기통에 버려야 하는 현실에 부딪히기도 한다. 학교에 자율성이란 시스템이 부족하기 때문이다. 어린 시절에 가졌던 선생님이란 꿈의 모습과는 천양지차이기에 정체성의 혼돈이 일어나기도 한다. 제도적인 제약과 현실적인 가치들이 수시로 압박하고, 맞벌이하지 않고서는 자식 키우면서 먹고 살기도 어려운 현실도 받아

들여야 한다. 무엇보다도 사회적인 존경까지는 아니더라도, 학생들로부터 당연히 받아야 하는 존중마저도 헌신짝 신세가 된 현실이 가장 문제다.

교사들을 교단에서 의연하게 버티게 하는 긍정적인 힘의 요인이 적지는 않지만, 그것을 밀어내는 부정적인 힘이 더 강한 위세를 떨치는 것 같다. 부정적인 힘의 근원은 자신의 성격이나 특성, 사회성이나 소통 능력 등에 있기도 하지만, 외부에서 오는 원인이 더 많다. 학교라는 공간이 협력과 배려, 자율이 통하는 즐거운 상아탑이라면 갈등을 이겨낼 긍정적인 힘을 얻겠지만, 그런 일은 유토피아에나 있을 일이다.

학생들과의 갈등도 이제는 한계 상황에 이른 것 같다. 학생들의 잘못을 꾸짖거나 언행을 바로 잡기는커녕, 잘못을 지적하기도 쉽지 않다. 갑질, 아동 학대, 언어폭력, 강압 등 밑도 끝도 없는 문제를 제기하거나 교사들을 상대로 소송을 거는 일도 밥 먹듯이 한다. 그런 실정에서도 교사들은 감성적 호소로 접근하는 일 외에는 별다른 해결 방법은 찾을 수 없다. 이는 사실상 교육적인 지도를 포기해야 하는 일이니, 무슨 재미로 출근하는 아침이 기다려지겠는가.

학생들끼리의 문제는 더욱 심각하다. 자기 자식의 잘못은 조금도 인정하려 들지 않고 화해나 용서 대신, 변호사를 통하여 법으로만 해결하려고 한다. 학교나 교사들의 중재도 어렵다. 문제를 은폐하려 한다거나 어느 한쪽 편만 든다며 몰아붙이고, 그 부당성을 교육청, 권익위, 감사원, 여성가족부 등 온갖 관계 기관에 진정하기 때문이다. 학교가 학원보다 못한 교육 현장이 되었다는 탄식은 그저 나온 것이 아니다. 이처럼 학교가 전쟁터에 버금가는 소용돌이에 놓여 있으니, 교사들의 회의감은 극도로 커질 수밖에 없다.

언론도 인간교육보다는 대학입시 결과만을 교사들의 능력을 평가하는 잣대로 삼으려 한다. 물론 학부모의 관심사를 반영한 보도이겠지만, 언론은 가야 할 길과 가고 싶은 길을 분명하게 분리하여 보도하는 자세를 보여야만 할 것이다. 평가의 시선이 이러하니, 교사들은 본질적인 교육 목표에 전념하기보다는 입시 중심의 문제 풀이 기계로 전락할 수밖에 없고, 그런 구렁텅이에서 빠져나오는 용기를 내기도 어렵다.

교사를 더욱 지치게 만드는 것은 틈만 나면 교사의 실력과 공정성을 부인하거나 깎아내리려는 학부모들이 늘어나고 있다는 것이다. 열과 성의를 다해 가르쳐도 자신들의 이기적인 시각에 흡족하지 않으면, 온갖 험담을 늘어놓는 일도 예삿일이다. 공정의 가치에 한 치의 벗어남이 없이 가르치고 평가해도, 늘 자기 자식은 차별받거나 찬밥 신세라는 피해의식을 버리지 못하기도 하는 것 같다. 이웃 학교와 빗대는 것은 예사이고 심지어 학원에까지 비교하는 일을 서슴지 않는다.

그러니 선생님들이라고 학교에 가고 싶을까. 속된 말로 뭐 먹을 것 있어서 아직도 교단에 남아 있느냐는 조롱 같은 이야기를 심심찮게 듣기도 한다. 특히 고경력 교사들의 고민은 더 크다. 젊은 시절에는 호랑이의 위세를 떨치던 선생님이었으나, 지금은 종이 고양이 신세가 되었기 때문이다. 그렇다고 변화의 강물에 뛰어들 용기도 내기가 어렵다. 결국 말로만 명예퇴직이지, 실제로는 중도 퇴직이라는 탈학교의 길을 줄줄이 이을 수밖에 없는 현실이 된 것이다.

물론 교사들의 책임도 없지는 않다. 과거에는 교육의 주체가 교사였다면 이제는 학생이다. 학생들 스스로가 문제를 발견하고 해결해 나가는 과정을 돕는 것이 이제는 진정한 교사의 역할이다. 그래서 학교는 '가르치는 곳이 아니고, 배우는 곳'이라고 한다. 그런데도 그에 맞는 수업과 평가에 전념하지 못하는 교사도 많다. 특히 고경력 교사들에게는 따라잡기 힘든 변화의 양상들이 펼쳐지고 혁신에 대한 두려움도 많을 것이다. 하지만 자신의 고정 관념을 내려놓고 앞서서 용기를 낸다면, 결코 어려운 일이 아닐 것이다.

교사를 향한 외적 압박과 비교육적인 일, 철없는 학생들 때문에 힘은 들겠지만, 학생들이 학교에 오고 싶지 않게 만드는 원인을 제공하고 있지는 않은지, 교사들은 수시로 자신을 돌아보아야만 한다. 최선을 다한다지만, 그것이 과연 진정한 관심과 사랑에서 우러난 가르침이었는지도 돌아볼 일이다. 분위기에 편승하여 적당히 넘어가고, 공적인 일보다 사적인 일에 더 관심을 두어서는 존중받는 선생님이 되기 어렵다.

교육 당국은 교직이 천직이니 운명이니 하는 옛날이야기로 교사들을 더는 설득할 수 없다. 눈앞의 성과를 위해 학교에 온갖 정책으로 도배할 것이 아니라, 변화를 위한 준비의 시간과 실행을 위한 충분한 여건을 만들어 주어야 혁신은 가능하게 될 일이다. 그래야 교사들에게도 매일 출근하는 아침이 기다려지고, 평생 학교에 출근하는 행복한 마음을 학생들에게 오롯이 쏟을 수 있게 될 것이다.

교장샘도 학교 가기 싫은 날

'엄마 학교 가기 싫어요.' '그래도 가야지, 네가 교장인데'. 물론 웃자고 만든 에피소드다. 하지만 결코 웃을 일만은 아닌 것 같다. 최근에 학교에 불어 닥치고 있는 믿기 싫은 현실에 대한 당혹감은 교장이라고 별반 다르지 않다. 교장의 권위는 소리 없이 사라지고, 정당한 권한과 지시도 통하지 않는 학교가 되었다. 내가 교사 시절에 보았던 교장의 권위는 펄펄 살아 있었고 카리스마도 보통이 아니었다. 학교 경영에 불만을 품거나 무작정 거부하는 일은 상상도 하기 힘든 일이었다.

몇 년 전 어느 날, 나와 호형호제하면서 친밀하게 지내는 한 후배 교장이 충격적인 선언을 하였다. 교장 임기도 많이 남았는데 명예퇴직을 하겠다는 것이다. 이유를 캐물으니, 다른 할 일이 생겼기에 그만두는 것이라고 했다. 하지만, 여러 측면에서 학교 경영이 너무나 어렵기에 이제는 지쳐 버린 것은 아닐까 하는 생각이 들었다. 그는 결국 임기 몇 년을 남기고 교장이란 직위도 버리고 학교를 떠났다.

그리고 삼사 년 정도의 세월이 흐른 지난 학기 말, 또 한 명의 사랑하는 후배 교장이 중도에 퇴직하고 학교를 떠났다. 학교의 분위기가 갈수록 냉랭해졌고, 코로나19로 학생이나 교직원과의 인간관계도 쉽지 않은 현실이 되었다. 그래서 몇 년 전과는 달리,

제2부 아쉬운 학교

이번에는 그의 명예퇴직을 강하게 만류하지 않았다. 그의 용기가 참으로 부러웠고, 인생 2막을 오롯이 자신의 것으로 만드는 일을 좀 일찍 시작하는 것도 옳다고 생각했기 때문이다. 오히려 미련 없이 떠날 수 있는 그가 존경스럽다는 마음마저 들었다.

그런데 후배 교장들이 임기를 채우지 않고 학교를 떠난 것은, 못살게 구는 한두 명의 교사 때문인 것처럼 보이지만, 사실 그것만은 아니다. 학교 조직의 문화가 지나친 개인주의로 흘러 학교의 어려운 일이나 발전에 대한 열정을 불러내기가 쉽지 않다. 학부모들의 극단적인 이기주의가 강물처럼 도도하게 흘러도 비난할 수 없는 환경이다. 거부와 반목을 합리화하는 행위조차도 자신들의 권리란 인식이 조직에 팽배해 있어, 교장으로서 자기의 뜻을 펼치기 어렵게 되었기 때문이다.

교사에 이어 학생들조차도 예의와 존경을 마스크 속으로 감추어 버린 것 같다. 3년째 계속되는 코로나19의 영향이라면 그래도 다행스럽다고 해야 할지 모르지만, 질서를 지키거나 기본적인 예의를 지켜야 하는 일조차 생각 속에 전혀 없는 듯이 보인다. 학부모의 오해와 불신은 사소한 것부터 심각한 것까지 미치지 않는 곳이 없다. 교육 당국조차도 교육의 보루가 되기는커녕, 오만하고 일방적인 지시를 버리지 못하는 현실에 안주하고 있다. 이러니 교장의 경영 의욕은 꺾일 수밖에 없는 것이다. 나라고 어디 다를 바가 있을까. 퇴직하는 날이 다가올수록 아쉬움이 쌓여가야 하는데, 하루하루가 더욱 더디게 가고 학교에 가고 싶은 날보다 가기 싫은 날이 점점 늘어난다.

젊은 교사 시절에는 힘든 일이 많기는 했지만, 그것이 조직을 위한 정상적인 시스템이라 생각했다. 의도적 무시와 학벌 중심의 패거리가 학교문화를 지배하고, 교장을 비롯한 일부 선배들의 횡포가 갑질에 가까웠어도, 아무렇지 않은 듯이 받아들여야 했다. 그런 것들이 나의 강한 열정을 무너뜨리지 못했다. 학생을 가르치는 일에 즐거움을 느끼면서 열정의 길로만 직진했다. 방학이 되면 반 학생과 지리산, 계룡산으로 종주 산행도 하였다. 당시에는 그런 활동이 교장의 허락을 받기도 힘든 현실이었다

중견 교사가 되면서부터 학교에 가기 싫다는 생각이 조금씩 들기 시작했다. 10여 년 이상 국어 교사로 재직하면서 문학 작품 하나 제대로 된 방법으로 가르치지 못하였다. 몰라서 못 가르친 것이 아니라, 대학입시 문제 풀이에 오로지 전념해야 했기 때문이다. 그렇게 흘러만 간 세월이 10년을 훌쩍 지나고 나니, 교사로서의 정체성을 잃어버린 것 같은 회의감에서 벗어날 수 없었다. 나 자신이 너무 싫어지고 서글퍼지는 날이 많아지게 되었다.

그러나 수업이란 교사가 교육과정에 바탕을 두고 자신이 가장 선호하는 효율적인 방법을 찾아 진행하는 것이므로, 오로지 교사의 몫이고 책임이라고 할 수도 있다. 그러므로 진정한 교사는 누가 누구에게 하는 부당한 지시나 그 책임 문제를 뛰어넘어야만 한다. 현실에 따라야 하기에 어쩔 수 없다는 항변도 의미가 없다. 오로지 학생들만 바라보면서 아픔도 희생도 감내해 나가야 할 것이다. 그래야 마음을 가득 채운 우울함도 사라지고, 어느덧 환한 웃음으로 행복하게 일하는 자신을 발견하게 될 것이다.

나는 문제 풀이 중심의 수업에 대한 고민을 계속하였고, 그 탈출구로 찾은 곳이 교원대학교였다. 그곳에서 학습자 중심의 수업 방법을 연구하였는데, 학생들이 주도하는 발표와 토론 중심의 수업이 진행되다 보니, 강의 중심 수업보다 더 높아지는 성취 결과를 얻었다. 이는 무임승차나 딴짓으로 시간을 허비하지 않고 모두가 참여하는 활력 넘치는 수업이 되었기 때문일 것이다. 학생들과의 관계도 좋아졌는데 심지어 팬클럽이 생길 정도였다. 이제서야 비로소 나는 입시 문제를 풀어주는 학원 강사가 아니라 교사가 된 것 같았다.

21세기에 들어서면서, 소위 교실 붕괴가 시작되었고, 수업을 진행하기가 점점 어려운 상황이 되었다. 수업 집중은 뒷전이고 떠들거나 대놓고 잠을 자는 교실에서 교사의 지시는 허공 속을 떠돌았다. 나는 교실 붕괴 초기에 장학사로 발령을 받아 학교를 떠났다. 그리고 6년 동안 교육청에서 주로 교원인사 관련 업무를 담당하였기에, 슬픈 교실 붕괴 현장을 직접 체감하지는 못하였다. 그리고 만 6년이 지나 교감으로 학교에 돌아왔는데, 학교 현장은 힘들게 변해 있었다.

계속해서 교실의 붕괴가 학교 전체의 붕괴로 이어지고 있었다. 예의와 존중을 모르는 학생들이 대폭 늘어났고, 민주 시민으로서의 의무는 남의 일이라 여기는 것 같았다. 학생 인권의 보호망 속에서 마땅한 교육 방법도 찾기가 어려웠다. 교직원 문제도 심각하였다. 개인주의를 넘어 이기주의의 늪에서, 남을 배려하거나 조금의 불편함조차 받아들이려 하지 않았다.

학생, 교직원 가릴 것 없이 자신에게 이익이 별로 없거나 어려운 일에는 모두가 눈을 돌렸고, 심지어 좋은 일도 함께 나누려 하지 않았다. 당연한 교육활동이라 할 많은 것이 잡무로 인식되어 성과를 내지 못했다. 일부 교사는 학교장의 합리적인 경영조차 독단으로 단정하고 교장의 권위를 깎아내리려 하였다. 그러면서도 학부모나 학생에게는 군림하고 학교의 긍정적인 조직 문화 조성에는 무관심하였다. 그런 분위기가 다수 학교에서 보편적으로 자리매김을 하고 있으니, 교장도 학교에 가기 싫다는 생각이 안 들 수가 없는 것이다.

과거에는 학생들 때문에 학교 가기 싫다고 생각하는 교장들이 별로 없었을 것이지만, 이제는 그렇지 못한 것 같다. 물론 지금도 다수의 학생은 착하고 예의 바르지만, 학교 분위기를 썰렁하게 만드는 미꾸라지가 점점 늘어나고 있어서 문제는 간단치 않다. 비뚤고 뒤틀린 몇몇 개념 없는 아이들 때문에 종일 치밀어 오르는 화를 참기 어려운 날도 있었다. 그들을 아무리 좋은 표정과 말로 가르치려고 해도 소귀에 경 읽기에 불과하였다.

일부 학생들의 불손한 언행이 교장의 기분을 언짢게 하고 학생들에 대한 애착심을 사라지게 하는 계기도 될지는 몰라도, 학교 경영에는 큰 문제가 안 된다. 하지만 그러한 무례함과 불손함이 교사에게서 나온 것이라면 사정이 다르다. 일부 교사에게 한정되는 문제라 하더라도, 학교 조직의 분위기에 미치는 영향이 매우 크기 때문이다. 학교 책임자인 교장의 당연한 권위조차 무조건 배척하는 일은 없어야 한다. 그것은 학교 경영의 틀을

제2부 아쉬운 학교

왜곡시키고 모두가 불편한 학교를 만들면서 학교 발전을 위한 큰 그림을 그려 나가는 데 심각한 장애가 된다.

이는 사회의 다른 조직 구석구석에 팽배한, 자기밖에 모르는 무례하고 몰염치한 태도와 다를 바가 없다. 하지만 인간교육을 지향하는 교사라는 신분을 기준으로 본다면 참으로 부끄러운 일이 아닐 수 없다. 소위 싸가지 없는 언행을 일삼는 한두 명의 교사 때문에 종일 우울한 기분에서 벗어나지 못하게 된다면, 학교 일도 그렇지만 교장 개인의 심사에도 몹시 괴로운 일이다. 나 역시 학교에서 빨리 떠나고 싶은 생각이 자주 들기도 한다.

하지만 학교에서 벗어나고 싶은 이유를 학생이나 교사의 탓으로 몰아가는 것 또한, 나의 합리화나 핑계일 것이다. 그렇다면 나는 참으로 형편없는 교장일 수도 있겠다 싶다. 긴 세월을 견디면서 여기까지 왔고, 학교에 빨리 가고 싶어서 이른 새벽부터 깨어난 날이 그렇지 않은 날보다 몇 배는 더 많았다. 이는 진지한 희망의 눈빛으로 노력하는 학생이 있었고, 어려운 여건 속에서도 성심을 다하는 교사가 있었기에 가능한 것이었다. 어쩌면 내가 학생과 교사들에게 희망을 준 것보다, 그들이 나에게 더 많은 희망을 안겨주었을 것이다.

누가 뭐라고 해도 후배 교사들이 참으로 고맙다. 절망에 가까운 현실 앞에서도 자신을 챙기기에 앞서 학생을 위한 눈물겨운 희생을 감내하는 교사가 다수였다. 그래서 나는 학교 가기 싫은 마음을 떨쳐내고 평생을 학교에 다닐 수 있었다. 내가 학교 가기 싫은 날이 많아진 것은 오로지 나의 문제이고, 아마도

나 때문에 출근하기 싫은 교사들을 세어보면 수도 없이 많았을 것이다.

몇 년 전까지는 정년이 눈앞에 오면 하루하루가 너무 빨리 지나가서 아쉽고 안타까울 것이라는 생각을 쭉 해 왔는데, 일 년을 남겨놓은 시점에 이르니, 하루하루가 너무 더디게 지나가는 것만 같고 아쉬움보다는 후련함이 더욱 큰 것 같다. 퇴직하고 학교 현장에서 떠나면 바람처럼 자유로움을 누리고, 억지로 어깨에 무거운 짐을 메고 다니지 않아도 된다. 반기는 사람도 별로 없겠지만, 보기 껄끄럽고 억지로 웃음을 나누어야 하는 사람을 매일 만나지 않아도 된다. 누구를 탓할 일도 없지만, 남에게 원망받을 일도 없으니, 이처럼 시원한 일이 또 있을까.

교사로 임용되고부터 큰 오점 없이 나름 충실히 교직 생활에 임해 왔기에 간혹 남들이 잘살아왔다고 칭찬하기도 한다. 칭찬받을 만한 무슨 성과를 남기지 않아도 정년퇴직이라는 교직의 길 끝까지 견디고 걸어온 것만으로도, 스스로 나 자신에게 훈장을 주고 싶다. 재직 기간만 채우면 누구에게나 주는 훈장 말고, 진정으로 한 점의 후회도 없이 나 자신을 사랑하며 참 잘 살았다는 의미를 새긴 훈장말이다.

이제 부끄러움을 모르는 나이가 된 것인가. 나 자신을 냉엄하게 되돌아보면 부끄러운 일도 많았고 무관심하거나 불공정하게 일을 처리한 사례도 있었을 것인데, 감히 나에게 스스로 훈장을 내리겠다고 하니 말이다. 학생들의 잘못을 꾸짖고 교사들을 못마땅하게 여긴 주제 모르는 언행을 했음에도, 스스로 정의롭게 살아왔다고 한다면, 착각을 넘어서서 외고집과 오만 덩어리의 인생을 걸어 온 것일 수도 있다.

나는 본디부터 남들에게 편한 사람은 아니었던 것을 잘 알고 있다. 어떤 일이든 완벽하게 해내야 한다는 과한 욕심도 있었으니 스스로 많은 스트레스도 안고 살았다. 강하고 직선적인 성격이라서 아랫사람을 불편하게 했을 것이다. 윗사람에게도 교언영색(巧言令色) 할 줄 몰랐으니, 그분들의 기분이 상하는 일도 허다했을 것이다. 욕은 먹어도 배가 부르지 않으니, 자기가 욕 먹고 있다는 것을 주변 사람들은 다 알아도 자기만 잘 모르는 것이 인지상정이다. 나도 그렇다고 해 두고 싶다.

모두가 가기 싫은 학교는 없는 것보다 못하다. 교육의 주춧돌을 바로 놓고 실행에 옮기는 일은 쉽지 않다. 하지만 실행 없는 교육은 무의미하니, 각자 용기를 내서 제 할 일에 힘쓰는 학교 문화를 만들었으면 하는 바람이다. 이제는 학교에 가고 싶어도 갈 수 없는 날이 코앞에 왔다. 학교 밖에서 학생과 선생님에게 박수를 보내는 보통 시민으로 돌아간다. 교육 당국과 후배 교사, 미래의 희망인 학생이 진정한 박수를 받을 수 있도록 함께 힘을 쏟기를 바라는 마음만 남기면서 말이다.

엎어치기와 학교 폭력

최근 학교에서 일어나는 일 중에서 가장 해결하기 어렵고 골치 아픈 일은 학교 폭력이다. 학생인권조례의 등장에 따른 용모, 복장 등의 지도에 대한 갈등은 좀 잠잠해졌다. 도입 시기에는 학교가 기존의 생활지도 원칙을 바꾸기를 꺼렸기에 적지 않은 갈등이 있었지만, 학생의 자유의사를 존중하는 방향으로 생활지도가 이루어지고 있기 때문이다. 그리고 미투(me too)로 시작된 학교 내의 성범죄 문제는 사회적으로도 심각한 이슈로 떠올랐기에 모두가 경각심을 가지게 되었다.

그러나 학교 폭력은 아직도 진행형이다. 도대체 학교 폭력이 멈추지 않는 이유는 무엇일까. 그 원인이야 수없이 많겠지만 가장 중요한 요인은 아무래도 학교 교육의 파행에서 찾아야 할 것이라는 생각이 든다. 그리고 교육을 파행으로 만든 주범은 다름 아닌 대학입시일 것이다. 우리 교육의 모든 것들은 대학입시를 향하여 열려 있다. 예의나 염치, 존중과 배려가 없어도 그냥 넘어가기 일쑤고, 제멋대로 생각하고 행동해도 명문대학만 입학하면 모든 것이 용서되는 것이 우리 사회다.

세상에 태어날 때 누구나 공부를 열심히 하기 위해서 태어나지는 않았다. 그리고 공부 잘하고 못하고는 옳거나 존엄한 인간의 가치를 판단하는 잣대나 절대적 기준도 되지 못한다. 지금의 공부는

제2부 아쉬운 학교

경쟁하는 자들을 걸러내기 위한 손쉬운 기준을 만드는 일에 도움이 될 뿐이다. 21세기 출발 후 20년도 더 지난 지금에도 대한민국은 여전히 0.1점에 성패를 가르는 수학능력시험이 가장 객관적이고 공정한 시험으로 대접받고 있으니, 그렇다는 생각이 들지 않은가.

타당성 있게 가중치를 반영하지 못한 문제에 소수점 차이로 대학에서 수학할 수 있는 능력이 구별된다는 논리가 타당하다면, 도대체 대학은 뭣 하는 곳인지 의문이다. 정성 평가가 중요한 이 시대에 정량평가의 저울질만이 객관성과 공정성을 담보한다는 생각에서 머무르고 있으면, 미래의 발전을 기대할 수 있을까. 더욱이 새 정부가 그런 방법을 확대해 나가고자 한다니, 제4차 산업혁명 시대를 대비하기 위해 그에 필요한 능력을 기르겠다는 약속은 공염불이 되지 않을까.

미래사회는 초고속으로 변화하는 것을 넘어 그 변화의 양상을 예측하기도 어렵다. 제4차 산업혁명 사회는 이제 미래가 아니고 현재의 문턱을 넘어섰다. 그런데도 이에 대한 적응기제를 갖추는 능력이 수백 점 만점의 수능점수 중에서도 0.1점 차이로 달라진 다는 것인가. 더욱 문제는 부모나 기성세대가 그것이 미래의 능력 이나 행복을 좌우하지 못한다는 사실을 뻔히 알면서도 포기 하지 않는다는 것이다. 죽기 전까지 뜨거운 백열등으로 엉겨 붙는 불나방처럼 말이다.

고등학교의 내신 성적 경쟁에 있어서는 우정도 친구도 없다. '네가 망해야 내가 산다'라는 분위기가 두렵다 못해 공포감을 주기도 한다. '오징어 게임'이라는 드라마를 통해 우리의 현실을 보았듯이, 이기는 자만이 모든 것을 차지하는 승자독식의 경쟁 구조가 이런 비극을 만들어 낸 것이다. 물론 세상을 살아가는 일상에 경쟁이 동반될 수밖에 없다. 경쟁이 없으면 발전도 더딜 것이다. 하지만 모든 것은 지나침 때문에 화가 생겨나는 법이다. 경쟁이 지나치면 상생의 보약이 아니라 죽음을 재촉하는 독주가 될 수 있다. 경쟁 역시 해야 할 것도 있지만 하지 말아야 하는 것도 있는 법이다.

오로지 경쟁적 구조에서만이 빛을 발하는 공부의 구조적 모순이 다른 영역에까지 넓게 퍼지게 되었다. 공부에서는 지는 자가 이기는 자에게, 또는 그 반대의 경우에도 용서를 구할 필요가 없다. 그런 풍토에서 발을 담그고 있다 보니, 공부가 아닌 다른 영역에서도 어떤 문제가 발생하면 상호 용서나 화해로 문제를 해결하는 것이 어려워지는 것 같다. 특히 학교 폭력 등의 문제가 가장 심각한 영향을 받고 있다.

예전에는 한바탕 엉겨 붙어 피가 나고 뼈가 부러지는 상황이 되어도 서로 화해가 가능했다. 지금처럼 부모가 변호사를 대동하고 학교에 오는 법은 당연히 없었지만, 부모조차 항의하러 오는 일이 거의 없었다. 자녀가 학교에서 회초리 맞고 집에 오면 부모는 오히려 자식에게 회초리를 들었다. 친구들과 싸움질해서 얻어터져 와도 자기 자식을 혼냈다. 하지만 이제는 사소한 일에도 용서와 화해가 끼어들 여지가 없다.

이제는 자녀를 혼내는 그런 일은 별로 없는 것 같다. 정확하게는 자녀를 혼내기도 어려운 것이 현실이다. 혼을 냈다가는 어디로 튈지도 모른다는 두려움이 부모의 마음에 깔려 있다. 그러니 자기 자식이 가해자인데도 피해자인 양 고함을 더 지르고 길길이 날뛰어야만 한다. 그런 행동이 자녀의 미래에 어떤 불행의 씨앗이 될 것인가에 대한 생각은 전혀 없어 보인다. 더구나 장난과 폭력의 분간이 어렵고, 복합적인 양상으로 나타나서 가해자와 피해자로 나누는 일도 어렵다. 심지어 부모는 그런 문제를 중재하는 교사에게 갑질, 과잉, 편파 등의 죄목을 걸어 온갖 행정 기관의 문을 두드리니, 업무를 담당하려는 교사가 없다.

그렇다고 못 하게 할 수도 없다. 마음껏 하게 내버려 두는 수밖에 없다. 자기의 자녀도 언젠가는 예기치 않게 가해자의 신세로 전락하기도 할 것이지만, 미래의 일은 그들에게 현재의 고민 사항이 아니다. 우리 세대와 오늘날의 부모가 학교 폭력을 바라보는 시각에는 큰 차이가 있고 해결 방안도 확연하게 다르다. 하지만 우리 세대의 학창 시절의 폭력 또한 장난이 아니라 큰 상처를 주는 폭력이었다. 문제가 겉으로 드러나지 않았을 뿐이다.

나는 중학교 시절에 엄청난 폭력을 당했지만, 차마 부모님에게 알리지도 못했다. 부모님은 고향에 계시고 나는 도시로 유학을 나와 있었기에 즉시 하소연할 처지도 못 되었고, 그럴 용기도 없었다. 곰곰이 그때를 회상해 보니, 정말 쓰라리도록 가슴 아파서 다시는 생각하고 싶지도 않은 한 슬픈 장면이 다가온다. 중학교 2학년생, 키 145센티. 그것이 나의 외형적 모습이었다. 작고 가냘픈 몸집이었으니 가히 동료들의 괴롭힘 대상이 되기에 적당했다. 그중에서 특별나게 나를 괴롭히는 같은 반 급우가 있었다. 그는 내 짝꿍이었는데, 부유한 집에서 어려움 없이 자란 탓인지, 언제나 독불장군식으로 모든 것을 자기 맘대로 생각하고 행동했다.

그는 당시에 유행했던 풍선껌을 찍찍 씹고 나서는 그것을 내 교복에다 껌딱지로 만들어 붙이고, 나의 책에 온통 낙서를 일삼았다. 숙제해 온 내 노트를 쓰레기통에 버리거나 숨겨서, 나는 선생님에게 불려 나가서 여러 차례 혼나기도 했다. 그런 짓거리도 모자라 내 허벅지를 뾰족한 바늘로 찌르는 등, 그 친구의 학대에 더는 참을 수가 없는 지경에 이르렀다. 더 큰 보복의 두려움 때문에 담임 선생님에게 그 사실을 알릴 수도 없었다. 요즘 같았으면 무슨 큰일을 저지르고도 남았을 것이다.

그 친구의 폭력과 학대가 계속되던 어느 날, 나는 용기를 내어 그 친구 옆으로 다가섰고 있는 힘을 다해서 그 친구의 뺨을 후려 갈겼다. 그리고 씩씩거리며 달려드는 그를 피해 교실 밖으로 내달았다. 한참을 달아나다가 나는 그 자리에 장승처럼 우뚝 서서 상대방을 노려보았다. 피할 것이 아니라 한번 대적해 보자는 용기가 나도 모르게 솟아올랐다. 나에게도 싸움 본능이 있었던 것 같다. 나는 빠른 속도로 달려오는 그 친구를 살짝 피하면서 허리춤을 잡고 메쳤다. 달려오는 속도가 더해져서 그의 몸은 공중으로 멀리 날아가서 내동댕이쳐졌고, 귓가에는 피가 흐르는 모습이 보였다.

나도 모르는 순발력에 멋진 엎어치기 한판 기술이 통한 것이다. 언젠가부터 형과 함께 심심풀이로 연습했던 유도 기술이 효과를 발휘한 것 같았다. 피를 흘리는 그를 보면서 뒷걱정이 앞섰지만, 내 기분은 정말 최고로 후련했다. 그동안 당한 폭력의 아픔에서 벗어나 그야말로 환희가 솟아오르는 순간이었다. 그의 귓바퀴는 찢어졌지만, 나에게는 엉켜있던 아픈 마음들이 산산조각 흩어져 날아간 하루였다. 치료비를 물어주어야 했고 선생님의 혹독한 질책도 받았지만, 그 녀석뿐만 아니라 다른 아이들도 더 이상 괴롭히지 못했다.

학교 폭력은 학교에서 가장 어려운 숙제다. 분필과 교과서만 들고 수업했던 시대와는 달리, 지금은 다양한 도구와 방법을 동원해서 맞춤식 교육을 펼치다 보니 교사의 할 일이 더욱 많아졌다. 더구나 공정성과 투명성의 요구가 커지면서 교사의 잡무는 엄청나게 늘었다. 그 결과 교사들이 수업과 평가에도 전념하기 어려운 형편이 되었으니, 학생 생활 지도는 뒷전으로 밀려날 수밖에 없다.

그나마 다행인 것은, 이제 학교 폭력 심의를 교육지원청으로 가져가는 법률이 시행되어 학교와 교육지원청이 어려움을 분담하게 된 점이다. 그러나 학교장이 학폭위의 결정을 거쳐 자체적으로 종결시키는 일도 만만치 않아서, 학교의 업무는 여전히 많고 복잡하기만 하다. 하지만 학교는 수사기관과는 달리 처벌보다 교육적 지도가 우선이므로, 학교장 종결 조항을 통해 사소한 폭력 문제를 자체 해결하면서 교육적 지도가 가능하게 한 점은 올바른 방향이라고 생각한다.

학교 폭력 외에도 학교가 해결해야 하는 문제는 산더미다. 웬만한 것은 다 수용하고 허용해도 학생과 학부모의 요구나 민원이 끝이 없어서, 학교가 교육 본래의 일에 전념할 수 있는 여건을 만들기가 어렵다. 하지만 학교도 사회의 한 부분이라 그 영향을 받을 수밖에 없으니, 어차피 감당할 몫이라는 긍정적인 생각이 필요하다. 다만 아무리 교육의 수요자인 학생과 학부모의 의견이라고 하더라도, 학교 교육의 목표나 방향을 훼손하는 일에는 단호하게 선을 그을 필요가 있다고 본다.

학부모든 교육 당국이든, 학교 폭력을 법으로만 해결하려는 태도는 바람직하지 않다. 서로 사과하고 용서하면서 발전적인 인간관계를 만들도록 돕는 것이 학교가 할 일이다. 학교라는 곳은 가르치는 곳이 아니라 배우는 곳이다. 배움도 이제는 협력과 소통이 기본이 되어야 한다. 그래야만 경쟁의 사다리를 걷어내고 집단 지성을 모아낼 수 있고, 폭력이 사라지고 평화로운 학교가 될 것임은 명약관화하다.

집단 괴롭힘과 잃어버린 재능

학교 폭력은 소소한 것부터 심각한 수준에 이르기까지 다양한 양상으로 일어난다. 계속된 입법과 보완, 사회적인 경각심 고취, 학교의 다양한 프로그램 운영과 상담 활동 등으로 심각한 폭력은 이제 많이 줄어드는 추세다. 하지만 장난으로 시작된 폭력 등, 소소한 사건들이 꾸준히 발생하여 여전히 학교의 부담이 되고 있다. 물론 소소하거나 일회적인 폭력이라 하더라도 당하는 학생에게는 견디기 힘든 고통이다.

성폭력이나 성희롱은 수치심과 모멸감 등으로 더욱 견디기 힘든 폭력이다. 우리가 자라던 시절에도 성희롱과 성폭력이 많았다. 다만 그것이 성범죄로 인식되지 못했거나 사회적 이슈에까지 이르지 못했을 뿐이다. 그런데 그때는 그런 폭력을 당해도 무슨 해결 방도가 없었던 것 같다. 누구에게 제대로 상담할 곳도 없었고, 보복이 무서워서 신고조차 어려웠다. 나도 그렇게 당했다. 심지어 집단적인 폭력이었다.

연약하거나 키가 작거나 특별한 환경이거나 하면 폭력이나 괴롭힘의 우선 대상이 되기가 쉽다. 나는 그런 모든 조건을 갖추었던 것 같다. 부모님을 떠나 객지에서 살고 있었고 키는 늘 앞에서 몇 번 이내였으며, 시골 학교에서 전학을 갓 왔기에 도시 생활에 적응하는 모습이 다른 학생들에게는 어리바리하게 보일 수도 있었을 것이다. 그렇지만 집단 폭력을 당한 이유는 다른 데에 있었다.

아버지는 내가 초등학교 5학년 학기 말인 2월에 도회지 학교로 전학을 시켰다. 그 무렵에 중학교 입학시험이, 소위 뺑뺑이인 무시험 전형으로 바뀌었다. 그러니 시골 초등학교를 졸업하면 그곳의 중학교밖에 진학할 수 없었기에, 아버지는 내가 시골 촌뜨기로 살아가지 않도록 도시로 전학을 시킨 것이다. 그런데 전학 이후 나는 큰 장벽에 맞닥뜨리게 되었다. 학과 공부는 대체로 잘했으므로 문제가 없었으나, 촌뜨기의 도시 생활 적응 문제가 여러 면에서 어려움을 주었다.

나에게는 도시 생활 그 모든 것이 낯설었고, 초등학교 졸업도 1년을 남겨놓은 터라 친구를 깊이 사귈 수도 없었다. 나의 학교 생활을 도와줄 사람은 학교 내에서는 아무도 없었고, 담임 선생님조차도 별로 관심을 가지지 않았다. 마음에 없었다기보다는, 한 반에는 70여 명의 학생이 있었고 오후까지 2부제로 운영하는 거대학교라 여유가 없었을 것이다. 상담제도나 상담교사도 없는 시대였으니, 어디서 어떻게 문제 해결을 해야 하는지 알 길이 없었다.

전학을 한 지 2개월이 지나도록, 나는 해운대 모래밭에 숨겨놓은 동전보다 눈에 띄기 어려운 미미한 존재였다. 그러던 어느 날 미술 시간이었다. 그날은 붓글씨를 쓰는 날이었는데, 담임 선생님은 내 붓글씨를 보자마자 감탄에 가까운 칭찬을 하셨다. 전학하기 전 시골 학교에 다닐 때, 아버지께 곁 눈길로 배운 붓글씨

제2부 아쉬운 학교

솜씨가 제법이었던 것 같았다. 재능이 있다고 거듭 칭찬하면서 서예반에 들어가서 활동하는 것이 좋겠다고 하셨다. 그날 이후에 담임 선생님은 학교에서 운영하는 특별반 중의 하나인 서예반에 나를 추천하셨다.

나는 칭찬과 추천을 헛되이 하지 않으려고 촌놈의 깡다구를 발휘하여 자나 깨나 연습에 몰입했다. 당시에는 돈이 없어 연습용 으로 화선지를 구할 엄두도 내지 못했다. 그래서 연습용 종이로 찾은 것이 신문지였다. 지금이야 흔한 것이지만 그때에는 구하 기가 그렇게 만만하지는 않았다. 학교 일과를 파하고 돌아오면 거의 매일 서너 시간은 연습에 몰두한 것 같다. 한 방에서 같이 생활하는 형제자매들이 걱정할 정도였지만 열정은 식지 않았다. 실력도 나날이 좋아지는 것 같아 날아갈 것 같은 기분이 들었고, 그런 일상에 매우 흡족했다.

호사다마라고 해야만 할까. 얼마 지나지 않아서 위기를 맞게 되었다. 6월에 대외적인 붓글씨 대회가 있어서 먼저 학교 대표를 선발하는 예선을 치렀다. 서예반원 모두가 서로 학교 대표가 되겠다고 마음을 먹고 무지하게 준비하였다. 그런데 전학한 지 서너 달밖에 지나지 않은 촌뜨기인 내가 다른 몇 명과 함께 학교 대표로 선발된 것이다. 그 이후 오래 서예반에 몸담았던 학생 중 탈락한 어느 한 명이 나를 괴롭히기 시작했다. 그때부터 수난이 시작된 것이다.

예선 대회가 끝나기 무섭게 그 학생을 중심으로 다양한 괴롭 힘이 시작되었다. 그리고 그는 오랜 기간 서예반을 같이 해 온 아이들을 먼저 선동했고 이러한 괴롭힘은 집단으로 확대되었다. 믿을 것이라곤 붓 한 자루밖에 없는 힘없는 나는 발악할 처지도 못 되었다. 욕하고 왕따를 시키고 심지어 마구 때리면서 나를 괴롭혔다. 그래도 어느 누구에게도 하소연하기가 어려웠다. 가장 좋은 방법은 서예반을 탈퇴하는 일이었는데, 내 자존심도 만만치는 않았는지 버티는 데까지 버텨보자는 생각으로 물러나지 않았다.

끝내 내가 서예반에서 탈퇴하기를 거부하자, 그들의 집단 괴롭힘은 성폭력으로까지 이어졌다. 수업이 끝나고 연습하러 서예실로 가면, 그들은 여학생들이 보는 앞에서도 내 바지를 벗기고 복도로 나를 질질 끌고 다녔다. 심지어 중한 곳을 잡아당겨서 피부가 손상되기도 하였다. 혼자 당하는 일이고 그들은 집단이라 어떻게 저항할 여력도 없었다. 결국 백기를 들었다. 그들은 나에게 서예실 근처에는 두 번 다시 얼씬 않겠다고 하는 다짐을 받았고, 나도 붓을 꺾어 버렸다.

사실 곰곰이 생각해 보면, 그들의 괴롭힘은 서예전 출전의 문제로 시작된 것일 수 있지만, 괴롭힘 그 자체를 하나의 놀이로 즐기는 것 같았고, 나는 하나의 좋은 노리개였다. 그런 괴롭힘이 제법 오랫동안 지속되었지만, 서예반 지도교사나 담임 선생님 그 누구도 관심을 보이지 않았다. 서예반에서 탈퇴한 이유를 물어보는 이도 없었다. 또한 누구에게 그런 폭력을 알릴 수도 없었다. 예상되는 더 큰 괴롭힘이 두려웠고, 학교에 다니는 일조차 어려울 것만 같았기 때문이다.

제2부 아쉬운 학교

그 시대에도 개인적인 폭력을 떠나 집단의 린치, 집단 상호 간의 패싸움, 집단 성희롱과 폭행에 이르기까지, 지금보다도 훨씬 크고 자극적인 폭력이 이루어지기도 했던 것 같다. 다만 사회적인 관심의 대상이 되지 않았을 뿐이고, 학교에서도 웬만한 사건들은 그냥 덮고서 넘어가는 분위기였을 것이다.

그래도 내가 당했던 극한 상황에 비해서 나의 충격과 절망은 그렇게 오래가지는 않았던 것 같다. 시골에서 깡다구 있게 자라온 야생의 힘이 도움이 되었을 것이나, 근본적인 치유에는 다른 약이 있었다. 그때까지도 시골뜨기와 친구 하자는 아이들이 별로 없었고, 나도 적극적으로 친구를 사귈 수도 없었다. 그랬는데, 그 사건 이후에 한 아이가 나에게 혜성처럼 나타났다. 공부도 잘했지만, 아이들에게 주먹도 제법 인정받는 급우였다. 그는 재래시장통에 자리한 기름집 아들이었다.

그로부터 졸업 때까지, 그 친구는 다른 녀석들이 나를 괴롭힐 수 없도록 주먹으로 막아주었다. 만화방이나 놀이터에도 자주 같이 가자고 했다. 시장의 맛난 군것질거리에도 서슴없이 투자했다. 그의 감동적인 보호에 나는 빠르게 충격에서 벗어나기 시작하였고, 무사히 초등학교를 졸업하게 되었다. 그와는 중학교를 달리 배정받는 바람에 헤어지게 되었고, 지금은 안타깝게 연락이 닿지도 못한다. 참으로 멋지고 고마운 친구, 하늘이 내린 호위무사였다.

나는 중학교에 진학해서도 일절 서예와 가까이하지 않았다. 순진한 한 시골 소년의 재능은 이렇게 산산조각이 나고 말았다.

또한 나의 호위무사 덕분에 자신감과 자아 존중감이 많이 회복되었지만, 그 여진은 계속해서 나를 괴롭혔다. 집단 폭력으로 받은 절망감과 암담함이 그림자처럼 떠다니며 모든 일에서 방향 감각을 잃게 하였다. 내 어린 시절의 재능을 포기해야 했던 아쉬움에서 벗어나기 어려웠지만, 학과 공부에도 부정적인 영향을 많이 주었다. 세월이 약이라지만, 시간은 그런 충격을 이겨내는 데에는 완전한 약이 되지는 못했다.

이 시대에서는 그런 집단 폭력이 절대로 일어날 수도 없고, 일어난다고 해도 여러 통로로 문제가 해결되기도 한다. 하지만 그 당시에는 오롯이 나 혼자 해결해야만 했던 일이었다. 물론 가정 여건이 좋은 아이들은 그런 아픔을 맛보게 되지도 않았을 것이고, 당했다고 해도 다양한 보살핌의 길이 있어서 긴 절망의 수렁에서 헤매지 않았을 것이다. 물론 당시에는 소수의 특권 계층 외에는 대체로 가정 형편이 좋지 못하였기에 나름의 어려운 형편에 힘이 들었을 것이다.

중학교에 진학하면서 집단 폭력의 아픔은 점차 잊혀 갔지만, 그때 재능을 살리지 못한 것이 지금에 와서 생각하면 두고두고 아쉽다. 그 후에 대학 동창 녀석이 결혼 선물로 문방사우를 선물했기에 가끔은 화선지에 먹물을 적셔보기는 했지만, 분주한 일상을 보내느라 문방사우에는 먼지만 가득 쌓였다. 요즘 정년 퇴직 이후에 서예를 취미로 하는 교사들이 많다는데, 평생 먹물을 먹고 살아왔으니 그 친근함도 한몫을 담당하지 않았나 싶다.

나도 정년으로 학교를 떠나면 옛 재능을 다시 살려보고 싶어서 문방사우를 곁에 둘지는 모르겠다. 먼지가 가득 쌓여 있기는 하지만, 문방사우는 수십 번의 이삿짐 속에서도 빠지지 않고 나를 따라다니고 있다. 잃어버린 재능도 아쉽고 여가 선용에도 더없이 좋겠지만, 그 길을 다시 더듬기는 쉽지 않을 것이다. 그때의 트라우마가 아직도 내 마음속에 옹벽이 되어 버티고 있어서다.

　사소한 것이라도, 괴롭힘과 폭력은 당하는 아이에게 치명적인 상처를 준다. 더구나 아무리 긴 세월이 흘러도 잘 묻히지 않는다. 우리 세대 사람은 장난 같은 걸 가지고 뭘 그러냐고 할 수도 있을 것이다. 당해 보지 않았던 것이 아니라, 당하면서도 아무 일도 없다는 듯이 참고 살아야 했던 세대이기 때문이다. 하지만 세상은 확연히 달라졌다. 학교 폭력, 가정 폭력, 어느 하나도 정당화될 수는 없다. 행위에 대한 잘잘못은 가려져야 하고, 그 결과에 따라 응당한 처분도 따른다. 가족이나 교육이라는 이름으로도 정당화되지 않는다.

　기성세대는 화해도 용서도 없는 야박한 사회가 되었다고 한탄할 수도 있겠지만, 이제는 그런 현실을 받아들일 수밖에 없다. 작고 하찮은 잘못이라고 덮어두기만 하면, 다음에는 더 큰 잘못도 용인되는 사회가 될 것이다. 그렇지만 복잡하기만 한 세상을 살아가다 보면 누구나 잘못을 저지를 수는 있기에, 미움은 버리고 사랑은 쌓으면서, 공존의 평화로운 세상을 위하여 모두가 지혜를 모아가야 할 것이다.

추락하는 헬리콥터맘

한때 능력 있는 부모가 되고자 온갖 수단 방법을 가리지 않고 막무가내로 집착하는 사람들 때문에, 혼탁한 풍토가 교육을 지배하는 시대가 있었다. 많이 줄기는 했지만 지금도 여전히 그런 현상은 지속되고 있다. 자신의 인생을 뒷전으로 밀고 오로지 자식에게 올인하는 사람에게 구태여 손가락질할 필요는 없다. 하지만 아이들이나 교육 현장을 생각하면 결코 바람직한 현상이라고 보기도 어렵다.

우리는 한때 그들을 헬리콥터맘이라고 불렀다. 아이들 머리 위에 빙빙 돌면서 지시하고 감시하는 것이 엄마의 역할이라고 해서 그렇게 불렀다고 한다. 그런데 이제는 헬리콥터에서 내려오기 시작하는 부모들이 늘고 있다고 한다. 온갖 것을 동원해도 광활한 하늘을 결코 다 채울 수 없다는 사실을 이제는 알게 되었기 때문일까. 끝을 알 수 없고 비행을 멈추고 싶어도 멈출 수가 없으며, 계속 날다가는 땅에 착륙하지도 못하고 추락할 것이라는 불안감이 스스로 그들을 내려오게 한 것이리라.

그들은 촘촘한 비행이 유능한 자녀를 키우는 데 피해 갈 수 없는 열정의 행위라고 여겼을 테지만, 기대했던 만큼의 효과도 없고 행복을 위한 일조차 못 된다는 것을 알게 된 것이다. 아무리 성능이 좋은 헬리콥터를 타고 허공을 가르며 자녀를 지휘해도 원하는 것을 이루기는커녕, 오히려 아이들을 망치는 일이 될 수 있다는 사실을, 그것이 결코 희망을 키우는 지휘소가 아니라는 것을 깨닫게 된 것이다. 그러자 이제는 하늘을 버리고 땅에 관심을 두기 시작했다.

땅은 어느 지점에 이르면 거대한 강에 가로막히게 된다. 또는 험준한 산이 나타나서 그만 멈추거나 뒤돌아가게 만든다. 앞으로 더 나아가고 싶다면 다리를 놓거나 줄을 매달거나 하는 방법을 써야 할 것이다. 이처럼 땅은 사람들에게 그치고 만족하거나 새로운 변화를 모색하는 지혜를 가르친다. 여기에서 땅은 우리가 굳건히 디뎌야 하는 현실이다. 자녀교육은 이를 바탕으로 삼아야 한다. 현실에 눈감고 이상에만 덤빈다면, 이는 망상이요 환상을 좇는 일이 될 것이다.

어떤 누구라고 할 것 없이, 부모는 자신의 아이가 세상 최고의 아이로 성장하기를 바란다. 당연한 일이다. 그런데 문제는 실현 가능 여부를 두고서라도, 세상 최고의 경지가 무엇인지에 대한 고민이 별로 없었다는 것이다. 그냥 돈과 권력을 마음껏 휘두를 수 있으면, 그것이 최고의 경지라고 생각했던 것 같다. 다행히 이제는 그것이 세상 전부가 아니라고 생각하는 사람들이 많아지고 있다.

자기 자식을 위해 인생을 다 걸어 명문대학에 입학시키는 쾌거를 이루게 되더라도, 어깨가 으쓱하게 자랑질을 할 수 있는 기간은 6개월도 안 된다고 한다. 바로 이어서 자식의 대학 학점과 취직과 결혼 등, 또 다른 일을 위해서 전과 같은 방법으로 온통 마음과 돈을 쏟아 부어야만 한다. 그렇다고 취직이나 결혼이 부모 마음대로 되는 것도 아니다. 좋은 직장에 취직해도 부모의 바람대로 십 년이고 이십 년이고 철밥통 직장인으로 남아 주지도 않을뿐더러, 남아 있을 수도 없는 현실이 그림자처럼 다가서게 된다. 2020년대에 들어서면서는 정규직으로 직장에 취직하기가 더욱 어려워졌고, 코로나19 팬데믹이 끝날 줄 모르고 이어지면서 소상공인들은 경영에 큰 어려움을 겪고 있다. 온라인 주문 관련 업체와 택배 기사를 제외하면 아르바이트 자리도 얻기가 어렵게 되었다.

빈익빈 부익부 현상이 깊어져서 세상이 다 제 것처럼 날뛰면서 권력과 금력을 휘어잡는 사람들은 더욱 늘어가고 있다. 그들을 바라보며 살아야 하는 보통 사람들에게는 화나는 일이다. 하지만 그들은 세상의 이목에 손톱의 때만큼도 신경을 쓰지 않는다. 코로나19의 어려움이 되레 그들에게는 기회가 되고 있다. 헬리콥터맘이 모두 그런 부류는 아니겠지만, 자식에게 다양한 찬스를 줄 수 있다면 망설이지 않을 것이다.

삼대가 덕을 쌓아도 어렵다는 인(in)서울, 명문대에 진학해서 4년 동안 죽기로 취업 공부에 매달려도 제대로 밥벌이하는 직장을 구하지 못하는 것이 현실이다. 그들의 능력이 부족해서가 아니다. 부모들이 그들을 포기해서도 아니다. 일하고자 해도 일자리가 없고, 능력을 발휘해 보고자 해도 국가에서 진정한 일자리를 창출해 내는 지혜와 경륜이 부족하고, 기득권을 쥐고 있는 세대가 작은 틈도 내어주지 않기 때문이다.

제2부 아쉬운 학교

그러니 나이가 서른이 되어도 부모에게서 독립할 생각을 못한다. 요즘 젊은이들의 성향으로만 본다면, 보리쌀 서너 됫박만 있어도 부모들로부터 독립하고 싶은 그들이다. 그들은 나름의 자유롭고 개성적인 삶을 즐기고 싶어 한다. 그러면서도 경제적 독립이 안 되니, 캥거루족에서 벗어날 엄두도 내지 못하는 것이다.

그래도 이제는 사람들의 생각이 바뀌고 있다고 하니 다행이다. 헬리콥터맘, 엄친아 얘기도 잠잠해지고 학교 교육에 대한 시선도 많이 달라졌다. 여전히 수학능력시험에 목을 매고 내신 경쟁에 혈안이 된 사람들이 없는 것은 아니지만, 부모들의 생각이 좀 유연해진 것 같은 느낌이 든다. 일류 대학과 직장에 들어간다고 인생이 활짝 펴지는 것이 아니라는 경험도 공유했을 터이고, 자식보다 자신의 인생을 더 소중하게 여기는 시대의 흐름도 한몫 했을 것이다.

미국이나 유럽은 자녀가 성인이 되면 그들을 독립시키는 일을 중요하게 여긴다고 한다. 그래서 대체로 고등학교를 졸업하고 20세가 넘으면 부모에게서 독립하여야 하고, 학비도 스스로 벌어야 한다. 하지만 그런 지역도 여러 사정으로 자녀와의 갈등이 많다고 한다. 21세기에 들어서면서 제작된 프랑스 블랙코미디 영화 '탕기 (Tanguy)'에서는 집으로 여자친구까지 데려와 데이트를 즐기는 아들과 그를 내보내려는 부모의 이야기를 코믹하게 그리기도 했다.

이제 우리나라도 분권적 자유를 주고 그에 따른 책임을 지우면서 자녀들이 독립된 사회인으로 성장하도록 키워야 한다. 언제까지나 부모가 자녀를 책임져야 하는 존재로 여긴다면 그들은 마흔이 넘어도 새끼 캥거루가 되기를 주저하지 않을지 모른다. 이런 현상은 청년들의 결혼과 출산을 회피하게 만들고, 결국은 가정의 단절로 이어질 것이다. 더 나아가 인구 감소로 국가 유지 자체의 어려움을 초래하게 될 것이다.

아이들은 언젠가는 자신의 주어진 자생력을 발휘하여 환경이나 운명을 이겨내면서 자라게 된다. 누구의 간섭과 통제가 아니라 야생마처럼 그냥 두어도 질 좋은 말로 자랄 아이들이다. 헬리콥터가 되어 자녀의 주변을 빙빙 돌면서 감시하듯이 잠시도 눈을 돌리지 않는다고 희망이 이루어지고 행복이 싹트는 것이 아니다. 특히 다 큰 자녀에까지 학업과 취업은 물론 결혼 후에도 일일이 간섭하는 극성스러운 일은 끝내야 한다. 계속 반복된다면, 자녀들이 방향을 잃어버린 헬리콥터가 되어 절망의 허공을 헤매다 추락할지 모른다.

우리 사회의 자식들은 언제나 부모가 보살펴야 하는 존재였던 것 같기는 하다. 과거 어른들은 자식을 대하기를 아이 대하듯 했다. 여든이 넘은 부모가 환갑도 지난 자식에게 외출 때마다 '차 조심해라, 싸우지 마라'고 당부했던 말들이 아직도 기억의 한구석에 가지런히 남아 있다. 우스갯소리로 그런 노인이 환갑이 넘은 아들과 함께 지하철표를 사는데 성인 1장, 어린이 1장을 달라고 했다니, 참으로 부모의 자식에 대한 내리사랑은 거역할 수 없는 진리가 아닌가 싶기도 하다.

교육을 다룬 이론서에 '코이의 법칙'이라는 것이 간혹 등장한다. '코이'는 물고기의 한 종류로, 어항에서 기르면 이삼십 센티밖에 자라지 못하지만, 큰 강에 풀어 놓으면 1M 이상 자란다고 한다. 이를 보면 맹모삼천지교의 고사성어나 우리 속담에 '사람은 태어나면 서울로 보내고 말은 제주도로 보내라'라는 말이 떠오른다. 그만큼 환경이 중요하다는 말이겠지만, 실은 그런 마음으로 아이들의 교육을 해 나가야 희망의 미래가 있다는 의미일 것이다.

헬리콥터처럼 자식들의 주변에서 감시하는 일은, 어항 밖으로 물고기가 튀어 나가지 못하게 감시하는 일이다. 그래 놓고서 대어로 성장하기를 기대하는 것은 어리석은 일이다. 정해진 어항 속에 물만 끊임없이 채운다고 대어로 자라는 것은 아니다. 진정으로 크게 키우려면 어항을 엄청나게 키우든지 강에다 아예 풀어놓고 키우든지 해야 할 일이다. 돈 들지 않고도 넓고 깊은 강은 널렸는데 굳이 큰 어항을 만들 필요는 없다.

이제는 다양성의 시대이자 창의력의 시대다. 아이들의 창의력을 키워주지는 못할망정 꺾어 버리는 일은 피해야 한다. 아무리 바보라도 자신을 무시하는 언행은 파악할 줄 안다. 말문을 막아버리고서 자신의 주장을 펼치지 못하게 강요하거나, 능력이나 진심을 믿지 못하고 깔아뭉개서는 안 된다. 부모가 모든 것을 대신해 주겠다는 것은 결국 어항 속에 자식을 가두어 두고 키우겠다는 의지의 표출일 뿐이다.

가정의 비극은 부모의 욕심에서부터 시작된다. 자칫 부모의 잘못된 관심이나 말 한마디가 아이의 미래를 파탄에 이르게 하기도 한다. 우리 속담처럼 천 냥 빚을 갚을 수 있는 따뜻한 말은 못하더라도 적어도 절망으로 몰아넣는 악당 같은 짓은 그만두어야 한다. 믿어주면서 기다리는 인내와 사랑이 필요하다. 자녀는 부모의 대리 만족의 도구가 아니다. 어떤 방향으로 가야 할지를 분명히 해 주려고 법석을 떨어서도 안 된다. 스스로 자신의 문제를 인식하고 그것을 헤치고 나가도록 차분히 지원하는 역할을 해야 한다.

나는 자식을 셋 낳아서 길러도 보고 수십 년 교단에서 학생을 가르쳐 왔지만, 그들의 교육에 왕도는 없는 것 같다. 부모의 욕심대로 쭉 달려 나갈 수 있는 고속도로 같은 길도 없거니와, 그렇게 거침없이 나아갈 수 있다고 해도 그것이 반드시 올바른 길은 아니다. 때로는 비포장도로도 달리고 굽고 좁은 길과 험한 산길이나 숨이 헉헉 차오르는 높은 고갯길도 넘어야 운전 실력이 느는 것처럼, 아이들 역시 그렇게 키워나가는 것이 정도인 것 같다.

동서고금을 통하여 가장 해결이 힘든 주제가 자녀교육이라고 한다. 그러나 나는 가장 쉬운 것도 자녀교육이라고 믿고 싶다. 부모가 불필요한 욕심을 개입하지 않고 자녀의 행복한 미래만 바라본다면 말이다. 아이들이 자연성으로 스스로 성장하도록 두면 된다. 그렇다고 아무것도 하지 말라는 것은 아니다. 성장을 위한 자양분을 끊임없이 주되, 가지를 자르고 비틀어 정형화된 분재로 만들지 말라는 것이다.

학부모들과 대화하다 보면 다들 그렇게 한다고 한다. 하지만 돌아서면 또 안달복달을 멈추지 못하는 것이 부모의 마음이다. 스스로 문제를 발견하고 해결하는 전 과정을 격려하고 지켜보고 있으면 불안하게 되는 것도 부모의 마음이다. 무엇인가 부모로서 역할을 소홀히 하거나 방임하는 듯한 마음에서 벗어나기도 어렵다. 하지만 끝까지 참아내는 인내가 필요하다. 결국 참지 못하고 먼저 주도하게 되면 더욱 나쁜 결과를 초래한다. 자율적인 역량을 가진 자녀로 키워낼 수 없는 것은 당연한 일이다.

우리나라 학부모들의 교육에 대한 열정을 보면, 헬리콥터 부모가 되는 정도에서 그치는 것만 해도 다행이지 싶다. 전투기 정도의 위력으로 현실에 대항할 채비를 갖추고 있는 사람도 많다. 대학에 진학한 자녀들의 학점 신청, 학회 활동, 지도교수까지 만나 진로에 대한 협조를 부탁하기도 한단다. 졸업 후에는 입사 시험과 승진에도 관여한다고 하니 순진하거나 평범하게 살아온 나 같은 사람은 상상조차 어려운 일이다.

스승 없는 스승의 날

　비틀고 휘청대고 길길이 날뛰고, 까무러지게 웃고, 무리 지어 와자지껄 떠들어대고…. 이런 장면을 어디에선가 본 듯하지 않은가? 운동회나 체육대회 장면쯤, 아니면 유치원 수업 장면을 떠올리는 사람이 많을 것이다. 그렇다면 참으로 다행한 일일 것이나, 불행하게도 이는 운동회나 유치원 교실에서 볼 수 있는 장면이 아니다. 이것은 초·중학교도 아닌 고등학교 학생들의 운동장 조회의 한 장면이다.

　5월 15일은 스승의 날이다. 옛날에는 속된 말로 선생님들에게는 째지게 기분 좋은, 기세도 등등했던 '스승의 날'도 있었다. 스승에게 감사하는 마음으로 순수한 손길에 들려진 선물을 풀어헤쳐 보는 알싸한 기쁨도 있었고, 밤이 되면 졸업한 제자들과 소주잔에 코를 빠뜨린 채, 그 옛날 선생님에게 두들겨 맞았다는 제자의 이야기를 안주 삼아 시간 잊어버리는 즐거움도 있었다. 지금 시대에서는 음료수 한 병도 청렴의 의무 위반이라고 떠들어대지만, 당시에는 별것도 아니었다.

　이천 년대에 들어서서 스승의 날만 되면 선생님들은 뭘 잃어버린 듯한 허전함에 울증까지 가세하여 방향을 잃고 흐물흐물해진다고 했다. 나도 그런 기분을 공감하고도 남는 바가 있었다. 그리고 공감하는 맘속의 깊은 얘길 꺼내서 이리저리 시원하게 풀어내 보고 싶었지만, 또 무슨 오해를 받을까 봐 조심하는 마음뿐이었다.

어떤 해에는 교육부에서 스승의 날 행사를 2월에 하라고 했다. 한 학년이 끝나는 시점이라 촌지 부담이 없을 것이라는 생각에서였다. 역시 세상 물정도 모르는 탁상공론이라서 현장의 분위기는 달라지지 않았다. 스승의 날에 촌지를 받는 문화는 이미 사라지고 없는 시대라서 하나의 촌극에 지나지 않았다. 결국 스승의 날이 5월로 다시 돌아가도록 했지만, 학교 현장의 반응은 싸늘할 뿐이었다.

그렇게 스승의 날은 잊히게 되고 세월은 흘렀다. 명목뿐인 스승의 날이 돌아오면, 학교는 이날을 재량휴업일로 지정해서 교문을 닫았다. 휴업일로 지정하지 않은 학교라고 하더라도, 별다른 의식 행사 없이 한두 시간 그냥 놀리다가 학생을 귀가시켰다. 선생님들도 일찌감치 어디론가 뿔뿔이 사라졌다. 스승의 날 의미는 망각의 늪 속에 빠졌고 언론의 관심도 식어갔다.

그러다가 어느 해부터 다행인지 불행의 또 다른 시작인지 스승의 날을 살려야 한다고 생각하는 교사들이 조금씩 생겨나기 시작했다. 좀 의미 있는 행사를 만들어 보려고 노력하는 학교도 늘어났다. 그렇지만 그러한 교육적 열정을 가진 교사들의 용기가 정말 성공할 수 있을까 하는 회의감을 다 떨쳐내지는 못했다. 그래서 많은 학교가 섣불리 고행의 길 같은 스승의 날 행사에 동참하기를 주저하고 있었다.

먼 과거에는 스승의 날이 가까워지면 각종 언론에 헌신과 사랑으로 봉사하시는 선생님의 미담 기사가 어김없이 나왔다. 청취자나 구독자의 호기심을 자극하여 이익을 얻으려는 상술에만

스승 없는 스승의 날

관심을 둔 언론도 있었지만, 많은 언론이 교사의 헌신적인 제자 사랑을 담아내려고 노력했다. 그런데 어떤 해부터는 속상하게 만드는 장면이 언론의 자리를 많이 차지했다. 언론에 등장하는 주인공이 초·중등학교의 스승과 제자가 아니라 대학교수와 대학생의 사진이었기 때문이다. 물론 대학교수와 대학생도 사제 관계이니, 그럴 수 있는 자격이 없다는 말은 아니지만, 쓸쓸한 기분을 떨치기는 어려웠다.

그렇다고 언론에 대놓고 고함을 질러 댈 수도 없었다. 스승의 날에 언론이 장식해야 할 미담 사례는 오로지 초·중등학교 스승과 제자의 스토리여야 한다는 당위성이 없기 때문이었다. 언론에 종사하는 친구의 이야기를 들으니, 언론 입장에서는 초·중등학교에서는 취재할 내용이 없기에 냉정하게 돌아설 수밖에 별다른 방도가 없다고 했다. 대학가의 훈훈한 미담 앞에서 초·중등학교 교사로서 초라하고 절망적인 느낌 속에서 헤어나지 못했다. 우리가 잘했다면 스승의 날 이슈를 대학에 밀리는 그런 일은 벌어지지 않았을 것이다.

결국 스승, 스승의 날을 바라보는 사회의 편견이 이런 슬픈 현실을 만들어 낸 것이겠지만, 그렇다고 우리 초·중등 교사에게는 책임이 없다는 주장은 뻔뻔한 일이다. 그동안 우리 대학은 세계는 두고서라도 아시아에서도 경쟁력이 떨어진다는 부정적인 평가와 도를 넘는 힐난을 받아왔다. 하지만 대학들은 이러한 비판의 분위기를 빨리 받아들이고 생존의 길을 모색하고자 몸부림을 쳤다. 연구 실적을 객관적으로 평가하고 재임용에 반영하는 자기 고행도 받아들였다. 그것만으로 그치지 않았다. 이미 시대는 상아탑의 연구 실적만으로는 생존할 수도 없었다. 유능하고 훌륭한 교수님 이란 칭송을 듣기 위해서는 또 다른 혁신이 필요했다.

기업에서 필요로 하는 지식과 기술을 제자에게 갖추어 주기 위한 교수들의 현실적인 노력이 끝없이 이어졌다. 제자의 취업을 당부 하기 위하여 학연·지연도 없는 기업체를 순회 방문하면서 읍소 하기도 하였다. 더욱이 입시 시즌이 되면 학교 홍보물을 싸 들고 고등학교 진학 지도실에 들락거리면서 잡상인으로 대접받는 수모를 당하기도 했다. 교수인 내 친구는 정말 그 자괴감을 감당하기 어려 웠다고 토로하였다. 그런 모습을 바라보는 지인들은 이구동성 으로 눈물이 날 정도라고 했다.

대학에서의 스승의 날 미담 사례는 이러한 분위기에 바탕을 둔 것이고 눈물겨운 사례도 많았을 것이니, 이슈를 차지하는 것은 당연하다는 생각이 들었다. 대학생들도 그러한 교수들의 눈물 겨운 열정과 사랑을 잘 알게 되었을 것이니, 사제 간의 정이 깊어질 수밖에 없었을 것이다. 과거의 미담 사례가 대학교로 넘어가 버리도록 우리 초·중등학교 선생님들은 과연 무엇을 하고 있었 던가.

나도 중등학교에서 한솥밥을 먹고 있으니 똑같은 비난을 받아야 하는 처지다. 하지만 변명을 아니 할 수도 없다. 초등학교 교실은 그래도 좋은 분위기가 유지되었지만, 특히 중·고등학교 교실 장면은 정말 참혹하기 그지없이 변하고 있었다. 등교해서 하교할 때까지 내내 자고 떠들어대는 아이, 공부는 두고서라도 간단한 지시에도 따르지 않는 아이, 한 마디로 배 째라 덤비는 학생들 앞에서 교사가 할 수 있는 일은 없었다.

스승의 날 노래를 제대로 부르는 학생도 없다. 노래를 몰라서도 목소리가 안 나와서 부르지 않는 것도 아니다. 스승의 날의 의미를 모르는데, 노래하는 행위에 의미를 둘 학생이 어디에 있을까. 요즘 학교에서는 거의 운동장 조회를 하지 않는다. 학교장 훈화를 귀 담아듣는 분위기를 만드는 조회는 애초에 불가하다. 애국가조차도 부르는 학생이 몇 되지 않는다. 몸을 비틀고 옆 학생들과 떠들고, 한마디로 요지경이다.

학교 밖 사람이 이 장면을 지켜보면 학생을 탓하기도 하겠지만, 학교에 대한 불신이 더 클 것이다. 도대체 학교가 소양 교육을 하기는 하는 건가. 학생 지도가 귀찮으니까, 모든 것을 없애 버릴 핑계가 통한 거겠지. 이런 비난에 대하여 할 말도 있지만, 학교의 교육 영역은 어디까지며 또 그것이 통할 수 있는 시스템은 되어 있는지 먼저 따질 일이라서, 여기서는 그만두고 싶다. 그러나 학생의 이런 요지경 모습은 이유를 불문하고 부끄럽고 창피함을 넘어서서 학교의 존재 의미까지도 고민하게 만든다.

도대체 왜 이렇게 된 것일까. 모든 것을 제도나 사회적인 책임으로 돌려 버리면 참 편하게 될 것이다. 더는 고민하지 않아도 누구도 책임지지 않아도 되기 때문이다. 그렇다고 학생들 탓으로만 돌린다면, 스승의 날이 감사와 존경의 날로 영영 돌아오기 어려울 것이다. 일단은 학교와 교사들이 나서야 한다. 동분서주하는 대학의 모습을 모델로 삼을 필요는 없지만, 선배 교사들이 지켜온 참교육은 계승하면서 새로운 시대의 패러다임에 맞는 교육을 위해 정신을 쏟아야 할 것이다.

아무도 못 가 본 길이라도 두려움 없이 나아가면, 세상 사람의 공감을 얻게 되고 불편한 진실도 원래대로 회복되리라 믿는다. 물론 용기 있는 실천은 어렵다. 하지만 보따리 싸 들고 장사치 노릇까지 한 대학교수들을 생각한다면, 우리도 못 할 일은 없다고 생각한다. 아무리 교권이 무너졌다고 해도 학생은 학생일 뿐이다. 결국은 돌아오게 될 것이고, 돌아오도록 해야만 학교의 존재도 필요하게 된다.

교육에 종사하는 우리 모두, 특히 교사가 어떤 환경 속에서도 오직 학생을 올바로 길러내겠다는 신념으로 사랑의 교육을 열정적으로 실천하는 것만이, 존경과 감사를 온몸으로 받는 스승의 날을 회복할 수 있는 길일 것이다. 사회나 부모의 과도한 기대와 요구, 과잉 간섭 때문에 교육이 힘들다는 피해의식도 버려야 한다. 묵묵하게 모두가 자신의 할 일에 최선을 다하면, 학교 분위기도 좋아지고 더 이상 스승의 날에 반성문을 작성하는 일은 없어질 것이다.

교사들이 현실적인 장벽을 뚫고 나오려는 노력도 중요하지만, 매번 헛발질로 학교 현장을 힘들게 하는 교육 당국의 반성문도 필요하리라 생각된다. 말로만 할 것이 아니라, 학교 현장에 진정한 자치 경영 시스템이 작동하도록 믿고 지원하는 일이 중요하다. 그런 다음 제대로 일을 하는 교원과 그렇지 못한 교원을 잘 가려서 거기에 맞는 대우를 해 주어야 한다.

온갖 편법을 동원해서라도 담임을 맡지 않으려 하고 수업 시간 내내 학생들을 재우거나 떠드는 것을 방치하는 교사가, 담임을 맡아 잡무와 상담, 생활지도를 힘겹게 수행하고 가르치느라 목이 쉰 교사와 같은 대우를 받는다면, 이는 참으로 불공정한 처사일 것이다. 심지어 교원의 봉급은 단일호봉 체제로 되어 있어서, 열심히 하거나 지위가 높은 사람이 그렇지 못한 사람과 아무런 차이가 없다. 그러니 누가 몸을 던지는 희생으로 열심히 하려고 할까.

담임교사는 비담임교사와 봉급은 같고, 겨우 월 13만 원의 수당을 더 받을 뿐이다. 고기 몇 점 덜 먹고 살면 되는데, 하루 하루가 편한 비담임을 두고 담임을 맡겠다는 사람이 있다면 그것이 오히려 정상이 아닐 것이다. 부장 교사라고 부르는 보직교사 처우는 더더욱 말이 안 된다. 부장 교사들은 사실상 학교의 각 부서 일을 책임지고 운영하는 중간 관리자의 역할을 하고 있지만, 월 수당은 겨우 7만 원에 불과하다.

새 학기 준비 기간이 되면, 보직교사를 맡고자 하는 선생님이 없어서 신규나 계약직 교사로 임용하는 학교도 허다한 실정이다. 모든 것을 똑같이 처우해 주는 것이 평등은 아니다. 직위에 맞게 능력과 하는 일에 맞게 대우해 주는 것이 올바른 평등이라고 본다. 노력에 대한 보상만큼 확실한 동기는 없다. 담임교사와 보직교사의 수당을 대폭 올려야 한다. 성과상여금이 있기는 하나 얼마 되지도 않는 적은 돈이고, 성과에 따른 차등적인 지급도 쉽지 않다.

그와는 별도로, 우리 교원은 공익보다 자기의 삶을 지나치게 우선시하고 있는 것은 아닌지 먼저 돌아보아야 한다. 워라밸이 무엇보다 중시되는 시대라서 일과 삶의 적절한 균형은 필요하지만, 웰빙만을 추구하는 삶에 지나치게 집착한다면, 공적 책무를 소홀히 할 우려가 있다. 교육은 성과가 빨리 가시적으로 드러나지 않는다. 그런 까닭에 이래도 저래도 별 차이가 없다는 안일한 생각을 하기 쉬운데, 이런 자세를 걷어내야만 비로소 학교는 희망의 텃밭이 될 것이다.

불 꺼진 자율학습실

한때는 학교가 밤낮을 잊고 학생의 열기로 가득했다. 근무 시간이 끝나도 퇴근하지 못하는 선생님들로 교무실도 늦은 밤까지 깨어 있었다. 하지만 이제는 대부분의 학교가 오후 6시도 못 되어 절간보다도 더 조용해진다. 학교가 학원도 아니고 사교육을 보완하기 위한 기관도 아니니, 6시만 되면 조용해지는 것은 당연한 일이다. 그런데도 가슴이 빈 듯하고 뭔가 허전한 마음이 사라지지 않는다. 학창 시절이나 교사로 재직한 지난 시절의 학교 분위기에서 벗어나지 못한 결과일까.

우리 세대의 학창 시절에는 365일 내내 학교에 훤하게 불이 켜져 있었다. 통행금지 제도가 있어서 늦어도 밤 11시에는 불을 꺼야 했지만, 학교는 잠자는 시간 외에는 언제나 있어야 할 곳이라고 생각했다. 갈 곳도 별로 없었지만, 있어도 그곳이 우리들의 희망을 키워내는 공작소였으니 말이다. 지치고 무료하면 운동장에서 마음껏 내달려도 보고, 학교 담장 너머로 지나가는 여고생들에게 벚꽃 세례를 안기기도 했다. 조숙한 아이들은 주택가의 신혼부부 집을 엿보기도 했다.

그리고 교실로 돌아와서는 또 책을 뒤적이면서 자신의 꿈과 싸웠고, 그렇게 하루가 깊게 저물어 갔다. 안 풀리는 문제가 있으면 교실에서 같이 공부하는 수재 녀석들에게 도움을 요청했고, 그들도

　　　　　　　　　　　제2부 아쉬운 학교

즐거운 마음으로 흔쾌히 가르쳐 주었다. 가끔은 별난 녀석들이 주전자에 막걸리를 가득 채워와서 흰 고무신을 잔으로 삼아 파티를 벌여 공부에 지친 급우들에게 즐거움을 주기도 했다. 학교에는 누구 하나 감시 감독하는 사람이 없었고, 야간 당직 선생님도 복도를 돌아다니는 일은 없었다. 모든 것이 자유롭고 자율적인 분위기에서 돌아갔다.

2010년대 전반기까지만 하더라도 고등학교는 자율학습에 학교의 운명을 걸다시피 하였다. 학교 홍보의 초점도 자율학습실의 뛰어난 환경에 맞추어지기도 하였다. 책을 읽고 빌리는 학교 도서관의 열기는 식었지만, 대학입시 준비를 위한 자율학습실은 언제나 공부하는 열기로 후끈 달아올랐다. 해당 지자체도 학교의 자율학습실을 최신식으로 꾸미는 사업에 교육경비보조금을 쏟아부었다.

덩달아 많은 학교가 학생들에게 자율학습실 신청을 받아서 자리를 배정하는 것이 아니라, 거의 강제적으로 참여를 압박하기도 했다. 한마디로 강제적인 타율학습이었고, 심지어 성적 순서에 따라 자리를 정해 주기도 하였다. 공부 잘하는 학생이 모범을 보여야 부진한 학생도 따를 것이라는 논리로 우수 학생을 끌어들이기도 했다. 교사들은 자율학습을 감독하느라 저녁이 있는 삶을 포기하는 날도 많았다.

그런데도 학생의 만족도는 높았다. 경쟁심에 불타는 학교 현장에 남아 있으면 아무래도 자신을 다잡는 전투 의식이 생겨나기 때문일 것이다. 학교가 학생의 경쟁의식을 불러내려는 의도가 컸지만,

실제로 도움이 된다고 좋아하는 학생도 많았다. 부모가 밥값을 부담하기는 했지만, 저녁밥까지 학교에서 제공해 주니 금상첨화였다. 부모 역시도 편하고 안심이 되는 시스템이다 보니 적극적인 성원을 보냈다.

그런데 어느 해부터인가 자율학습에 참여하는 학생 수가 기하급수적으로 줄어들기 시작했다. 이유야 많겠지만, 학교에 남아 스스로 문제를 해결하는 능력이 부족해진 결과가 아닌가 싶다. 급우들도 도우미가 아니라 내신성적을 다투는 경쟁자로 바뀌었고, 이 틈새를 사교육이 깊숙이 파고들었다. 그 결과 자율적으로 공부하는 습관이 사교육의 통제로 넘어갔고, 사교육은 그 수준을 점점 높여만 가는 현실이 되었다. 수학능력시험이든 내신성적이든, 학원의 치밀한 연구와 대응 전략은 상상을 초월한다고 한다.

일부 부유층 외에는 꿈도 못 꾸던 사교육이 대부분 계층에서도 받을 수 있도록 대중화되었다. 그러자 부모들은 자녀를 학교에 남기지 말고 집으로 빨리 보내주기를 희망했다. 덩달아 일과 후 보충수업이나 동아리 활동도 위축되었다. 교사들도 정상 퇴근으로 인간적인 삶을 누릴 권리를 주장하면서 늦은 밤까지 이어지는 자율학습 지도를 거부하기 시작했다. 대체 인력을 채용해서 감독 업무를 맡기기도 했으나, 그들의 지도에 잘 따르지 않아 자율학습실 분위기도 엉망이 되었다.

그런 와중에도 시설 여건은 점점 좋아졌다. 카페형 독서실의 영향을 받기도 했겠지만, 어쨌거나 학교에 붙들어두려는 고육

지책이었다. 고급화의 바람으로 많은 예산이 필요했지만, 학교에서는 다른 예산보다 우선하여 편성했다. 또한 자치구청의 교육경비보조금을 더 유치하기 위해 경쟁적으로 노력하였다. 하지만 학생의 인권과 선택의 자유를 존중하는 풍조가 드세게 밀려들었고, 강제 자율학습을 금지하는 교육청의 시퍼런 서슬도 피할 수 없었다. 결국 몇 년이 지나지도 않아서 그 열기마저 점차 사라지고 자율학습실은 적막이 감도는 곳으로 변했다.

학생들의 자율학습 참여가 급격하게 줄어들다 보니 또 다른 문제가 생겼다. 학교가 저녁밥을 제공하기가 어렵게 된 것이다. 일정 인원 이상의 학생이 급식을 신청해야만 적절한 가격에 저녁밥 제공이 가능한 업체를 선정할 수가 있다. 하지만 손익분기점을 넘어서지 못하는 인원이다 보니, 급식 단가가 너무 높아져서 신청자 확보도 급식업체 선정도 어렵게 되었다. 학교가 직영으로 급식을 제공하는 시스템이라 해도 손실을 보면서 운영하기 어려운 것은 마찬가지다.

우리 세대의 고교 시절에는 무슨 시설이 필요하다는 생각조차도 하지 못했던 것 같다. 사설 독서실은 여건이 별로 좋지 못해서 이용하는 학생이 적었다. 학교 도서관이 있었지만 대부분 책 대출 등이 이루어질 뿐이었고, 열람석은 주로 점심시간 등에만 활용되었고 그 규모도 백여 석 미만이었다. 그런 여건이었으니 자기 교실에 남아서 자율학습을 할 수밖에 없었다. 누구에게 자율학습을 신청하거나 일찍 집에 간다고 간섭을 받을 일도 없는, 진정한 자율학습이었다.

믿을 만한 학원도 별로 없었지만, 학원에 갈 필요도 없었다. 과외 교사가 필요 없을 정도로 범털들의 스승 역할도 좋았다. 급우들이 경쟁 대상자이기는 했지만, 당시에는 내신성적이 대학 입시에 반영되지 않았기에 별로 영향이 없었다. 하지만 내신 경쟁이 없었기 때문만은 아니고, 언제나 질문을 피하지 않는 끈끈한 우정이 있었기 때문이다. 그러니 진정한 희망이 피어나는 교실이 안 될 수가 없었다.

이제는 자율이라는 이름으로 밀어붙이는 타율 강제 학습은 어느 학교에도 남아 있지 않다. 특별히 자율학습을 잘 살려가는 학교도 없지는 않지만, 그것이 사실 쉬운 일도 아니고 그렇게 학생을 학교에 매어 두어야 한다는 당위성도 없는 것 같다. 그렇다고 자율학습실을 폐지해야만 한다는 주장도 필요가 없다. 어차피 자율적으로 행하는 학습인데, 필요한 학생에게 좋은 시설과 여건을 만들어 주는 것은 좋은 일이다.

집에는 공부할 수 있는 분위기의 공부방도 없고, 가정환경이 좋지 못하여 카페독서실 등 여타의 학습 공간에 갈 만한 경제적인 여력도 없는 학생을 위한 배려는 필요하다. 집안의 환경이 매우 좋아도 학교에서 공부하면 더 잘된다는 학생들도 있다. 그런 학생에게는 건강을 해치지 않는 시간까지는 학교를 개방해야만 될 것이다.

일과 시간 후에 학교에 남아 늦도록 미친 듯이 공부하든지, 다양한 체험과 독서, 봉사활동 등으로 또 다른 희망을 키워가든지, 그것은 오직 자신의 가치관에 따른 선택일 뿐이다. 그런 선택의 기회가 제한되어서는 결코 안 될 것이다. 다만 평일과 휴일을 가리지 않고 학과 공부에 모든 시간을 쏟아붓는 것은 바람직하지 못한 일이다. 특히 휴일에는 체험과 사회적 봉사, 자기 단련 같은 의미 있는 시간을 가지도록 기성세대가 적극적으로 리드해야 할 것이다.

평일에도 자녀들 스스로가 선택한 학습이나 여타 계획을 무시하고, 교문 앞에서 자녀를 납치하다시피 하여 학원이나 과외 교습소로 실어 나르는 부모의 비교육적인 행위는 멈추어야 한다. 학교 수업을 마치고 도란도란 떠들면서 친구와 귀가하는 시간은, 짧은 순간이기는 하겠지만 행복의 에너지를 끌어 올리는 즐거움이고, 함께 살아가는 사회를 만드는 소중한 동인이 될 것이라고 믿는다.

혁명이 모든 것을 바꾸어 놓지는 못한다. 비행기가 나왔다고 해서 자동차가 없어지지는 않을 것이다. 세상의 모든 것은 변화의 트렌드에 맞춰 옷을 갈아입지만, 그렇다고 몸통이 달라지는 것도 아니고, 또 모든 일에는 기본이 있다는 믿음 때문이다.

그렇다면 제4차 산업혁명 시대에 학교는 과연 존재할 것인가. 결론부터 말한다면 '하기 나름'일 것이다. 아무리 4차 산업혁명 시대가 와도 학교는 필요하고, 학교가 있으면 교사도 필요할 것이다. 다만 학교 본래 기능을 유지하면서도 새로운 패러다임에 맞는 변화가 필요하다고 본다. 그 변화를 누가 만드는가. 학교를 움직이는 주체가 만드는 것이다. 학생이나 교사, 교장이나 교육 당국일 수도 있다.

학부모도 학생의 보호자이므로 그들의 의견이 반영되어야 한다. 그러나 학교 교육에 대한 간섭과 참여는 제한적이어야 한다. 학부모는 교육 전문가도 아니지만, 학비나 생활비를 대고 자신의 보호 아래 있다고 하더라도 자식은 결코 부모의 소유물이 아니기 때문이다. 무엇보다 객관적인 시선을 가지고 학교 교육에 동참하는 자세가 필요하다. 오로지 자기 자식에만 초점을 두는 참여와 간섭은, 이기적인 자녀를 만들고 학교 교육의 파행을 불러오게 될 것이기 때문이다.

어쨌든 지금과 같은 상황에서, 부모들이 손에서 자녀를 놓아 버리고 편안한 모드로 쉬기는 어려울 것이다. 부모들은 아이들이 스스로 자기가 가야 할 길을 찾고 이에 도전하려는 용기가 부족하다고 생각한다. 부모의 눈에는 어떤 자식이라도 그렇게 보이는 것이 인지상정이다. 하지만 기성세대의 편견일 수도 있다는 생각으로, 성장과 회복이라는 자연의 섭리를 받아들여야 하지 않을까 생각한다. 아이들은 우리가 생각하는 것만큼 그렇게 분별이 없거나 나약하지 않다.

지난 세월에는, 아이들이 부모의 대리 만족을 위한 성취 도구 등으로 인식되기도 했었고, 국가 또한 능력 있는 인재를 길러 내는 일에만 온 힘을 쏟았다. 하지만 아이들이 주도적으로 자신의 독특한 개성과 희망을 살려가는 교육 풍토를 만드는 일에는 성공하지 못한 것 같다. 그렇기에 아이들에게 가장 약한 것이 자립성, 자기 주도성과 같은 자치 능력일 것이라는 생각이 그저 나온 것은 아니다.

제2부 아쉬운 학교

아이들이 처음부터 잘할 수는 없다. 성인이 되기 전에 거치는 시행착오는 예방주사나 다름이 없다. 그런 경험이 인생의 길목마다 지키고 서 있는 두려움의 벽을 넘게 하고, 언젠가는 성공할 것이라는 믿음을 주게 될 것이다. 편협한 선입견은 아이들을 아프게만 할 뿐이다. 그들은 성인(成人)도 아니고 성인(聖人)도 아니다. 문제 잘 푸는 실력이 아이의 행복과 비례하는 것도 아니다. 이제는 불 꺼진 자율학습에 대하여 미련이나 애착을 가질 필요는 없다. 그 대신 아이들이 일과 후에 무엇을 하는지 관심을 쏟고, 의미 있는 일을 찾도록 돕고 격려하는 것이 필요하다 하겠다.

꼼꼼히 들여다보라. 내 자식이 아니라도 얼마나 귀엽고 사랑스러운 아이들인가. 눈앞의 현실이나 목표에만 두었던 시선을 거두어 보자. 대신 사랑을 앞세우면 행복은 쉽게 얻을 수 있는 현실이 된다. 먼 미래로 향한 시선 끝에는, 그것이 어느덧 우리도 모르게 현실에 닿아있을 것이다. 불가능한 것도 완전한 것도 없다. 소중함으로 사람을 대하면 모두가 행복해지는 사회는 곧 현실이 되지 않겠는가.

교권과 학생 인권의 관계

학교가 바로 서고 공교육이 정상화되려면 교권이 살아야 한다고 한다. 백번 천번 지당한 말이다. 학생이나 학부모가 교원의 권리를 무시하고 권위를 받아들이지 않는다면, 생활지도나 상담은커녕 수업조차도 불가능하다. 그런데도 학교 현장에서는 교권의 침해가 잦고 그 정도도 심해 심각한 수준에 이른 상황이라고 한다. 모두가 이를 깊이 들여다보고 문제 해결을 위한 다양한 방도를 모색하는 일이 급한 것 같다.

가르치고 배우는 자로서의 기본적인 인간관계마저 등지고 서로 먼 산을 바라보는 현실이니, 교권이 정당하게 설 것을 바라는 마음은 사치스러운 것이다. 교원들은 이제 스승으로서의 존경을 바라지도 않는 분위기다. 학생이 말을 잘 들으면서 믿고 따르기만 해도 교원의 자아 존중감은 높아지고 행복감은 더할 나위가 없다. 그렇게만 되어도 공교육이 제자리를 잡아 나가고, 교육이 목표로 하는 바를 성취하기가 어렵지 않을 것이다.

사교육은 경제적 전략을 최우선으로 하는 서비스 업종으로 교권의 개념이 불필요하다고 할 수 있으나, 공교육에서는 교권이 무너지면 학교의 존재 자체가 위태롭게 된다. 사교육은 인간을 길러내는 것이 아니라 높은 점수를 얻는 기계적인 인간을 양성하는 일이 목표지만, 학교는 창의적 능력을 지닌 참다운 인간을

제2부 아쉬운 학교

길러내는 일을 본래의 목적으로 하기 때문이다. 그런데 그렇게 중요한 교권이 왜 추락하고 있는지, 교권 회복의 실효적인 방안은 없는 것인지 모두가 고민은 하는 것 같지만, 강 건너 불구경 하는 듯한 사람도 많은 것 같다. 물론 세상사가 어디 특정한 하나의 투입만으로 결과가 나타나는 것은 아니고, 교육은 더욱 어렵고 힘든 일이 다반사니, 어디에서부터 어떻게 손을 써야 할지 알기 어려운 면이 있기는 하다.

우리 교육은 속된 말로 '네가 죽어야 내가 산다'라는 경쟁적 이슈가 지배적으로 작동하는 구조에 갇혀 있다. 학교 내신을 차지하기 위한 유형무형의 경쟁에, 학부모의 복잡한 관심사도 미래사회를 준비하는 혁신적인 교육 방향으로의 추진을 어렵게 하고 있다. 그렇다고 학부모의 빗나간 교육열 때문만이라고 할 수도 없다. 교육자의 책임도 만만하지 않다. 그들이 제대로 된 교육 철학을 지녔는지는 몰라도, 떗법을 감당할 용기가 부족해 보이기 때문이다.

옛날 교육이 몰개성적이고 단순해 보일지 모르지만, 일정 부분에 있어서는 지금의 교육에 비하여 훨씬 더 발전적이었던 것 같다. 학생들은 자기 나름의 경험을 통하여 판단하고 실천에 옮겼다. 대학도 학과도 직장을 선택하는 일도 학교나 부모가 아닌 자신이 스스로 결정하였다. 그러면서도 나름의 낭만이 있었고 서로의 아픔을 감싸주는 뛰는 심장도 가지고 있었다. 선의의 경쟁으로 윈윈하는 방법도 찾았고, 배고프고 가진 것 없어도 좌절하거나 극단적인 선택을 하지 않았다.

그런데 오늘날 학교는 왜 이렇게 바뀐 것일까. 결론으로 삼기는 어렵지만, 교권의 추락이 가장 큰 원인이 아닌가 싶다. 교권이 추락하게 된 것에는 현실과 이상 속에서의 혼돈과 갈등, 오직 나만 바라보는 이기주의, 소유만이 법이고 진실이라는 잘못된 가치관, 상업적 유혹에 휘말리는 부모들의 미혹함 등, 참으로 다 셀 수도 없는 것들이 그 원인이라 할 것이다.

그러나 가장 큰 원인은 학교에서 찾아야 할 것이라는 생각이다. 아무리 그런 분위기와 조건이 횡행하는 현실이라고 해도, 학교는 흔들리지 말고 교육 본래의 사명을 어깨에 지고 꿋꿋하게 나갔어야 했다. 학교가 목숨을 건 영업 전략으로 다져진 사교육에 앞서지도 못하면서, 바른 인간을 길러내는 교육조차 포기하고 어설픈 경쟁과 줄 세우는 분위기에 편승하는 것은 아닌가 하는 생각이 든다. 어느 하나라도 사교육보다 탁월하였다면, 교권은 쉽게 무너지지 않았을 것이다.

다른 것들도 마찬가지겠지만, 특히 교육은 미래를 내다보는 안목이 중요하다. 교육이 사회 변화의 양상을 뒷설거지하는 형태로 소극적이어서는 안 되기 때문이다. 제반 영역에 앞서 미래를 예견하고, 예견된 미래를 준비하기 위하여 혁신적으로 교육과정을 운영해야 했다. 5년마다 새로운 교육과정을 수립하고 적용하는 그런 주기 개념이 없어진 것은 바람직하다고 하겠으나, 그것 역시 변화에 대응하기는 너무 느리다.

또한 교원은 학생에게 맞는 미래의 비전을 정확하게 설정하고 그것을 실현하고자 하는 교육적 신념과 역할을 포기하지 말아야

제2부 아쉬운 학교

했다. 교육부와 교육청에서 무책임한 전시용 행사와 잡무 폭탄이 날아들었어도 교육적 소신을 굳게 지켰어야 했다. 깜깜한 밤거리를 헤매는 이방인처럼 교육 관료의 무책임과 교원의 의욕 상실로 교육이 방향을 잃고 헤매는 동안, 교권은 무참하게 무너져 내렸다. 그런 상황에서도 교권이 추락한 본질적 원인을 찾아내고 회복해 보려는 노력도 찻잔 속의 태풍에 그칠 뿐이었다.

교원 중에는 교실 붕괴의 원인을 가정교육에서 찾으려 하기도 한다. 자녀의 인성교육에는 소홀하면서도 교과 성적 중심, 입시 중심으로만 관심을 가지도록 강요하는 탓에 아이들이 학교 생활에 흥미를 잃게 되었다고 본다. 그런 현상은 결국 수업 시간에 잠자기와 떠들기, 의도적으로 무시하기 등으로 수업을 망치게 하였고, 결국 교사와의 갈등을 초래하게 되었다고 주장한다.

물론 맞는 말이다. 가정교육이 제대로 이루어졌다면 그럴 일이 없었을 것이다. '집에서 새는 바가지 밖에 나가서도 샌다'라는 속담을 굳이 인용하지 않아도 불을 보듯 훤하다. 가정에서 예와 염치를 가르치고 타인에 대한 이해와 협력을 기본으로 하는 교육에 방점을 두고 있었다면, 나쁜 것도 좋게 보고 부족한 사람도 칭찬하는 미덕을 갖게 되었을지 모른다.

그러나 가정이라고해서 자녀교육이 제 마음대로 되는 세상이기는 할까. 옛날에도 부모가 자식을 이기기는 매우 어려웠다. 그래서 집에서 말을 안 들으니 선생님에게 회초리를 들어서라도 가르쳐 달라고 사정을 했던 것이다. 그런데 가정에서 부모의 권위가 파탄이 났으니, 학교의 권위도 덩달아 추락한 것이 아닐까 하는 생각이 드는 것이다. 아니면 사회적 풍조가 바뀌어 가는 흐름 속에서 가정과 학교가 동시에 권위가 추락된 것으로 볼 수도 있겠다.

자녀교육이 그렇게 쉬운 일이 아니며, 자녀의 교육에 시간을 나눌 여유를 가진 부모도 많지 않다. 학부모가 가정교육을 잘해 주는 것은 금상첨화이겠으나, 그렇다고 학교가 가정교육을 원망하고만 있을 수는 없는 노릇이다. 교원은 교육의 전문가이기도 하지만 또한 아이의 부모다. 아이를 낳아서 길러 보면 부모로서의 고충을 이심전심으로 이해하게 된다.

교원평가제도에 대한 논쟁이 한창이던 시기에는 그 제도를 교권 추락의 한 원인으로 꼽기도 했다. 특히 학생의 교사에 대한 만족도 등의 평가권이 문제가 된다고 했다. 그러나 감히 제자가 스승을 어떻게 평가하느냐 하는 목소리는 설득력을 얻지 못했다. 고금을 돌아보아 평가로부터 자유로운 사람이 누가 있었던가. 직접선거에 의한 정치인뿐만 아니라 공무원, 사기업체 직원에 이르기까지 평가를 받고 있다. 옛날 서당의 훈장도 마찬가지였을 것이다.

교사에 대하여 가장 잘 아는 사람은 교장도 동료 교사도 학부모도 아니고, 늘 같이 호흡하는 학생들이다. 그런데도 학생을 평가의 주체에서 제외한다면 말이 안 되는 일이다. 학생의 평가권을 무시하는 일도 잘못이지만, 그렇게 하고서는 평가가 제대로 될 수도 없기 때문이다. 하지만 여전히 학생에 의한 교사 평가는 자연스러운 분위기가 못 된다.

제2부 아쉬운 학교

교권 추락에 가장 절대적인 영향을 준 것이 학생인권조례라는 견해가 학교 현장에서는 가장 우세하다. 학생인권조례에 포함된 내용을 하나하나 들여다보면, 학교에서 학생을 교육하는 일이 쉽지 않을 것이라는 생각을 누구나 할 수 있게 만든다. 학생의 잘못에 대한 지적은 교사의 갑질이 되고, 학생 상담으로 자칫 인권 침해나 아동 학대로 누명을 쓰기도 한다. 교칙에 의한 처벌과 그 이행도 강제하기 어렵고 처벌을 무서워하지도 않는다. 생활지도 업무는 아무도 담당하지 않으려고 해서, 주로 애꿎은 신규 교사나 계약직 교사의 몫이 된다.

　하지만 획일적으로 통제하려 하지 않고, 학생 하나 하나에게 맞춘 수업이나 생활지도에 충실하면 교권 문제는 걱정하지 않아도 된다. 오히려 더 굳건한 신뢰가 쌓이고 상호 간의 사랑으로 이어지게 될 것이다. 경험이 곧 스승이므로, 통 크게 학생들을 앞장세우는 교육으로 이 세상을 헤치고 나갈 능력을 길러주면 된다. 그러나 너무 빨리 성과를 기대해서는 안 되고 좀 기다려 주어야 한다. 인권조례가 없던 때부터 이미 교권은 무너지고 있었다.

　교권 추락의 책임을 제도나 사회적인 요인에 더 많이 물어서는 안 된다. 학교의 힘으로 외부의 요인을 해결하여 교권을 회복하는 데는 현실적으로 한계가 있기 때문이다. 그러므로 조직 내의 상황을 잘 분석하여 교권이 회복되도록 힘쓰는 일이 우선 되어야 한다. 내부에서 그 요인을 찾아 해결한 후 단계별로 외부 요인을 해소해 나간다면, 난관이나 저항이 훨씬 줄어들게 될 것이다. 또한 그런 방법은 교원의 조직에 대한 애착심을 높이고 교원의 자긍심도 회복하는 일이 될 것이다.

학교 조직 내에서 원인을 찾는 일은 어렵지 않다. 교권의 추락은 구조적으로 복잡한 다층적인 관계가 아니라, 학생과 교사의 1:1 관계에서 비롯되는 것이기 때문이다. 학생은 논외로 하고 교사 측면에서 본다면, 교원의 관심 부족과 사랑의 결핍이 가장 큰 원인이라 생각한다. 물론 다수의 교사는 투철한 사명감으로 어떤 희생이라도 감내하면서 묵묵히 일하고 있지만 말이다.

교권 침해도 다수의 학생에 의한 것이 아니고, 소수의 학생에 의해 발생한다. 다수의 학생은 학교의 규칙에 잘 따르고 교사들에게 기본적인 예의를 지킨다. 하지만 어느 조직이라도 몇 명의 훼방꾼만 있어도 전체를 엉망으로 만들 수 있다. 교사에 의한 학교 조직 문화의 황폐화도 마찬가지다. 조직 안정이나 발전과는 상관없는 개인 성향으로 따지는 몇 명의 교사로 인하여, 다수의 교사가 불편한 분위기 속에서 일해야 한다.

교장이든 교사든 자신의 이익과 편안함의 굴레에서 발을 빼려고 하지 않는 것은 부인하기 어려운 현실이다. 하지만 학생 교육은 억지로 해야 하는 일이 아니라, 교원들 스스로가 선택한 일이자 신명을 바치겠다는 맹세를 거쳐서 하는 일이다. 교원의 일은 장사꾼의 일과는 달라야만 한다. 손님이 없다고 이익이 나지 않는다고 문을 닫을 수는 없다.

학생의 인권을 존중하는 일이 교권 확립의 시작이라고 말하고 싶다. 학생 인권을 존중하는 일은 학생의 관심과 희망을 자기 주도적으로 성취할 수 있도록 도와주는 것이다. 사람뿐만 아니라 짐승도 관심을 가지고 보살피는 주인을 잘 따른다. 미래에 살아갈 사람은 우리 세대가 아니라 아이들이다. 결국 권위란 내가 만들어 내는 것이 아니라 남들이 만들어 주는 것이고, 자신이 어떻게 하느냐에 따라 달라지는 것이다. 교권 추락이든 존중이든, 그것은 외부의 힘이나 조직도 제도도 아닌, 바로 나 자신에서 비롯된다는 말이다.

특목고, 자사고 등 학교 형태가 많아지면서 일반계고에 근무하는 교사들은 정말 힘들어졌다. 공부 잘하는 학생을 그런 학교에서 다 뽑아가니, 일반계고는 수업 시간에 떠들고 잠자는 학교가 되었다고 불평하기도 한다. 게다가 학부모의 사교육 열풍이 세고 학원은 선행학습과 맞춤 교육으로 학생을 유인하고 있다. 고교 유형이라는 제도적 한계는 있지만, 이를 극복하는 것은 오롯이 교사의 몫이다. 교사는 사교육과 경쟁할 것이 아니라, 본연의 교육으로 돌아오고 미래의 역량을 앞서 길러주는 교육에 온 힘을 다하면 된다.

학생의 생각과 개성을 존중하면서 스스로 적응기제를 터득하고 창의적인 능력을 길러내는 허용적인 교육이 살아나야 한다. 처음에는 인내심을 넘어서는 일도 있을 것이나, 긍정적이고 희망적인 눈으로 바라보면 예쁜 모습이 더 많이 보일 것이다. 아이들의 머리칼이 길어진다고 엉덩이까지 내려오지는 않을 것이고, 귀를 뚫는다고 보기 흉한 장식이 주렁주렁 달리는 일은 없을 것이다. 그들도 인간이기에 가르치지 않아도 터득하고 스스로 경계하는 마음도 생겨나게 마련이다. 그런 마음으로 시작해야 존중도 싹이 트고, 존중이 자라야 인권도 교권도 자연적인 실천으로 회복될 것이다.

세상에 적응하고 살아가려면, 힘든 길도 걸어야 하고 곳곳에 널린 장애물도 넘어야 한다. 심지어 없는 길도 만들면서 가야 한다. 이 시대는 길을 만들지 않으면 생존이 어렵게 되는 일이 더 많아졌다. 학생인권조례가 아니어도 이제는 옛날의 권위와 방법을 용인하지 않는다. 그래서 교권의 회복을 외치기 전에, 모든 학생이 인격적 존중과 참다운 교육을 받고 있는지, 행복한 마음으로 머물고 싶은 학교를 우리가 만들고 있는지, 먼저 살피는 일이 필요하다고 생각한다.

학교 조직의 위기

　과거에는 개인적 취향도 조직의 일원으로서 자신의 역할을 다하는 쪽으로 흘렀다. 그래서 조직은 대체로 안정적이고 결속된 모습을 유지했다. 조직의 통일성과 화합을 위해 자신을 잘 내세우지 않았고, 교장이나 선배 교사의 불편한 권위를 받아들이기도 했다. 이는 일방적이고 수직적인 직장 풍토이지만, 나는 가끔 그런 분위기를 그리워할 때가 있다. 차갑고 딱딱한 직장 풍토로 어떤 즐거움을 찾기가 어려워졌기 때문이다.

　최근 학교의 교사 집단도 급격하게 변화하고 있다. 개인주의를 넘어 이기적인 학교 풍토가 갈수록 도를 넘고 있는 것 같다. 학교 조직을 책임지고 관리해야 하는 교장에게 부딪치는 난감한 일이 정말이지 하나둘이 아니다. 조직을 위한 통 큰 양보는 바랄 수도 없다. 개인적 취향과 가치관은 존중되어야 하지만, 사소한 일조차 사사건건 들이대는 몇몇 교사들 때문에 조직의 기본적 질서마저 무너지기 일쑤다. 심한 곳에는 학교 현장이 쑥대밭이 되기도 한다.

　학생과의 수업과 평가, 상담 등에서 주체적인 역량을 소신껏 발휘해야 한다는 점에서, 어쩌면 교사 개개인은 하나의 독립된 기관이라 할 수도 있다. 하지만 초·중등 교육이 보통 의무교육인 까닭에 학교 현장에는 교육과정 이외에도 교육적으로 초점을 맞추고 풀어나가야 할 문제가 산적해 있다. 그러니 문제 해결을 위한 방향성을 잡기 위해서, 교사 개개인이 추구하는 가치와 실리를 조금씩 내려놓고 구성원들의 집단지성을 모아가야 할 필요가 있는 것이다.

교장은 교사들의 적도 아니고, 교사들의 주체적인 교육에 끼어드는 방해꾼도 아니다. 선의를 가지고 교사들에게 조언하거나 모든 활동을 지원하는데, 교장의 역할 무력화에 애쓸 일도 불편한 사람으로 대할 일도 아니다. 그런데도 특정한 몇 사람들은 모든 구성원에게 메일을 날리면서 학교의 평화로운 분위기에 긴장의 불을 지피기도 한다. 심지어 자기만의 비상식적인 생각조차 구성원 모두의 생각으로 일반화시켜 따지고, 견디기 힘든 언행에도 거리낌이 없다.

사회의 일반 조직도 대체로 그렇겠지만, 교사들은 자기에게 부담되는 일이나 남보다 조금이라도 힘든 일이 자기 앞에 떨어지면 결단코 피하려고 한다. 신학기에 담임교사 임명하는 일부터 너무 어렵다. 짧은 기간의 휴직·병가·연수 등이 3월 신학기에 맞추어 집중되고 있어, 담임을 맡길 교사의 절대적인 숫자가 부족하다. 꼭 필요한 제도이지만 악용하는 사례도 많다. 선택의 문제도 아닌 것조차 비상식적으로 거부하는 학교 풍토가 점점 고착되면, 교사들의 몸은 다소 편해지겠지만 행복한 교육이 살아나기는 어렵게 된다.

이런 현상에는 교육 당국도 한몫하고 있다. 특히 이 시대의 교육 당국은 학교장의 권위를 인정하는 일에 인색한 편이다. 심지어 교장들은 자기들이 학교 운영에 1/N의 권한만을 가진 위치에 있다고 볼멘소리를 내기도 한다. 물론 그런 주장에 과장된 측면이 없지는 않겠지만, 그것이 그들만의 집단적 이기주의에서 나온 것은 결코

제2부 아쉬운 학교

아니다. 자신의 주어진 권한을 제대로 발휘하지 못해 무능하고 무기력하다고 손가락질당하는 교장이 없지는 않겠지만, 그만큼 학교 운영이 어렵다고 하소연하는 것이니, 교육 당국은 정당한 권한이 정상적으로 발휘될 수 있는 시스템 구축에 우선 노력하여야 한다.

사회 조직 중에서 관리자의 권위나 권한이 가장 잘 먹혀들지 않는 조직이 학교가 아닌가 싶다. 게다가 교원은 단일호봉체제라서 직책 수당 몇 푼 더 받는 것을 제외하면 교사들과 봉급이 똑같다. 봉급이야 그렇더라도 정당한 권한을 행사하게 하고 그 결과에도 책임을 지는 시스템이어야 하는데, 실질적 권한은 별개고 책임은 교장 한 사람이 오롯이 져야 하는 구조다.

보직교사의 지위 인정은 더욱 말이 아니다. 세상의 어느 조직이 중간 리더를 인정하지 않는지 알 수가 없다. 보직교사는 법제화가 안 되어 있고 수당도 가장 적은데, 학교 교육과정이나 구체적인 일정, 학생들 교육과 관련한 세세한 것까지 담당해야만 한다. 실제로 학교의 모든 일이 각 부서에서 기획되고 실행되는 것이다. 그러니 중간 검토자로서 권한과 책임을 명확하게 주고, 전결 권한도 대폭 확대해야 한다.

학교도 하나의 관료 조직이기에 성과에 대한 냉정한 자기 평가가 부족하고 여러 면에서 느슨한 편이다. 일반 기업체는 말할 것도 없고 다른 관료 조직에 비해서도 그 정도가 심하다. 그것의 이유는 많겠지만, 특히 승진 체계와 관계가 깊다. 교사들에게는 승진에 대한 열망이 거의 없어졌다. 귀찮고 책임질 일만 많지, 권한도 급여도 하등 다를 바가 없으니 굳이 그 힘든 직위에 오르려고 관심을 보일 리가 있겠는가.

교육의 성과는 단시간에 드러나는 것도 아니고 그렇게 승부를 보려는 태도도 온당치 못하다. 하지만 상상을 초월하는 빠른 변화의 세상에 대비하는 민첩한 교육은 필요하다. 기업과 마찬가지로 학교도 이제 혁신적 변화에 대처하지 않으면 존재하기 어렵다. 상아탑의 진리, 평화롭고 안정적인 교육 기조가 좋다는 것을 모르는 사람은 없다. 하지만 소용돌이치는 이 시대의 현실에서 앞서 치고 나갈 수 있는 새 패러다임을 학교 교육이 외면해서는 안 된다는 것이다.

최근에 교육 당국은 일부 지방 대학을 퇴출하였다. 하지만 대학 퇴출은 완성형이 아닌 진행형이다. 취학 인구 감소로 신입생을 채우지 못해서 재정적인 압박을 심하게 받으니, 앞으로도 계속해서 문을 닫는 대학이 늘어날 것이다. 그런 현실 속에서 대학들은 생존의 자구책을 만들기 위해 상상할 수 없는 혁신의 고통을 감내할 것이다. 초·중등학교도 예외는 아니다. 변화와 혁신의 사각지대에서 벗어나 시대 변화의 방향을 읽고 미래의 비전을 창출해 내는 구체적인 방안을 모색하는 노력이 매우 필요할 것이다.

학교의 경영 조직은 그 명칭만 다를 뿐 대체로 비슷한 구조로 되어 있다. 특목고, 특성화고, 자율학교 등에서는 나름대로 조직의 성격에 맞는 좀 특이한 구조를 가지고는 있다. 초·중등 교육은 보통 의무교육이니 일정 부분 한 방향을 향하지 않을 수 없다. 이것은 누구나 인정하는 일이라서 논란의 중심에 서지 못한다.

제2부 아쉬운 학교

문제는 학교가 지나치게 중앙의 통제를 받는다는 것이다. 학교 단위의 자율 경영 체제 확립은 옛날부터 교육 당국이 쉬지 않고 주장해 온 것이다. 그런데도 실질적으로 진행되어 온 양상을 살펴보면, 그 부분에 만족할 만한 성과가 거의 없다는 것이다. 되레 학교 자율성의 폭이 좁아졌고, 교장의 리더십도 통하지 못하는 구조로 더욱 고착된 것으로 보인다. 이는 교육감과 지방단체장 직선제 도입으로 더욱 소소한 일까지 간섭하고 통제하게 만든 것이 이유 중의 하나일 것이다.

교육부나 교육청은 학교 교육을 간섭하고 지배한다는 주장에는 동의하지 않을 것이고, 오히려 최선의 지원을 위해 노력하고 있다고 할 것이다. 하지만 셀 수 없이 쏟아지는 그들의 정책이 학교 현장에서는 쓰레기더미가 되기도 한다. 수업과 평가, 상담과 기록, 생활지도 등, 교사가 꼭 해야 할 일만도 산더미 같은데, 실적을 위해서 검증되지 않는 시스템과 일회성 행사를 기획하여 학교로 내려보내면, 교사들의 잡무가 더욱 쌓여서 본연의 일마저도 어렵게 만든다.

학교생활기록부 업무도 교사들을 지치게 한다. 학생부는 대학 입시에서 매우 중요한 위치를 차지하니, 거기에 학생이나 학부모의 요구 사항도 많아지고 기재 내용에 대한 공정성을 의심하기도 한다. 성심성의껏 기재해 주지 않는다고 항의하는 일도 도를 넘지만, 심지어 과장된 기록까지 요구하기도 한다. 교사가 수시 모집에 응시하기 위한 학생들의 자기소개서며 면접, 전형에 맞춘 스펙을 관리해 주는 일도 벅찬데, 이런 것까지 신경을 쏟아야 하기에 그 어려움은 이만저만이 아니다.

교사의 전문성과 거리가 먼 업무는 행정직원이 대체하는 시스템이 필요하나, 교사가 직접 감당해야 하는 일이 너무 많아 근본적 문제 해결이 어렵다. 특히 공정의 이름값을 하느라고 요구되는 법률과 각종 지침, 대학입시 제도에 따른 업무, 학생 생활 및 인권에 대한 문제 등이 만들어 내는 잡무는 상상하기 힘들 정도다. 이제 교육 당국은 최소한의 교육과정만 컨트롤하고 나머지 정책들은 학교가 전면적으로 선택할 수 있도록 하는 과감한 혁신이 필요하다고 하겠다.

학교 조직의 위기는 내부 문제에서 오는 것도 있겠지만, 따지고 보면 외부의 영향이 더 크다고 본다. 그러니 교육 당국이 사회적 트렌드를 바꾸어 내기는 쉽지 않겠지만, 교사들이 수업에 전념할 수 있는 시스템 도입에는 적극성을 보여야 한다. 다수의 구체적인 정책들은 학교 공동체 구성원에게 맡기되, 학교가 도움을 청하는 정책에 대하여 맞춤식으로 지원하는 시스템을 만들어 학교 조직의 위기를 넘겨야 한다.

그렇게 되면 학교 구성원들이 스스로 소통하고 협력하면서 집단 지성을 발휘할 수 있게 될 것이고, 이는 곧 창의적이고 행복한 학교를 만들어 가는 지름길로 들어서게 될 것이다. 학교 구성원은 각자 맡은 일이 있고 그 책임도 져야 한다. 수업이나 평가에 따르는 불가피한 일들도 잡무가 아닌 업무로 받아들이는 자세도 필요하다. 학교의 일이란 총량의 법칙이다. 어차피 교사가 담당해야 할 일이라면, 특정한 사람에게 일이 몰리지 않도록 나누고 양보하는 미덕이 필요하다고 하겠다.

나이보다 더 아픈 청춘

　요즘에 몸이 예사롭지 않음을 느낀다. 큰 병은 없지만, 여기가 아프다가 나을 듯하면 저기가 아프고, 심하면 두 군데나 세 군데 세트로 증상이 드러나기도 한다. 잔병에 장수한다는 말도 있지만, 이건 필시 장수의 징조는 아닌 것 같다. 지금 몸을 돌보지 않으면 위험한 지경으로 내몰릴 수 있다는 전조 증상이 아닌가 싶다.

　이런저런 몸의 불편을 겪으면서 어느 날 문득 내 나이를 헤아려 보니 연식이 제법 오래되었다. 슬슬 고장 날 나이도 된 것이다. 아무 생각조차 못 하는 기계도 세월이 흐르면 고장 나는데, 출근 시간 지하철 속같이 복잡하고 이념의 꼴통들처럼 이기적이며, 가을 서리같이 엄하고 번개같이 빠른 세상에 몸을 담그고 살아야 하는 인간이, 세월이 흘러도 병이 안 난다면 오히려 이상한 징조가 아닐까.

　도대체 언제 세월이 이렇게 흘러버렸을까. 인생의 큰 족적을 남겨 보겠다는 포부는 애당초 꿈꾸지도 않았지만, 너무 의미 없이 세월만 보낸 것은 아닌가 하는 마음에 과거사를 호출해서 음미해 보았다. 그런데 텅텅 빈 백지만은 아니고, 제법 그럴듯한 그림도 보인다. 하지만 무엇을 어떻게 하고 살았더라도 과거사를 돌아보며 너무 비관적인 생각을 가지지 않았으면 좋겠다 싶다. 세월이 가면 저절로 찾아오는 스토커를 그냥 무덤덤하게 받아들이는 자세도 나쁘지 않을 것이다.

육신의 병은 주로 특정한 한 부위에서 일어나는 것이라 다스리고 갈아끼면 수명이 다하도록 쓸 수 있지만, 정신에 붙은 병은 감내하기도 제자리로 돌려놓기도 어렵다. 시도 때도 없이 왔다가 가볍게 가기도 하지만, 세상과 절연하거나 절연 당하는 참혹한 결과를 빚기도 한다. 그것은 나이의 많고 적음을 떠나서 모두에게 붙는 것으로 청춘들에게도 마찬가지다. 그들에겐 몸뚱이야 무쇠같이 단단해서 아픈 곳이 별로 없겠지만, 정신에 붙은 아픔은 오히려 어른보다 더 지독할 것이다.

　몸뚱이만 놓고 보면 사람이든 동물이든 기계든 나이만큼 아픈 것은 당연한 일이다. 정기적으로 기름 잘 치고 정비해 주어도 천년만년 쓸 수 있는 기계는 없다. 사람 옆에서 사는 동물들은 어느 정도 수명이 연장되겠지만, 그렇지 못한 것들은 언제인지 모르게 다시 자연으로 돌아간다. 사람도 각자의 형편에 따라 정도의 차이가 있겠지만, 대체로 중장년을 넘어서면 여기저기 아픈 곳이 많아지기 시작한다. 그러니 마음을 내려놓고 그런 손님을 받아들이는 것이 진리일 듯하다.

　하지만 아무리 생각해도 반갑지도 않고 원치도 않은 선물인데, 해탈의 마음으로 그것을 고스란히 받아들이기에는 좀 억울하다는 생각이 든다. 나뿐만 아니라 모든 사람이 그런 생각일 것이고, 그래서 중장년을 향해 갈수록 건강에 관한 관심을 부쩍 가지기 시작한다. 정기검진은 꼬박꼬박, 운동량도 늘리고 좋다는 건강보조제도 매일 한 주먹씩 먹기도 한다. 심지어 청춘들도 무쇠처럼 몸을 마구잡이로 혹사하지 않고, 이제는 자기 몸을 가꾸는 일에 돈과 노력을 많이 들이는 것 같다.

경제적 풍요가 되레 인간의 육신을 병들게 하는 경우가 더 많은 것 같다. 좋은 것을 아무리 많이 먹어도 병은 부와 가난을 가리지 않는다. 삼순구식(三旬九食), 한 달에 아홉 끼도 먹기 어려운 가난한 삶에도 그렇지 않은 사람보다 더 오래 세상 구경하는 사람도 많다. 정신의 아픔도 마찬가지다. 여러 환경으로 미루어 보아서, '저런 사람에게 무슨 고민이 있을까'라고 부러움을 받는 사람도, 그렇지 못한 사람보다 정신적으로 건강한 삶을 누리고 있다고 단언하기는 어렵다.

　육신의 아픔이란 대체로 나이에 비례하기도 하고, 피하려고 애는 써 보지만 그러려니 하는 것이기도 하다. 문제는 정신세계로 드나드는 아픔이다. 이것 역시 나이만큼만 아프면 되는데, 그렇게 되지 않는 것 같다. 나이가 들수록 육신의 아픔은 행패를 더 심하게 부리지만, 정신은 점차로 더 안정되고 건강해지는 것 같다. 청춘 시절에 비해 경제적으로 안정되고 삶의 경험을 통한 긍정적 수용이나 체념이 마음을 내려놓게 만든 이유가 아닌가 싶다.

　그에 비해 청춘들의 정신 건강은 문제의 심각성이 훨씬 큰 듯하다. 젊은 놈들이 무슨 걱정이 있나. 부모들이 시키는 대로만 하고 살면 되지. 걱정도 팔자야. 과거에는 이런 식으로 청춘들의 고민을 쓸데없고 사치스러운 것이라고 단정해 버리는 시대였다. 물론 지금은 놀라울 정도로 급속한 인식의 변화가 이루어졌지만, 아직도 그런 생각으로 청춘의 아픔을 이해하지 못하는 어른들이 있는 것 같다. 이런 세대 간 인식의 차이가, 청춘들이 누릴 행복은 뺏고 쇠사슬 같은 의무감을 지우는 일이 되지 않을까 생각하니, 참으로 답답한 마음이 들기도 한다.

나이보다 더 아픈 청춘

나는 평생을 고등학교와 교육청에서 근무하면서 새파란 청춘인 학생들을 지켜보는 마음이 편하지 않을 때가 많았다. 우리 세대의 학창 시절은 대체로 하나의 목표만 바라보고 갈 수 있는 단순한 세상이었다고 생각되는데, 지금의 청춘들에겐 그렇게 단선적인 목표로만 살아갈 수 있는 세상은 아닌 것 같기 때문이다. 물론 나는 학창 시절에 정신적으로 심한 갈등과 번민에 시달려서 방황하면서 학업에 제대로 집중할 수 없었다. 모르기는 해도 그것은 나만의 특수한 상황은 아니었을 것이고, 동병상련하는 처지의 또래들도 많이 있었을 것이다.

　고2가 되면 육체적으로는 거의 성장을 멈춘다. 물론 그때가 되면 정신적으로도 성장해서 자신의 정체성을 갖추는 것이 마땅한 나이다. 그런데 우리의 가정교육이 정신적인 성장을 늦추게 하는 것이 아닌가 싶다. 어려서부터 스스로 문제를 발견하고 해결해 나가는 교육이 아니라, 부모가 모든 것들을 기획하고 실행까지 리딩하는 현실이기 때문이다.

　고교 졸업까지는 삶에 대한 자신의 가치관 정립보다는 입시와 부모의 간섭에서 벗어나지 못하는 환경 때문에 정신적인 성숙이 늦어졌다고 생각하는 것이 결코 궤변만은 아닐 것이다. 게다가 학부모의 요구를 무시할 수 없어서, 입시 중심의 교육을 펼치고 있는 교육 현실도 학생들의 생각을 주체적이고 창의적으로 길러 내는 것을 어렵게 만들었다고 볼 수 있을 듯싶다.

　그렇다 보니, 청소년들에겐 어른들이 이해할 수 없는 성장통이 곳곳에 도사리고 있다. 그것을 수십 년 지켜본 나는, 어떻게 그들을 위로하고 지원해야 할지 많은 고민을 해 왔다. 하지만 가정과 사회의 가치관 변화나 혁신적인 시스템의 정착 없이는 쏟아지는 것이, 늘 수박 겉이나 핥는 일에 불과한 아이디어 수준의 정책들이어서, 그 실효성은 별로 없어 보인다.

그러니 청춘들의 정신적인 아픔은 기성세대가 일조한 것이기도 하다. 지나친 보호와 간섭, 인간의 소중함에 대한 기본적인 가치의 망각, 삶의 의미에 대한 왜곡된 방향 제시, 불필요한 도전으로 젊음을 소비하게 하고, 잠시도 멈추지 않는 내리사랑이 아이들의 숨쉬기를 어렵게 만든 현실이 된 것이다. 이런 상황에서 청춘들이 정신적으로 아프지 않을 수가 있을까. 이런 아픔은 약으로도 치료가 안 된다. 나이를 먹어 아픈 사람들은 약으로 치료가 되기도 하고, 살 만큼 살았다고 그냥 운명처럼 받아들이기도 하지만, 청춘들은 그렇지 못하다.

육신의 아픔이든 정신의 아픔이든, 나이보다 더 아픈 것이 문제다. 병원에 가 보면 아픈 사람이 널려있다. 세상에 이렇게 아픈 사람이 많나 하고 놀라기도 한다. 그나마 노년에 이른 사람이 병원에서 치료받는 모습을 볼 때는, 덜 슬프고 조금은 위안이 되지만, 청춘들이 정신적인 질환으로 병원을 제집 드나들 듯이 하거나, 한참 사회인으로 성장할 나이에 방구석에 틀어박혀 있어야만 하는 불행은 차마 형언하기 어렵다.

누군가 아프니까 청춘이라고 했는데, 나는 동의하고 싶지는 않다. 안 아픈 사람은 청춘이 아니고 아픈 사람만 청춘이라는 말은 아닐 것이지만, 청춘이라고 누구나 성장통을 당연하게 받아들일 필요는 없다. 특히 쓸데없는 일로 고민하고 고통받게 하는 일은 없어야 한다. 부모나 남들에게 강요된 고통이 아니고 자기 스스로 문제를 발견하고 해결해 나가는 과정에서 겪는 성장통은 새로운 세계를 꿈꾸는 기회가 되겠지만 말이다.

청춘들이 아픈 이유는 그들의 잘못에도 있지만, 기성세대의 잘못된 인식에서 비롯되는 것이 더 많은 것 같다. 이유야 어디에 있든 청춘은 아프다. 나이만큼 아픈 것이 아니라 나이보다 더 아프다. 왜냐하면 사회가 요구하는 질곡에서 벗어나기가 너무 어렵기 때문이다. 나이만큼 아파야 당연한 이치이고 건강한 사회는 유지된다. 욕심을 부리지 않고 살아가기는 쉽지 않지만, 적절한 만족을 넘어서는 욕심은 온갖 부조리를 만들어 내고 사회를 더욱 비정하게 만든다는 사실을 모두가 성찰해 보았으면 싶다.

21세기에 막 들어서면서 이십 대의 태반이 백수라고 한탄하는 이태백을 비롯하여 장미족, 십장생 등 오랫동안 백수의 신세를 면치 못하는 이들을 지칭하는 신조어가 등장하였다. 그로부터 10년이 더 흐른 후에도 이 같은 현상은 해결되지 못하고, 청년들의 현실을 비아냥거리듯 지옥 같은 조선을 뜻하는 '헬조선'이라는 말이 등장했다. 심지어 부모의 경제력에 따라 태어날 때부터 이미 사회적 계층이 나뉜다는 '수저론'이 등장하기도 했다.

2020년대가 되어서도, 여전히 청년들에게 희망의 사다리는 주어지지 않고 있다. 심지어 최저 임금의 아르바이트 자리마저 구하기 힘든 세상을 만들어 놓았다. 물론 국가나 사회만 탓할 수는 없을 것이다. 자기 나름대로 미래를 내다보는 노력을 정말 눈물겹게 준비해 왔더라면 그런 처지에 이르지 않을지도 모른다.

하지만 이는 정말 무책임한 해석이다. 아무리 해도 안 되는 사람들이 너무 많기 때문이다. 누울 자리를 보고 멍석도 펴는 법인데, 아무리 보아도 누울 자리가 안 보이는 것이 엄연한 현실인데, 어떻게 그들에게 의지박약을 나무랄 수 있을까. 문제의 심각성을 알고도 이십 년이 넘도록 그런 청춘들을 방치해 온 위정자들의 비전 부재와 무관심한 태도를 지적하지 않을 수가 없다.

청춘들은 그동안 어리석다 할 정도로 순진하게 용돈 아껴가면서 여기저기 기웃거리면서 다양한 자격증을 취득하고 여러 스펙을 쌓으면서 착실히 미래를 준비해 왔다. 헬리콥터맘의 호위를 받는, 결이 다른 동년배를 향한 부러움도 제쳐 두었다. 수년간 백수의 쓰디쓴 절망을 맛보면서도, 국가나 사회에 항거의 목소리 한번 제대로 내지 않았다. '우는 놈 젖 더 준다'하는 속담을 알면서도, 강하게 푸시하지 않은 청춘들 스스로가 자초한 결과일 뿐이라고 비난해야 할까.

최근 대통령 선거와 지방자치단체 선거에서 청춘들이 목소리를 크게 내기 시작했다. 여당이든 야당이든 이런 청춘들에게 다가가서 같은 편임을 거짓 마음으로 호소하기 시작했다. 청춘들의 표심을 잡기 위해서 별 이상한 아이디어를 다 내놓았다. 하지만 '혹시나 했는데 역시나'로 끝났다. 찰떡같이 뭉개져 버린 기대, 이렇게 늘 속아 오면서도 어느 지점에 이르러 또다시 다 잊어먹는 순진한 우리 청춘들이다.

이제는 위정자들의 눈속임에 따라 광대가 되어 줄 필요도 없고, 부모나 그 누구의 강압에 자신의 인생을 맡겨서도 안 된다.

아픔은 당연한 것이 아니라 반드시 극복할 수 있는 것이다. 자신이 걸어갈 길의 방향을 수십 번 고민하고 결단이 서면, 무엇에도 굴절되지 말고 희망의 그 길로 쭉 나아가면 될 일이다.

제2부 아쉬운 학교

교육 현장의 눔프 현상

이미 오래전에 나온 용어 중에 눔프 현상(not out of my pocket)이라는 것이 있다. 복지혜택을 받는 것은 좋지만, 막상 내 주머니에서 세금이나 사회보험료 등을 더 내기는 싫다는 현상이다. 복지에 대한 인식과 실천의 불일치를 잘 보여주는 용어다. 어떤 사회에서나 구성원의 합의가 필요하지만, 첨예한 이해관계가 놓여 있는 집단의 경우, 갈등을 넘어서서 합의에 이르기는 어려운 측면이 많다.

인간의 이런 심리에 더욱 기름을 붓는 무리는 표 외에는 관심도 비전도 없는 선출직 어공들이다. 그들에게는 진정한 싸움을 위한 철학도 없다. 공격에서 방어로 바뀌는 순간이나 그 반대의 경우가 되면, 금쪽같이 여기던 철학도 180도 바꾼다. 정확한 상황 파악이나 비책에는 무지하면서도 용감무쌍으로 멍청함을 덮는 늘공도 한몫하기는 마찬가지다. 이들이 정확한 분석과 판단, 공정한 잣대로 정책을 수립하고 집행하지 않으면, 갈등과 눔프 현상은 줄지 않을 것이다.

최근 코로나19가 장기적으로 위세를 부리면서, 비상식이 상식이 되고 비정상이 정상처럼 되어 가고 있다. 위기가 곧 기회인 사람들이 이런 분위기를 주도한다. 기회주의도 일종의 처세술이라고 주장할지는 모르겠지만, 이를 정상적인 처세라고 할 수 없다.

오히려 그들은 약한 자를 등쳐 먹거나 독점하고 군림하면서, 부당소득을 얻어 배를 채우는 일에 주저하거나 일말의 가책도 없는 사람이 아닐까 싶다. 코로나19 초기에 마스크나 강대국의 백신 독점 등은 말할 것도 없지만, 남의 약점을 이용해서 얻는 이익을 공정의 잣대로도 걸러내지 못하는 사회는 앞으로도 희망이 없을 것이다.

코로나19가 어려운 사람을 더욱 힘들고 어렵게 하고 있다. 입에 풀칠하기도 어려운 사람들은, 삶의 무거움과 암담함에 하룻밤에도 몇 번씩 이승과 저승으로 마음이 건너다니기도 한다. 자영업자와 소상공인, 시간제로 일하는 비정규직 아르바이트생들은 어느 시대보다도 고달프고 힘든 나날을 보내고 있다. 그러나 코로나19로 상대적 이익을 얻는 회사나 개인은 약자들을 배려하고 베풂을 실천할 필요가 있다. 그런데도 나다닐 수 없으니 돈 자랑이 힘들고, 잘 포장한 얼굴을 마스크에 감싸 두고 살자니 억장이 무너진다는 사람도 있다고 한다. 그런데 냉정하게 따져 보면, 어디 자기 주머니가 오롯이 자기의 공으로 채워진 것이겠는가.

이런 현상이 세상의 인심이기는 하지만, 갈수록 점점 심해지고 있다. 정의(正義)에 대한 정의(定義)가 어려워진 탓이다. 모두가 자기의 눈으로만 세상의 이치를 바라보니, 합의는커녕 갈등만 조장하지 않아도 칭찬받는 사람이 될 수 있는 것이 현실이다. 우리 격언에도 '가진 자가 더 인색하다. 아는 자가 더 무섭다'라는 말이 있다. 그런 까닭에 구경꾼의 눈으로 아무리 둘러봐도 이해가 안 되는 일이 한두 가지가 아니다.

가진 사람들이 죽는소리를 더 하는 현상도 심해졌다. 자기 주머니 털어 남 준다는 데 불만이 없는 사람이 세상에 몇이나 될까 마는, 정도도 어느 정도라야 넘어갈 수 있는 일이다. 복지의 혜택도 못 받는데 세금은 왜 잔뜩 내라고 하느냐며 자자한 원성이 터져 나오는 장면을 쉽게 볼 수도 있다. 잘살든 못살든 누구나 국가가 주는 복지혜택은 공평하게 받아야만 한다고 생각하기 때문이다. 하지만 그들에게 1인당 20만 원 내외의 코로나 지원금은 한 끼 밥값도 못 될 것인데, 이것이 과연 복지라는 말에 합당하기나 할까 모르겠다.

그렇다고 굳이 편을 가를 필요는 없을 것 같다. 88%는 되고 12%는 안 되는 이런 이분법은 별로 좋아 보이지는 않는다. 이들을 가려내는 과정에서 정말로 억울하게 받지 못하는 사람도 생겨나고 재산이 많아도 혜택을 보는 사람도 있게 된다. 이는 또 다른 갈등의 불씨가 될 수도 있다. 다만, 모두가 한마음으로 예상치 못한 바이러스를 이겨내고자 하는 의지를 꺾는 행위는 자제하는 것이 좋을 듯싶다.

사회에 팽배한 눔프 현상은 학교 조직에서도 예외가 아니다. 지금에 이르기까지 교사들은 학생의 올바른 성장을 위해 성심 성의껏 가르쳤으며, 담당 업무도 잘 완수하면서 개선의 노력이나 아이디어 창출에도 앞서왔다. 누가 뭐라고 해도, 교사들은 기본적으로 존경받을만한 선생님이었다. 그런데 최근에 그런 분위기가 많이 사라지고 교육이 지탄의 대상으로만 여겨지는 것 같아서 안타깝다.

처음에는 일부 교사에 한정되는 문제였는데, 이제는 많은 교사가 동참하거나 묵시적으로 동조하는 분위기다. 구멍가게도 폐점은 할 수 있지만, 일하기 싫다고 아무 때나 문을 닫을 수는 없다. 공립학교 교사는 국가공무원이고 사립학교 교사도 이에 상응하는 예우를 받는다. 그런데도 힘들다고 학생들에게 꼭 필요한 활동조차 없애버리려고 한다. 숙박으로 힘드니 테마 여행이나 수련 활동을 없애야 하고, 업무가 과중하니 담임이나 보직교사를 못 맡겠다고 하는 등, 극단적인 눔프 현상으로 나타나는 것이 하나 둘이 아니다.

힘들고 어렵다고 꼭 필요한 것을 잘라 버릴 것이 아니라, 그 원인이나 장애 요인을 줄이기 위한 방법을 찾아내는 일에 힘과 지혜를 모아야 할 일이다. 그렇게도 못하겠다면, 구멍가게 폐업하듯이 학교를 떠나는 것이 옳은 길일 것이다. 원론적으로는 받아들이면서도 정작 그것이 자기의 일로 떨어지면 거부하는 일은 없어야 할 것이다.

그런데 이게 쉽지 않은 이유는 실적에 따른 급여가 차등 지급되는 것도 아니고 특별한 포상이 주어지는 것도 아니니, 힘들게 나설 필요가 없다는 것이다. 성과상여금 제도가 있지만, 교육의 실적 평가가 어려워 주로 경력이나 전입 순, 수업 시간 등 성과와 무관한 것들이 기준이 된다. 등급별 차등액도 적어서 업무 추진 동력이 못 되고 심지어 돌아가면서 S등급을 받거나, 지급 후 다시 모아 균등하게 나누기도 한다. 이러니 성과급에 목을 맬 교사는 거의 없다.

제2부 아쉬운 학교

학교는 매년 2월이 되면 봄방학에 들어간다. 방학이라고 하지만 사실상 신학기를 준비하는 기간이다. 그런데도 교사들을 출근하지 않는 것을 당연한 것으로 여겼다. 봄방학 기간에는 자신의 신학기 수업 준비, 상담과 담임의 역할 수행 등 학생들을 위하여 준비해야 할 것이 정말 많다. 하지만 그런 준비와 고민의 시간보다도 외유를 즐기면서 하루도 학교에 출근하지 않는 교사들도 있었다.

그런 가운데도 학교의 공적인 일이나 잡무로 자주 출근하는 교사들도 있다. 주로 부장 교사들이지만, 그들도 그런 일이 즐거워서라기보다는 맡은 업무에 대한 책임감으로 출근하는 것이다. 부장 교사에게는 승진 가산점이 부여되지만, 이제는 교사들이 교감 승진에 관심이 없는 시대라, 그것으로는 유인 효과를 거두기 어렵게 되었다. 그렇다고 성과급도 S등급을 보장받을 수 있는 구조도 아니고, 직책 수당도 담임교사의 70%도 못 되니, 새 학기마다 부장 임용에 애를 먹는다.

최근 교육청은 봄방학 기간에 모든 교사가 3일간 의무적으로 출근하여 신학기 대비 교육활동을 협의하도록 지침을 내렸다. 하지만 그 기간마저 불참하는 교사들도 있고, 의미 있는 시간으로 만들어 보려는 적극성은 부족하다. 칭찬할 학교도 많지만, 형식적 때우기에 급급한 학교도 있다. 물론 교사들에겐 교육 자료 수집도 필요하고 가르치기 위한 교재 연구도 중요하지만, 각종 부수적인 업무를 동료 교사의 희생에 맡기고 자신은 무임 승차하는 일은 없어야 할 것이다.

학교장으로서 2월이 가장 곤혹스럽다. 신학기에 교사들이 맡을 학교 업무를 나누는 일이 어렵기 때문이다. 학생들의 요구도 다양하고 보통이 아니라서 교과 수업이나 담임 업무도 만만하지 않은데 학교의 일반 업무를 또 맡아야 하는 일에 부담을 느끼지 않는 교사는 없을 것이다. 하지만 그런 업무를 학교장의 권한으로 하지 않게 할 수 있다면야 모르지만, 어차피 누군가는 처리할 수밖에 없는 일이 대부분이다.

앞에서 언급했듯이 일만 많고 아무 보상도 없는 부장 교사를 서로 맡지 않으려고 하는 것은, 잘못된 시스템의 탓이라고도 할 수 있을 것이다. 하지만 담임교사를 희망하는 사람도 턱없이 모자란다. 담임 제도가 굳건한 우리나라에서는 담임교사를 맡는 일은 기본 중의 기본이다. 그런데도 2월만 되면 조금만 아파도 진단서 들이밀고 기타 등등의 이유로 담임에서 빠질 기회를 엿본다. 그러니 담임을 맡을 정규교사가 모자라, 계약직 교사 상당수가 담임 업무를 수행하는 형편이다.

교과 중에 세부 과목을 담당하거나 수업 시간을 나누는 일 역시 만만하지 않다. 새 학기 준비 기간이면 팽팽한 대립으로 긴장된 분위기가 교무실에 넘쳐 흐른다. 한 시간이라도 수업을 더 많이 맡게 될까 봐서 노심초사하고, 합의에 이르는 시간이 한없이 길어지고 다툼도 심심찮게 일어난다. 수업 시간 배당하는 그때만 잘 버티면 일 년이 편하기에, 동료에 대한 배려를 기대하기는 어렵다. 보직교사나 원로교사들의 수업 시간을 자발적으로 줄여주기 위해서, 누군가가 먼저 나섰던 일은 호랑이가 담배 먹던 시절의 옛날 이야기다.

그렇다고 교사들에게만 그 짐을 지울 수는 없다. 교육 당국은 합리적이고 공정한 시스템으로 서로가 부장이나 담임교사를 맡겠다고 나서는 분위기를 만들어 주어야 한다. 그래야 학교가 제대로 돌아가지 않을까. 학교뿐만 아니라 사기업에도 서로 자기 영역 아니라고 일을 핑퐁하거나 미룬다는 이야기를 들은 적이 있다. 그러니 성과금이나 승진에도 비켜나 있는 학교 일에 솔선수범 하는 교사들을 기대하기는 어려울 것이다.

일이라고 하는 것을 무 토막 자르듯이 균등하게 할 수 있겠는가. 특히나 학교 일은 객관적이고 보편적인 기준으로 측정하기 어려운 것이 많다. 또한 요즘의 일이란 것이, 융합이나 통합이니 하는 것들이 많아 업무의 경계가 분명하지도 않다. 앞으로도 그런 현상은 더욱 심해질 것이므로, 교육 당국은 학교의 상황에 맞도록 정책을 만들고 추진해야 할 것이다.

업무 핑퐁에 있어서는 교육 당국이 더 심하지 않나 싶다. 각 과에 배당된 업무가 자기 소관이 아니라고 버티는 경우가 일상화된 듯하다. 생색나는 일을 자기가 하고 그렇지 않은 일은 다른 부서로 넘기려고 애쓰는 것 같다. 사회적인 풍토가 그러니 교육 당국이라고 그렇지 않기를 기대하기는 어렵겠지만, 그렇다고 그런 회피와 갈등이 학교 현장에 피해를 주어서는 결코 안 될 것이다.

살아갈수록 참으로 아쉬운 생각이 든다. 역시 꼰대 나이가 되어서 그런지 자꾸만 옛날의 일들이 떠 오른다. 우리 세대는 힘들고 많은 일 앞에서도 아무런 불평 없이 밤새도록 일하기도 했던 것 같다. 일벌레가 아닌데도, 피곤했지만 즐겁고 유쾌한 마음을 버리지 않았다. 좋아했던 술 때문에 몸이 좀 망가지기는 했어도, 일하느라 그렇게 된 것은 아니라고 생각된다. 정신으로 유쾌하면 병이란 놈도 감히 범접하지 못하지 않을까.

사실 긍정적이고 적극적인 마인드로 나서지 않고, 상사나 동료 직원의 눈치만 보면서 일하면, 결국은 해야 할 일들을 다 해놓고도 보람은 얻지 못하고 피곤에서도 벗어나지도 못한다. 스스로 먼저 실천해야 조직도 살고 자신도 살게 된다. 스트레스를 안고 일하다가 저쪽 세상으로 일찍 가는 사람은 있어도, 즐겁고 긍정적인 마음으로 밤새 일을 한다고 일찍 가는 사람은 없다고 한다.

교육 현장의 눔프 현상은 더욱 치명적인 결과를 가져올 수가 있다. 다른 분야처럼 단순히 사업 하나 망치는 일에서 끝나는 것이 아니라, 우리나라의 미래를 짊어질 기둥들을 만들어 내지 못하는 결과를 가져올 수 있기 때문이다. 미래지향적이고 창의적인 역량을 기르기 위하여 쉼 없는 노력이 필요한데, 그럴 여유가 없는 것이다. 행복은 원래부터 존재하는 것이거나 그냥 주어지는 것이 아니라, 스스로 만들어 가는 것이다. 내가, 우리가 먼저 나서면 안 될 일도 되는 것이 세상의 이치다.

공장 물건과 학생 교육

　학교에서 학생을 교육하는 일은, 공장에서 물건을 대량으로 만들어 내는 일과 다르다. 공장에서는 한 치의 오차도 없이 정교하게 찍고 깎아 내서 똑같은 물건을 만들어 내는 일이 가장 중요할 것이다. 물건은 정해진 표준에 조금만 어긋나게 만들어지면 인정사정없이 폐기해야 하고 쓰이다가 남으면 쓰레기 신세가 되어야 한다. 하지만 학교에서는, 전문 장인의 손에서 만들어지는 세상에 단 하나뿐인 수제품처럼 백인 백색의 학생들로 키워 내야만 한다.

　사람은 태어나면서부터 세상에 단 하나뿐인 가치 있는 존재다. 원하지 않은 모습으로 태어났다고 더는 쓸모없기에 버릴 수 있는 존재도 아니다. 존재 그 자체가 축복이고 행복이다. 모양이나 성격도 다르고 살아가는 모습도 각양각색이다. 그래서 더 가치가 있는데, 인위적인 힘을 가해서 똑같은 사람으로 만들려 해서는 안 된다. 특히 교육이란 이름의 틀에서는 더욱 그래서는 안 된다. 그것은 향기를 뿜지 못하는 아이들을 만드는 일을 넘어서서 그 자체가 죄악에 가깝다.

　과거에는 학교조차도 학생들이 일정한 궤도를 벗어나지 못하도록 획일화된 이념과 행동으로 무장시켰고, 같은 쓰임새를 위해 같은 재능을 가진 아이들로 키우고자, 획일적이고 통일된 도구나 수단을 동원하였다. 우리의 소원은 통일이란 염원처럼, 학교에서 우리 모두의 꿈은 있었지만, 나의 꿈은 학교 어디에서도 찾을 수가 없었다. 그랬으니 나에게 맞는 교육은 차치하고, 누구와 조금이라도 다른 교육을 받아 본 적도 없다. 모두가 같은 과목을 같은 방법으로 공부했다. 심지어 같은 문제를 풀고 같은 답만 정답이라 여기며, 같은 규칙으로 제한된 놀이만 즐기면서 학창 시절을 보냈다.

얼마 전에 관광 경영의 전문적 경험도 없는 인물이, 어느 지자체 관광공사 사장으로 임명된 것에 대하여 논란이 된 적이 있다. 이에 항변하는 사람은 맛집에 대한 칼럼니스트로 이름을 떨쳤기에 관광공사를 맡을 수 있다는 논리를 폈다. 그러자 어떤 매스컴에서 맛집공사 사장이라고 불러야 한다고 비난하는 기사를 내보냈다. 여행의 즐거움은 절반 이상이 먹는 일이라고 하지만, 어째 씁쓸한 뒷맛을 지우기는 어려웠다.

오늘같이 복잡한 세상을 헤치고 나갈 조직의 리더는 폭넓은 경험을 바탕으로 뛰어난 전문성을 발휘할 수 있어야 한다. 그런 측면이나 일반인의 상식으로 봐도 오로지 맛집 전문가인 그를 그 자리에 앉히는 것이 좋아 보이지 않는다. 특히 같은 이념으로 똘똘 뭉친 자들의 자리 나눔이면 더욱 잘못된 임명이다. 오비이락(烏飛梨落)이라지만, 여러 행적을 보면 임용자와 각별한 사이여서 낙하산이라는 의혹을 주기에 충분한 것 같다. 그러니 '오얏나무 아래서 갓끈을 고쳐매지 마라.'라는 속담을 경계로 삼았으면한다.

제2부 아쉬운 학교

방송가를 주름잡고 있는 백씨는 먹는 이야기로 우리나라를 휘어 잡은 사람이다. 그는 여러 미디어 프로그램에 등장해서 다양한 활동으로 우리의 시선을 사로잡은 것에 그치지 않고, 심지어 '그를 대선 후보로 내세우는 것은 어떤가'라는 화두를 받기까지 했다. 그렇지만 실제로 음식을 맛나게 요리하는 사람이 아닌지도 모르고, 그렇다고 해도 오로지 요리의 전문가인데 대통령 후보라니, 허황한 이야기로만 들릴 뿐이었다. 거의 평생 군인만 하다가 대통령이 되기도 하고 검찰로만 돌다가 대통령이 된 사람도 있다. 자신 들의 부류에서는 큰 인기를 누렸을지는 모르지만, 일반인들에게는 같은 생각이 들 것이다.

　그렇지만 대통령이나 고위공무원 등, 사회 주도층의 리더가 될 수 있는 것은, '한 가지를 보면 열 가지를 짐작할 수 있다.'라는 우리 속담이 그 이유를 말해주는 것이 아닐까. 학생들을 가르 치는 일도 그렇다. 물건처럼 한 가지 용도를 위해 가르쳐서는 안 되겠지만, 이것저것 다 가르치려고 하면 한 가지도 제대로 못 가르 치게 된다. 아이들에게 땅따먹기 놀이는 가르치지 않아도 저절로 알게 되니, 각자에게 맞는 깊이의 우물을 파는 교육이 필요하 다고 생각한다.

　교육은 눈앞의 현상에 머물러서는 안 되며, 과거의 것에 집착 하는 교육이어서는 더욱 안 된다. 문법처럼 사회의 언어적 현실을 정리하는 차원으로 교육이 발걸음을 떼면, 버스가 지나가고 나서야 손 드는 격으로 결코 목적지에 도달할 수 없다. 그렇다고 서둘 자는 것은 아니다. 과거에 매달린 교육은 물건처럼 단순한 용도로 쓰일 학생들을 기르고, 현재에 집착하면 용도를 다하면 폐기되는 학생들로 키우게 된다. 어떠한 격동의 소용돌이도 이겨내는 적응력과 순발력 있는 아이들로 길러내기 위해서는 미래를 향한 교육이어야 한다.

인간은 물건도 무생물도 아니다. 이미 만들어진 그 물건에는 모양, 크기, 냄새, 성분 등이 결정되어 있어서 다른 것들이 끼어들 여지가 없다. 교육은 생물학적인 사람을 인간으로 만드는 일이다. 벽돌을 만드는 공장에서는 언제나 일정하게 물과 시멘트를 배합해야만 한다. 하지만 교육에서도 그런 원칙을 내세운다면 차라리 교육하지 않는 편이 나을 것이다. 우리나라에도 학교의 정규교육에 반기를 들고 대안교육에 자녀를 맡기는 부모들이 있지만, 이 지구상에는 학교 무용론이 만만치 않은 세력을 형성하고 있다는 사실도 돌아보아야 한다.

경험이 곧 능력은 아니다. 벽돌이 수십만 채의 집 짓는 일에 쓰였다고 그것의 능력이나 쓰임이 달라지지는 않는다. 조직 또한 단순한 생물체가 아니다. 조직은 객관적 여건과 능력을 넘어서서 독창적이고 감성적인 능력까지 만들어 내야 한다. 자칫 독창적인 것이 독보적인 것으로 되어, 조직 발전의 재료로 쓰이는 것이 아니라 남을 속여 먹는 협잡꾼의 무기가 될 우려도 있다. 그렇다고 구더기 무서워서 장 못 담그는 것처럼 주저하고 있을 수는 없다. 미래사회는 그런 모습을 절대로 받아들이지 않을 것이다.

우리는 교육에서 모든 것을 다 잘하는 인간으로 키우려는 목표를 내려놓지 못하고 있다. 모든 과목에서 우수한 성적을 받아야만 목표로 삼는 대학에 갈 수 있도록 되어 있는 현행의 입시제도가 그 증거이다. 그렇다고 학교에서 한두 과목만 가르칠 수는 없겠지만, 보통교육에서 필요한 과목은 이수 여부만을 적용하고, 전공에 꼭 필요한 과목만 점수로 산정하여 입학시험에 반영하면 훨씬 더 좋을 것이다. 세상사에 부딪히며 살아보니, 어떤 한 가지 일을 확실하게 잘하는 사람은 대체로 다른 일도 잘하는 것 같았다.

학교 교육은 그 목적에 따라서 다양한 수업 형태가 적용되어야 한다. 토론이나 토의 수업을 위해서는 20명 내외의 학급 형식이 유익할 것이고, 특정 내용을 위해서는 1:1의 도제식 맞춤 교육이 가장 이상적일 것이다. 지금은 학급당 학생 수가 줄어서 토론 수업을 위한 환경은 우수한 편인데, 여전히 개인별 맞춤식 교육은 어렵다. 하지만 저마다의 소질을 살리는 교육을 결코 포기할 수는 없다. 방과 후 활동이나 상담 활동 등에 새로운 전문가를 투입하고, 수업 혁신을 통해 교과 시간에 가능한 방법을 찾도록 지원할 필요가 있다.

학교장의 독단적인 의사 결정이나 운영이 효과를 내던 이야기는 이미 전설이 되었다. 학교 구성원과 더불어 목표와 실천 전략을 세워야 성공할 수 있다. 교사들도 예외는 아니다. 교사라는 위치에서 당연하게 여겼던 언행들을 다시 돌아볼 필요가 있다. 자신들이 획일적인 물건을 만드는 일에 시간을 쏟고 있었는지, 끝없는 확장이 가능하면서 참다운 인간을 만드는 데 전력하고 있었는지를 말이다.

대학 간판이 더는 학교의 이상이자 개인의 성공으로 평가되지 못하는 시대가 되었다. 이런 간판을 쟁취하기 위한 경쟁을 멈추게 하는 일이 교육 혁신의 시작이다. 그저 전임자의 파일이나 뒤적이면서 문제를 해결하려는 태도는 죽은 교육정책을 양산할 뿐이다. 백화점식 능력에 대한 향수도 미련도 버리고 새로운 파일을 만들어야 한다. 그래야 학생들이 벽돌과 같은 몰개성의 획일성과 무기력함에서 벗어나 활기를 되찾고, 미래의 멋진 대한민국을 만들어 갈 것이다.

　먹고 사는 일은 예나 지금이나 여전히 중요하다. 그래서 정신 나간 사람처럼 브레이크 없이 막 내달려 온 기성세대로서 우리의 노력에 스스로 박수를 보낸다. 하지만 아랫세대에게는 이런 일을 물려주지 않았으면 좋겠다. 아무리 크고 웅장한 벽돌이 되어도 몸으로 젖어 드는 향기를 내뿜지는 못한다. 권력의 맛보다 돈맛이 더 좋고, 돈맛보다는 행복의 맛이 으뜸이다. 나도 마침 정년에 이르렀기에 비로소 삶의 행복에 눈이 떠진 것인지, 물욕의 항아리를 비우고 행복에 자물쇠를 채우러 떠나고 싶은 마음이 나를 잡아당긴다.

제 3 부

희망의 학교

교장이 가장 바쁜 학교

나이가 많거나 윗사람이 되면 입은 닫고 지갑은 열라는 말이 있다. 그런데 교장들은 대체로 두 종류에 모두 해당하는데도 말이 좀 많은 편이다. 지갑을 열 형편이 못 되니 입이라도 열려는 것일까. 아마도 오랜 경험으로 아는 게 많고 평생 말로써 먹고 살았으니, 그 버릇을 지우기가 쉽지 않을 것이라는 사실에 일정 부분 공감은 간다. 하지만 교장의 직위나 우월감으로 입을 여는 것이라면, 사람들이 공감하기는커녕 눈치 없는 늙은이나 상사로 여기면서 상종을 피하려 할 것이다.

최근에는 코로나19로 학교에서 마스크를 써야 하고 학생이나 교직원과 소통할 상황도 못 되니, 교장이 말을 많이 할 기회가 없다. 하지만 교장들끼리의 모임에 가면 마이크를 독점하려는 사람이 많다. 학교서 닫은 입을 편한 자리에서 보상이라도 받으려는 듯이 서로 말을 뺐고 뺏기는 분위기가 연출된다. 나도 언변에는 지지 않는 편이지만, 대화에 끼어들 지점을 찾기 어려울 때가 많다.

나는 이제 정년퇴직에 가까웠기에, 이미 퇴직했거나 퇴직을 눈앞에 둔 교장들과 사적으로 만나는 자리가 많다. 또한 내가 교사 시절에 같이 근무했던 동료들과의 모임은 지금까지도 지속되어 오고 있다. 하지만 내가 교장의 직위에서 같이 근무한 교사들과는 잘 만나지 못한다. 입은 닫고 지갑은 열어도 그들에게는 내가 여전히 불편한 존재이기 때문일 것이다. 전·현직 상사로서의 계급장을 다 내려놓고, 같은 내용과 방식으로 두리뭉실 동료들과 어울리고 싶으나 그 벽을 허물기가 참말로 어렵다. 이는 그들이 벽을 허물지 않으려 작정했거나 내가 여전히 그들과는 다른 티 나는 모습을 보여서 그런 것이겠지만, 나 역시도 불편한 것은 마찬가지다.

그러나 교장끼리의 모임에는 별로 거리낌이 없고 자주 어울려도 마음이 편하고 즐겁다. 같은 고민을 안고 있거나 공통의 화제가 있어서, 소통이 쉽고 경계하는 마음이나 말실수에 대한 부담도 적기 때문일 것이다. 그렇다고 교장의 끼리끼리 모임이 마냥 즐거운 것만은 아니다. 주로 교사들의 못마땅한 태도나 교육청에 대한 비난 등이 입에 오르내리는데, 이구동성으로 비난과 비판을 해봤자 어떤 병에도 쓸모없는 약일 뿐이라는 생각이 들기 때문이다.

하지만 정신 건강에는 많은 도움이 되는 듯하다. 교사도 학교라는 직장에서 동료 교직원이나 학생으로부터 받는 답답하고 화나는 일이 많겠지만, 직장에서의 스트레스는 교장이 더 많은 것 같다. 그래서 동병상련이 가능한 사람들끼리 모이게 되는 것이다. 교장들끼리 만나서 학교의 이런저런 답답한 이야기를 하다 보면 해결책이 나오고 마음도 많이 풀리게 된다. 교사들이 교장을 안주 삼아 씹다 보면, 일상의 스트레스가 확 날아간다고 하듯이 말이다.

한때는 끼리끼리 문화의 전성시대가 있었다. 아니 특별한 전성시대가 있었다기보다는 늘 그래 왔던 것 같다. 옛날에는 사회구조나 인간관계가 단순했고 집단의 결속된 힘이 중요했으니, 생존을 위해서는 '나홀로'라는 생각을 가질 겨를이 없었을 것이다. 그러니 갈등이 있어도 해결이 쉬웠고, 거창한 구호를 내걸지 않아도 마을이나 조직 단위로 협업이 자연스럽게 이루어졌을 것이다. 그런 이유로 우리 특유의 끈적끈적한 인간관계가 계속해서 힘을 얻어 오지 않았을까 싶다.

끼리끼리 문화는 이처럼 좋은 점도 있지만, 조직 전체를 놓고 보면 부작용이 더 많다. 끼리끼리 집단 외부의 사람들에게는 더욱 배타적인 생각을 가지게 할 우려가 있기 때문이다. 배타적 집단은 줄었지만, 과거에 비해 배타적인 경향은 오히려 더 심해진 듯하다. 그러니 끼리끼리 집단에 들지 못하면 따돌림을 당하기 쉽고, 어떤 일을 도모하고자 해도 지원군을 얻기가 힘들다. 학교 집단도 예외가 아니다.

교장은 교사들의 어떤 집단에 들기가 어렵다. 계급장을 떼고 들어간다고 달라질 것은 없다. 그래서 교장들은 자신이 학교의 고독한 지킴이일 따름이라는 자조감이 자주 든다고 한다. 나도 그런 느낌에 공감한다. 한 학교의 기관장이니 지킴이는 당연하지만, 고독은 정상적인 것이 아니다. 교장의 고독은 자신들에게 원인이 있기도 하고 제도나 시스템으로 불가피하게 당하는 것도 있다. 그러니 학교의 건강한 조직을 망가뜨리는 독약 같은 교장의 고독을 몰아낼 대책이 필요하다고 하겠다.

교장의 고독을 해소해 주는 지원 전략도 천편일률적이어서는 효과가 없고 개별 맞춤식 처방이어야 할 것이다. 교장도 하나의 개별 인간이고, 그가 지닌 삶의 가치관이나 다양한 측면에서의 환경이 매우 다르기 때문이다. 물론 이에 앞서서 공통적인 처방이 이루어질 필요가 있다. 우선 학교장에게 합법적인 권한을 행사할 수 있는 여건을 만드는 일이다. 교장에게는 담임이나 보직교사 임용, 업무·전보·평가 등의 인사권이 있지만, 이 권한이 실질적으로 작동되지 못하는 구조로 되어 있다.

학교에는 담임과 보직을 맡는 교사가 당연히 있어야 한다. 치킨게임은 버려야 하지만, 건전한 경쟁이 있어야 긴장도 하고 발전도 되는 법이다. 담임과 보직교사를 서로 맡겠다고 나서는 분위기여야 조직이 건강해질 것인데, 경쟁은 바랄 바도 아니고 맡겠다고 나서는 사람조차 없다. 규정을 만들어 강제로 돌리거나 속된 표현으로 싹싹 빌어야만 겨우 임명이 가능한 상황에서 인사권이 통할 리가 없다.

교육 당국이 교장의 합법적 권한을 시스템으로 작동하게 만든다는 것은, 교장의 학교 운영에 필요한 정당한 권한 행사에 교직원들이 반드시 따르도록 하는 일이다. 그렇게 해 주어도 학교 조직이 바로 서지 못한다면 이는 교장의 귀책 사유일 수밖에 없다. 무관심이나 무능함에서 비롯된 것으로 그에 상응하는 책임을 져야 할 것이다. 그런데 교육청은 시스템 지원보다는 교장 책임 지우기에 더 많은 관심을 두는 듯하다. 나는 교육청에서 수년을 근무했기에 내 얼굴에 침 뱉기일 테지만, 공룡 같은 공조직 앞에서 단위 학교의 자율성과 창의성이 발휘되지 못하는 것 같아 못내 아쉽다.

교장실에서 아무것도 안 하는 관리자로 남는 것이 학교 조직을 위해서 바람직하다는 사람도 있다. 그렇게 말하는 자신은 조직에서 꼭 필요한 사람일까. 교장이 없어도 모든 교사가 참스승으로서 오롯이 교육에 힘을 쏟는다면, 교장의 권위나 역할 타령은 의미가 없겠지만, 일부 교사들에게는 그런 일을 기대하기가 백년하청이 아닐까 싶다. 물론 교장 중에도 우려할 수준으로 독선적이고 편파적으로 학교를 운영하는 사람이 없는 것은 아니다.

교장들도 학교를 경영하면서 자신들이 부끄럽게 여겨야 할 일이 많다는 것을 안다. 그것이 개인적인 역량과 인품의 부재에서 비롯된 것이든, 비정상의 구조적 모순이 빚은 결과든, 그냥 방치되어서는 안 된다. 교장이 절망의 심정으로 넓은 사무실에 혼자 앉아 고독한 학교 지킴이로 시간을 허비하는 일은 없어야 한다. 그저 신선처럼 앉아서 아무 일도 안 하는 교장을 인격과 덕망이 높은 사람이라 한다면, 이는 참으로 아이러니가 아닐 수 없다.

학교의 경영에는 교장의 철학과 비전이 중요하다. 교장은 올바른 철학과 미래지향적 비전으로 구성원들의 역량을 모아내는 리더십을 지녀야 한다. 그리고 강한 신념과 적절한 의사 결정 능력, 소통과 배려, 건강한 몸과 마음도 가져야 한다. 그렇다고 하더라도, 시스템이 아니라 맨투맨으로 헤집고 나가야 한다면, 학교 경영에 더 많은 혼란이 야기될 수도 있다. 무기력과 무관심보다 무식하면서 저돌적으로 용감한 것이 더 문제가 될 수도 있기 때문이다.

학교에서는 교장이 가장 바빠야 한다. 그렇다고 온갖 행정 업무를 챙기느라고 바빠야 할 것은 아니다. 학교의 비전을 실현하기 위하여 교직원의 능력과 힘을 한군데로 집약시키는 리더십 발휘에 바빠야 한다. 자율 경영의 권한을 부여받고도 사무실만 지키거나 학교 경영에 개념이나 소신이 없는 교장은 엄하게 따져 물어야 한다. 반면에 괄목할 만한 성과가 있으면 그에 상응하는 인센티브를 주어야만 한다.

물론 성과 보상에 힘을 쏟는다고 학교의 운영이 기대 이상으로 잘 이루어진다는 보장은 없다. 어떤 어려운 환경 속에서도 멋지게 학교를 경영하는 교장도 많고, 아무리 좋은 여건을 만들어 주어도 여전히 자리만 차지하는 교장도 있기 때문이다. 학교는 교장 혼자서 경영하는 기업이 아니다. 구성원들의 자긍심을 살리고 믿음으로 지원해야 한다. 책임은 떠넘기면서 꼬장꼬장하게 일을 뒤집고 파헤친다면, 교직원 모두가 손을 내려놓고 복지부동할 것이다.

학교 경영의 효율화를 위해서는 조직의 분권화도 필요하다. 옛날에는 학교장 혼자서 학교를 경영하는 일이 가능했는지 몰라도 요즘 세상에는 어림없는 일이다. 백번 양보해서 교장 혼자서 학교를 경영할 수 있다손 치더라도, 교직원의 능력을 한곳으로 집약하지 못하니 좋은 성과를 기대하기 어렵다. 그렇다고 학교 구성원 전체가 모든 일에 직접 참여할 수 없기에, 부서 역할을 총괄하는 부장 교사의 역할과 권한을 법적으로 뒷받침하고, 그들이

의사 결정권을 갖고 적극적으로 실천할 수 있는 시스템을 구축해 주어야 한다.

이제 우물 안 개구리로는 살아남지 못하는 시대가 되었다. 교장의 강한 추진력도 독선과 아집이라는 비난을 받을 수 있는 사회다. 결과보다는 과정이, 성과보다는 협력이 더 중요한 시대다. 독불장군같이 밀어붙이는 사람이 성과도 크게 낸다는 이야기는 전설이 되었다. 학교도 닫힌 경영에서 열린 경영으로 나와야 한다. 다만, 사공이 많으면 배가 산으로 가고, 선장이 없으면 배가 방향을 잃는 법이다.

자율권과 자치권을 주는 일이 창의적이고 효율적인 학교 경영의 시작이라 생각한다. 교육청은 학교를, 교장은 교사를, 교사는 학생들을 믿고 그들에게 선택과 집중의 권한을 맡겨야 한다. 물론 처음에는 흡족하지 않을 수도 있다. 미숙하기도 하고 실수하기도 하고 기대에 어긋나기도 할 것이다. 그러나 시간이 지나면 점점 나아질 것이다. 교육은 열매만 쳐다볼 것이 아니라, 푸른 잎이 돋고 키도 커가면서 예쁘고 활발하게 자라가는 그 모습과 과정을 가슴 깊이 받아들여야 한다. 그렇지 못한 열매는 수확해도 쓸모가 없을 것이다.

새로운 세상으로 들어가는 문

　사람은 태어나 성장해 가면서 자신의 의도와는 무관하게 일상적으로 규범화된 통과의례를 거치기도 하고, 미래의 뚜렷한 비전을 지향하는 자기만의 의도적인 통과의례를 거치기도 한다. 그런 의례나 성장 단계로서 가장 중요하게 생각되는 것은 사람마다 다르겠지만, 대체로 사회적 관심과 집중도를 보면 지금까지는 학교 교육이 아니었을까 생각된다.

　집안이 부유하거나 누구 말대로 비천하냐에 따라서 교육에 투자하는 물질적 재화의 절대적인 양은 천차만별이겠지만, 그 비중은 다를 바가 없을 것이다. 유사 이래로 교육은 기회의 사다리였고 지금도 그 가치는 무시당하지 않는다. 1970년대에는 정말 없는 처지에 대학 보낼 생각은 차마 못 하는 사람들도 많았지만, 고등학교만큼은 어떤 희생을 감내하더라도 졸업시키고자 했다.

　교육은 새로운 세상으로 들어가는 기회의 문이었다. 고대 시대에는 생활이 교육의 중심 내용이었고, 그래서 경험이라는 방법이 중요시되었다. 그러나 이는 기회의 문이라기보다는 집단의 존속과 발전으로서의 의미가 강했다. 중세로 오면서 유교와 불교의 이상적 가치를 존중했고 심신의 단련, 관료의 양성 등 다양한 교육적 목표가 강조되었다.

원시시대를 제외하면 어떤 시대나 교육을 관료의 세계로 잇는 통로로 활용하였던 것 같다. 그런데 조선시대까지는 나름 인격 수양이나 인간적 가치를 높이는 교육적 목표를 포기하지 않았던 것 같은데, 지금에 이르러서는 사실상 좋은 직장과 결혼, 연봉 등 실리적 이익에만 강한 집착을 보일 뿐, 참된 인간 육성은 명목 상의 목표로만 남아 있을 뿐이다.

그러다 보니, 제4차 산업혁명의 시대가 도래하고, 대학 졸업 장의 무용론이 현실적인 공감을 얻고 얻는 시대에 와서도, 그런 집착을 버리지 못한다. 그동안 일부 대학 인맥이 실제로 그런 것 들을 좌우해 왔기 때문이다, 또한 전공은 제쳐놓고 무조건 명문 대학에 입학해야만 한다는 집착이 대입 제도와 보통교육의 목표와 방법을 왜곡시키기도 했다. 그러니 부와 권력을 갖기 위한 통로 로서의 학교 교육이어서는 안 되는 것이다.

미래에는 대학이 기회의 사다리도 새로운 세계로 들어가는 문도 아니다. 필요한 사람들만 선택하게 되는 과정일 뿐이다. 세계 적인 미래학자 다빈치연구소 창업자 토머스 프레이 박사는 2030 년이면 대학의 절반이 사라질 것이라고 한다. 우리나라에서도 앞으로 25년쯤 지나면 대학의 절반이 없어진다는 예측이 나오 기도 했다. 저출산으로 학령인구가 줄어들기 때문이기도 하겠지만, 대학이 미래 세계를 열어 주는 문이 되지 못하기 때문이다.

이런저런 생각을 정리해 보면 앞으로 우리 인생에 대학이 중요 한 것 같기도 하고 중요하지 않은 것 같기도 하다. 교육의 의미 역시도 개인의 필요에 따라 천차만별로 해석될 것이다. 그리고 제도권 속의 어떤 교육도 각각의 개인이 절대적으로 만족하는 정답을 내놓지 못할 것이다. 그렇다면 대학을 비롯한 제도권 속 교육은 필수가 아니라 선택이라고 할 것이다. 그러니 교육 당국은 교육이 제 길로 나아갈 수 있는 시스템을 공고히 하고, 부모들은 명문대학 네임밸류에만 집착하여 자녀들의 생각과 비전을 무시하는 과잉된 통제나 부적절한 노력을 하지 말아야 할 것이다.

천하의 영재들이 함께 머리를 싸매고 연구한 교육 제도, 특히 입시 제도라고 하더라도 완벽한 것은 없다. 여러 이유가 있겠지만, 백 명에게는 백 가지의 제도가 필요한 시대이기 때문이다. 게다가 부모와 MZ 세대의 자녀가 바라는 목표나 이상에는 하늘과 땅과의 간격이 존재하고 있다. 교육 당국도 이런 사실을 모르지 않을 것이니, 국록을 축내는 밥값이라도 하려면 제도의 혁신에 공을 들여야 한다.

교육 당국도 어려움이 없는 것은 아닐 것이다. 과거의 제도를 고쳐보자니 조삼모사(朝三暮四)란 비난이 들어올 것이고, 판을 뒤집는 혁신의 시스템으로 옮겨가자니 사회의 여론이나 부모들이 고개를 끄덕여 주지 않을 것이기 때문이다. 부모들은 일반적인 시각에서는 혁신의 방법이나 시스템을 받아들이지만, 구체적인 적용 단계에서 자녀에게 조금이라도 손해를 끼치는 것으로 판단되면, 결사적으로 부정하고 거부하게 된다.

사실상 교육 당국이 일거에 학부모의 불만과 소란을 잠재울 시스템을 만들어 낼 수는 없다. 사회의 욕구가 그렇게 단순하지도 않고 거대한 압력의 벽을 밀어내기도 쉽지 않으며, 정확한 답도 찾기가 어렵기 때문이다. 학교도 어렵기는 마찬가지다. 학교도 하나의 작은 교육 당국이니 마찬가지 이유가 적용되기 때문이다. 특히 도시에는 학생 수가 많은 거대 규모의 학교이기에 학생 모두의 요구를 반영하기가 어렵다. 학생 맞춤식 교육이 교육 현장에 들어온 지 오랜 세월이 흘렀지만, 아직 확실한 길을 확보하지 못한 이유도 거기에 있을 것이다.

30년 이상을 학교와 교육청에서 여러 보직을 거치면서 교육을 해 왔지만, 솔직히 아직도 뭐가 뭔지 잘 모르겠다. 어떨 때는 우리의 고등학교 시절에 치렀던 대학 입시 제도가 가장 좋았다는 생각이 들기도 한다. 우선 내신 성적이 입시에 반영되지 않았으니, 학교 내신을 잘 따기 위하여 부모나 온갖 주변의 찬스를 동원하지 않아도 되었다.

물론 시험은 자주 치렀다. 월요일 0교시에는 주초고사, 금요일에는 주말고사, 그리고 매월 보는 월례고사, 그 외에도 수많은 본고사 대비 모의고사 등이 있었다. 이렇게 시험을 많이 보면서 고교 3년을 보냈지만, 시험에 대한 스트레스는 크지 않았다. 내신 반영이 안 되니 학교 내에서의 치열한 시험 경쟁은 필요 없었고, 오직 자신이 선택한 대학입시 요강에 맞는 공부에 열중하면 되었다.

요즘은 교과에 따라 수업 분위기가 확연하게 다르기도 하다. 학생들이 입시에 반영되는 과목의 수업 시간에는 관심을 가지는 편이다. 하지만 그렇지 않은 과목은 수업을 진행하기가 정말 어려울 정도로 무관심하다. 결국 입시 제도가 교육의 방향을 좌우하는 현상이 아직도 여전하다고 할 것이다. 하지만 과거 예비고사 제도에서는 예술 과목을 제외하고 거의 전 과목이 시험에 포함되었기에 수업 진행의 스트레스는 지금보다 훨씬 적었을 것이다.

예비고사는 전체적이고 획일적인 입시 제도였지만, 지금처럼 0.1점이 당락을 좌우하는 수학능력시험에 비하면 부담이 훨씬 적었다. 이름 그대로 예비고사였으니, 시도를 선택하는 자격시험으로 주로 활용되었다. 그러다가 예비고사 성적이 본고사 합격 사정에 반영되면서부터 시험의 중요성이 높아졌지만, 상위권 대학의 당락은 여전히 본고사가 좌우하였다. 물론 대학에 따라서 예비고사 성적을 부분 반영하기도 하였고, 중하위권의 대학들은 예비고사 성적만으로 선발하기도 하였다.

그런 제도 속에서 나름의 자기 환경과 능력에 맞는 대학을 선택하였다. 우수한 학생들이 지방 대학에도 많이 진학하는 등, 무조건 서울의 대학만을 쳐다보는 일은 없었다. 지금은 모두가 서울만 바라보는 것 같다. 형편이 풍족해서 삶의 여건이 좋아서가 아니다. 지방 대학을 졸업하고서는 대기업 등 선호하는 직장에 취업하기가 어렵기에, 울며 겨자 먹기로 비싼 월세금 부담하면서 서울로 서울로 모여드는 것이다.

우리 세대에서는 지방 대학에 다녀도 기죽을 일이 없었다. 그 지역사회에서 인정받으면서 행복한 대학 생활을 하였고, 출신 지역이나 대학에 가까운 대기업 등 선호하는 직장에 취업도 할 수 있었다. 하지만 지금은 취업도 결혼도 어려워지자 지방을 버리고 수도권으로 모여들게 된 것이다. 학령인구가 급속도로 감소하면서 지방 대학은 이제 신입생을 충원하기도 어렵게 되었고, 재정적인 압박에 견디지 못하고 문을 닫게 될 대학도 속출할 것이라 예상된다고 한다.

과거의 입시 제도가 이런저런 이유로 모두에게 편안했다고 다시 그쪽으로 돌아갈 수는 없다. 최근에는 수시 모집을 통하여 교과 성적과 각종 활동, 표창 등의 활동을 담은 학교생활종합기록부를 평가하는 전형 방법이 자리를 잡는 듯하다가, 가진 자가 아니면 따라잡기 힘들다는 스펙 논쟁으로 철퇴를 맞았다. 결국은 단순한 내선 성적 석차와 시대에 맞지 않은 수능시험성적이 전형 방법의 핵심이 되어 왔다.

2023년부터 고교학점제가 단계적으로 시행되어 2025년에는 모든 학년에 적용될 예정이다. 그때까지는 내신 성적과 수능 성적, 교과 세부 능력 및 특기 사항이 입시에 반영되는 주요한 요소가 될 것이다. 그러나 수학능력시험 과목이나 방법이 현행과 유사하게 진행된다면, 고교학점제는 성공하기가 어려울 것이다. 학생에 따라 다양한 선택과목을 입시에 모두 반영하기가 어렵기 때문이다.

우선은 수학능력시험이 지금의 틀을 과감하게 벗어던지는 대대적인 혁신을 선택해야 할 것이다. 수능시험을 폐지하든지 기본적인 능력을 평가하는 예비 시험으로 전환하는 등의 방법이 있을 것이다. 원칙적으로는 대학에 선발권을 돌려주는 것이 좋을

제3부 희망의 학교

것이고, 그 방법이나 감시는 매우 정교하게 이루어져야 할 것이다. 어떤 제도로 혁신하더라도, 교육 목표에 어긋나거나 미래지향적인 비전을 반영하지 못하는 제도는, 우리의 미래에 도움이 되지 못할 것이다.

학교 교육이 대학입시의 문을 통과하도록 하는 역할에 만족한다면 학원과 다를 바가 없을 것이다. 학교 교육이 눈앞의 현실적인 목표에 눈을 감을 수는 없겠지만, 학생이 세상의 큰 문을 열고 나갈 수 있는 능력을 기르는 일에 우선을 두고 모든 역량을 집중해야 할 것이다. 그러기 위해서는 부모들도 자기 자식만을 향하는 소아적인 태도보다 진실로 미래에 필요한 역량을 어떻게 길러 줄 것인지, 행복한 삶을 살아가는 지혜를 어떻게 깨닫게 해야 할지를 고민하고, 그 방향으로 자녀교육의 방향을 잡아가야 할 것이다.

첨단 기자재보다 집단지성

이 시대의 학교가 반세기 전의 학교에 비해 크게 달라진 것은 무엇일까. 물론 지금의 학교와 1970년대의 학교를 비교한다는 것은 온당치 않을 것이나, 비교 가능한 것이 없는 것도 아니다. 나는 50년 전에도 학교에 있었고 그 이후로 쭉 지금까지도 학교에 있으니, 다른 일에 종사한 사람들보다는 그 변화를 현실감 있게 비교할 수 있다고 생각한다. 다만 20년 간은 학생의 신분이었고, 그 후 30년 간은 교원의 신분이라는 차이가 있기는 하다.

과거와 현재의 학교를 비교하려면, 다양한 영역으로 나누어 구체적인 내용을 제시하면 이해하기 쉬울 것이다. 하지만 이 분야를 깊이 연구한 것도 아니니, 정확한 팩트를 제시하는 일이 그렇게 쉽지는 않다. 학교 주변과 교내 시설 환경, 교실 수업과 가정환경, 교직원 근무 환경 등, 그저 수십 년 동안 지켜본 학교 현장의 모습을 스케치하는 수준에 불과하다.

우선 학교 교육에 대한 사람들의 생각은 반세기 전과 지금이 크게 다르지 않은 것 같다. 자식이 태어나면 밥은 굶어도 가르치는 일에는 주저하지 않는 교육열도 그대로인 것 같다. 그러나 과거에 학교에 대한 기대감은 훨씬 더 높았고, 그 위상에 적합한 대우도 베풀었다. 지금에야 교육이 사회에서 전방위적으로 이루어지고 있지만, 당시 교육의 몫은 오로지 학교에 있었기 때문일 것이다.

학교의 주변 환경도 매우 중요한 요소 중의 하나다. 오랜 역사를 가진 학교는 마을에서 가장 좋은 곳, 특히 앞이 확 터진 전망 좋은 곳에 자리를 잡은 것 같다. 그러나 도시에 인구가 유입되면서 학교가 기하급수적으로 늘어 났는데, 땅값도 폭등하고 넓은 땅도 구하기 쉽지 않아, 여건 좋은 교지를 확보하기 어려웠다. 결국 학교 옆에 또 학교를 세우거나, 진입로가 좁거나 교통이 불편한 곳, 소음이 심한 곳 가리지 않고 학교가 우후죽순 들어서게 되었다.

옛날에는 자동차가 없었으나 마을이 크지 않았고 좀 먼 길을 걸어 통학해도 문제로 여기지도 않았으니, 명당자리가 오로지 선택의 기준이 될 수 있었겠다 싶다. 하지만 최근으로 올수록 학교의 위치 선정에서 명당을 따질 엄두는커녕, 좋은 교통 여건을 가진 부지를 확보하는 것도 어려워졌다. 경제적인 논리로 사람들이 많이 거주하는 마을 한가운데나 역세권에는 학교 대신 상가나 아파트가 차지하였다.

90년대에 학교가 무더기로 늘어 나게 되었지만, 학교 인근은 대체로 조용했다. 학교에서 소음이 발생해도 주민들의 간섭은 심하지는 않았다. 운동회나 체육대회를 한다고 요란스럽게 떠들어대도 민원을 제기하는 주민은 별로 없었던 것 같다. 하지만 지금은 그렇지 못하다. 요즘은 강당이나 체육관이 잘되어 있어서, 운동장에서 큰 행사를 진행하는 것이 일 년에 두세 번에 불과하다. 그런데도 여러 차례 항의 전화를 받아야만 행사를 끝낼 수 있다.

행사는 그렇다고 하더라도, 매 교시를 알리는 벨 소리조차 시끄럽다고 목소리를 높이며 전화를 계속 하기도 한다. 대개는 이미 자녀를 다 키운 사람들이거나 아직 어린아이를 기르는 부모들이 대부분이겠지만, 심지어 자녀가 그 학교에 재학 중인데도 민원을 내는 부모들도 있다. 행사 전에 아파트 관리사무소에 구구절절 행사 내용을 설명하고 양해를 구해야 한다.

학교 주변에 아파트가 많으면 집단 민원이 발생하기 쉬워서 더 골치 아프다. 더욱이 학교 키보다 몇 배나 되는 아파트가 학교를 둘러싸고 있으면, 평화로움보다 고압적이고 삭막한 분위기가 먼저 느껴진다. 병풍 같은 아파트에 숨 막히고, 마천루에서 학교를 내려다보면서 감시하는 것 같아 기분도 유쾌하지 못하다.

교내 캠퍼스의 분위기는 더욱 삭막해진 것 같다. 그때는 학교 담장을 따라서 굵고 키 큰 나무가 마치 호위병처럼 캠퍼스 둘레에 가지런히 서서 우리를 지켜 주었고, 어디서나 포근함을 느끼면서 사색할 수 있는 분위기를 만들어 주었다. 별다른 수목 관리 없이 자연스럽게 어우러져 학교의 역사와 흐름을 같이했다. 지금은 때때로 큰돈을 들여 수목 관리가 이루어지고, 비싸고 귀한 수목들이 학교 정원을 차지하고 있지만, 뭔가 모자란 듯 아쉽기도 하고 편안함도 덜 주는 것 같다.

2000년 앞뒤로 취학 아동이 급격하게 늘고 학급당 학생 수의 대폭 축소로 교실이 부족해졌다. 그래서 교실이 증축되고 IT 교육을 위한 정보관과 학생을 위한 식당도 대거 지었다. 그래서 마음껏 뛰어놀 수도 있는 운동장은 쪼그라들었다. 잉어가 뛰어

놀았던 연못이 메워지고 휴식할 수 있는 나무 그늘도 사라졌다. 시설이 편리해지고 학생이 좋아하는 환경이 되었지만, 우리 세대가 추억을 만들고 우정을 담았던 낭만적인 공간이 사라지는 것 같아 아쉬움이 크다.

교실 환경의 변화도 엄청난 변화를 가져왔다. 교실 크기는 그대로인데 학생 수가 절반 이하로 획기적으로 줄었다. 우리 시절에는 60명이 넘는 학생이 한 교실에서 옹기종기 앉아 공부했는데, 지금은 스물서너 명 정도이니 여유 공간이 배 이상 커졌다. 책걸상도 고급 제품으로 들여놓고 키에 따라 높이도 자유자재로 조정도 가능하니, 학생들이 사용하기에 더욱 편해졌다.

첨단 교육 기자재도 교실을 메워갔다. 빔프로젝터와 스크린이 들어오고 컴퓨터와 대형 모니터도 기본으로 배치되었다. 각종 온라인 수업을 위한 장치가 갖춰지고, 학생 개개인이 가지고 수업할 수 있는 노트북도 보급되었다. 전자칠판으로 호사를 누릴 수 있는 학급도 계속 늘어나고 있다. 벽면에 부착되어 때 묻고 먼지만 쌓여가던 선풍기 시대는 가고 냉난방기가 들어오고, 이중 창문에 멋진 커튼도 기본으로 설치되었다. 개인적인 물건을 보관하는 사물함도 생겨났다.

오래되기는 했지만, 서유럽 고등학교를 견학할 기회가 있었는데 우리 교실 여건보다는 매우 열악했다. 칠판과 책걸상뿐이었다. 물론 지금은 많이 달라졌을 것이다. 최근에 방문한 북유럽의 교실 환경은 좋은 편이었다. 하지만 모든 교실에 첨단 교구를 갖춘 것이 아니라, 교과나 교육 내용에 맞는 교구가 배치된 별도의 교실들이 있었다.

이제 우리나라 학교에도 목공실, 컴퓨터실, AI체험실, 토론실 등 다양한 특별실이 생기고, 거기에 전자칠판, 3D프린터, 각종 특수 영상 장치 등, 첨단 기자재 등이 배치되었다. 수업 내용이나 방법에 따라 특별 교실을 활용할 수 있으니, 일반교실에는 컴퓨터나 빔프로젝터, 대형 모니터 정도만 있어도 된다. 물론 일반교실에도 첨단 교구를 갖추면 더욱 편리해지겠지만, 해마다 많은 교구를 수리·교체해야 하기에 엄청난 예산을 확보해야 하고, 사용 빈도가 낮으면 낭비가 될 것이다.

첨단 교구나 기자재는 편리성, 효율성 등의 도구일 뿐, 그 자체가 교육의 핵심이 될 수는 없다. 자칫 교육의 본질에서 벗어나거나 교육 목표를 왜곡하는 것이 될 수도 있다. 특히 인간 중심의 교육, 소통과 협력의 문제에 부정적인 영향을 미치지는 않을지 고민이 필요하다. 이제 학교가 아니라도 지식이나 정보는 어디에서든 얻을 수 있다. 그러니 학교 교육은 모든 생명을 소중하게 여기고 자신도 존중받는 인간이 되도록 가르치는 일을 근본이자 출발점으로 삼아야만 한다.

조선시대 서당은 인간중심 교육을 가장 중요한 목표로 삼았으며, 직접적인 훈화를 교육의 중심에 두지 않았다. 학생 스스로 이치를 깨닫고 문제를 해결하는 교육이었으니, 요즘 말하는 자기주도학습과 닮았다. 그리고 천지를 주유하면서 사람들과 교우했고, 훌륭한 스승을 찾아 받아줄 때까지 무릎을 꿇었고 흘러

제3부 희망의 학교

가는 세월을 아깝게 여기지 않았다. 이는 자연과 스승, 동료를 모델로 자신을 완성해 가는 것으로, 결국은 인간에 대한 근본적인 신뢰의 교육이라고 할 수 있다.

우리 시절과 비교한다면 지금의 교실 여건은 천지개벽이나 다름없다. 과거 교실과 비교가 어렵겠지만, 옛날 촌것에 대한 집착증이거나 별스러운 성격 탓인지는 몰라도, 나는 지금의 교실이 마음에 흡족하지만은 않다. 대리석으로 치장한 집보다 황톳빛이 살아있는 토담집이 좋고, 플라스틱이나 쇳덩어리보다는 투박한 나무로 만든 책걸상이 더 좋다고 한다면, 얻어먹을 소리 하지 말라고 핀잔을 들을지는 모르겠다. 하지만 이 시대의 변화를 모르고 하는 이야기는 아니다.

옛날 어른들한테 '보리밥이 더 맛있어요'하면, 그 말을 들은 어른들은 빌어먹을 소리 하지 말라고 했다. 쌀밥 구경도 못 하고 살아온 그들에게 보리밥이 좋을 리는 만무하다. 그러나 말은 그렇게 하지만, 당장 만족을 얻는 입맛보다 건강을 위한다면 보리밥을 더 선호하는 것이 이상할 이유는 없다. 첨단 의료 장비를 갖춘 병원을 선호하는 사람도 있겠지만, 병을 다스리는 데는 의사의 능력이 최고라고 믿는 사람도 많다. 하물며 교육은 인간을 길러내는 곳이다. 교사의 능력을 첨단 교육 기자재와 비교한다는 것 자체가 언어도단이 아니겠는가.

교사들에게 수업 능력보다 더 중요한 것은 교육 철학이다. 교육에 대한 바람직한 철학이 없는 수업은 사상누각에 불과하다. 당장 전시적 효과를 거둔다고 하더라도 결국은 교육이 가야 할

레일에서 벗어나게 된다. 더욱이 자신의 개똥철학과 기교에 집착하는 상황에 이르면, 교육의 정체성이 흔들리고 결국은 학교 교육의 무용론에 힘을 실어주게 될 것이다.

첨단 기자재와 같은 도구는 누가 어떻게 사용하느냐가 중요한 것이지, 그 자체가 무슨 생명체의 역할을 하는 것은 아니다. 기계 등의 물질문명이 기세등등할수록 인간의 능력에 더 많은 신뢰를 보내는 것이 맞을 것이다. 그것들은 어차피 인간이 부려야 할 도구에 불과하다. 여건이 된다면 많은 교실에 첨단 교육 기자재를 들여놓으면 좋을 것이나, 그것은 민주시민으로서의 가치관을 확립하고 집단지성을 발휘하는 일에 방해되지 않은 범위에서 활용되어야 할 것이다.

선생과 스승의 갈림길

　길거리에 나서면, 너무 많은 게 아닌가 싶을 정도로 걸리적거리는 것이 사장님이다. 앞에서도 뒤에서도 옆에서도 사장님 호칭이 들리니 그런 생각이 든다. 나는 사장님하고는 전혀 관계가 없는데도, 혹여 나를 부르는가 싶어서 뒤돌아보는 때도 있다. 경제 행위를 하지 않거나 1인 회사에서 제 혼자 무슨 일을 하게 되더라도, 사장님으로 불리는 것은 누구에게나 가능하고 굳이 따질 이유도 없다.

　사장님 다음으로 많이 듣는 호칭은 선생님이다. 특히 길거리에서 영업하는 사람들은 누구에게나 조금만 젊으면 선생님, 나이가 좀 지긋하면 사장님이란 호칭 사용을 주저하지 않는다. 오히려 의도적으로 더 사용하려고 하는 것 같다. 잘나고 못나고를 구별 지을 것 없이, 선생님, 사장님이란 호칭을 붙이면 기분이 상할 사람은 별로 없기 때문이다.

　동전 한 푼 없어도 사장님 소리는 듣기가 좋다. 또 한 번도 남의 앞에 서거나 가르쳐 본 적이 없는 사람도 선생님이란 호칭을 들으면, 진짜 그렇게 된 듯이 어깨가 올라가는 것까지는 아닐지 몰라도, 아줌마나 아저씨라는 호칭보다야 몇 배로 기분은 좋을 것이다. 그래서 자기를 그렇게 불러주어도 '나 사장 아니오, 나 선생 아니오'라고 항의할 사람은 거의 없다.

그런데 평생을 선생으로 살아온 나는, 거리에서 들려오는 사장님이란 호칭에는 별다른 느낌을 갖지 않지만, 선생님 소리가 들려올 때는 기분이 좀 마뜩잖게 된다. 내가 진짜 선생님이라는 사실을 알고 불러주는 호칭도 아니고, 이렇게 아무에게나 선생님이라고 불러도 되는가 싶어서 그렇다. 그런데 선생(先生)의 의미를 한자로 풀면, 먼저 태어난 사람이란 뜻이다. 어원적으로만 본다면 상대적으로 나이가 많으면 누구나 선생이 되는 것이니, 교사로 의미로 호칭을 국한해야 한다는 주장은 설득력이 없다.

그러니 아쉬운 마음이 남을지라도, 선생님이란 호칭이 교사의 전유물이라는 생각을 버리고, 대신 스승님이란 호칭을 찾도록 노력하면 어떨까. 대다수 교사는 교직에 첫발을 들여놓은 이후 선생을 천직으로 여기며 평생 학생을 열과 성의로 가르쳐왔다. 인내심의 한계에 다다르게 하는 일도 많지만, 참고 견디면서도 여전히 그 본분을 수행하려고 노력하고 있다. 그러니 애초부터 선생님이란 호칭보다 스승님으로 불리지 않는 것에 더 속이 상해야 한다.

길바닥에 널린 것이 선생님인데, 진짜 선생님이 그들과 같다면 교사의 정체성이나 존재 가치는 어디에 있는지 의문이 든다. 교사보다 훨씬 우수한 방법과 내용으로 강의하는 학원 강사도 많다. 진로와 진학의 전문가도 여기저기 널려있고, 각종 분야에서 상담을 전문적으로 돕는 사람도 헤아릴 수가 없다. 자격증이 없는 사람도 교육 전문가로 자처하는 시대이고, AI도 영역에 따라서 인간보다 얼마든지 더 우수한 교육을 펼 수 있다. 그러니 굳이 학교와 교사가 필요할 이유가 있겠는가.

그런 이유 때문이라도, 교사들이 자신의 확고한 정체성을 세우기 위해서는 선생으로 머물러서는 안 된다. 선생과는 확연히 다른 스승의 경지에 도달하도록 노력해야 한다. 로봇이나 AI를 보고 존경한다고 하지는 않고, 학원 강사나 기타 전문가에게 존경은 할 수 있지만, 스승이라고 칭하지는 않는다. 목적이나 이해관계가 없는 선생님의 진정한 가르침이 있어야 스승은 비로소 생겨나는 것이다.

　선생과 스승의 차이를 구체적으로 설명하거나 정의하기가 쉬운 일은 아닌 것 같다. 단순한 개념 정의가 되겠지만, 선생이 존경받으면 스승이 된다고 하면 어떨까. 그러려면 또 존경이란 것의 범주를 알아야 한다. 이해관계 충족의 의도된 행위이거나 강요 또는 잘못된 시스템에 의한 것이라면, 스승의 충분조건에 들지 못할 것 같다. 이런 엄격한 제한의 벽을 넘어서는 일이 쉽지 않으니, 이 세상에 선생 또는 선생님은 많아도 진정한 스승님은 귀할 수밖에 없다.

　존경이란 인간이 인간에게 행하는 최고의 예우이다. 그러니 존경받는 사람은 최선의 경지에 도달했다고 할 수 있겠다. 그런데도 이상한 집단에서 버릇처럼 쓰는 바람에 그 빛이 퇴색되고 있지만, 어차피 진정한 존경이 아니라는 사실을 주고받는 그들도 모르는 것이 아니다. 교사가 존경받는 경지에 도달하여 스승이 되기 위해서는, 먼저 교육적 신념과 사랑과 헌신을 언제 어디서나 꼿꼿한 기개로 지켜내야만 한다. 그런 다음 구체적인 업을 차곡차곡 잘 쌓아야만 된다.

문전성시를 이루던 음식점이 어느 순간에 망하는 이유야 다양하겠지만, 대체로 초심을 잃었기 때문이 아닐까 싶다. 개업하고 초기에는 좋은 재료를 사용하면서 성심성의껏 음식을 만들고 친절을 최대의 긍지로 여기니, 자연스럽게 단골이 생기고 그 소문이 널리 알려지면서 사람들이 발길을 잇게 된다. 하지만 주머니가 두둑해지면 초짜 시절의 진정한 마음을 버리는 사람이 많아진다. 나쁜 재료로 속여 먹으려 하고 눈치껏 형편없는 음식을 만들어낸다. 그러면서도 가격표는 수시로 갈아 낀다. 그걸 파악하지 못하는 바보 같은 손님은 없을 것이니, 망하는 것은 시간문제다.

　정치인도 선거를 앞두고서는 세상에 없는 국민의 충복임을 자처한다. 한자리 주겠다는 눈치로 이 사람 저 사람 불러 모아서 부려 먹고, 유권자들에게 환심을 사기 위해 거의 비굴함에 가까운 언행을 보인다. 하지만 선거가 끝나면 언제 그랬냐는 듯이 불손하고 거만하기 짝이 없다. 토사구팽이란 말도 그때는 어김없이 나온다. 역시 그들도 초심을 잃고 눈앞의 이익에만 손길을 뻗으니, 국가의 골칫거리가 되는 것은 시간문제다.

　학교의 교사도 마찬가지다. 어려운 임용고시를 뚫고 학교에 들어와서는 초심을 잃어버리는 데 많은 시간이 걸리지 않는다. 과거에는 선생 노릇을 천직으로 여기면서 사범대학에 진학하였고, 교사가 되어서는 선공후사의 정신으로 자기의 이익과 감정은 항상 뒷전에 두었다. 동료 사이에 좀 손해 보는 일이 있어도 참고 아이들이 힘들게 하여도 사명으로 여겼으며, 자기 자신이나 가족보다도 가르치는 일을 더 우선으로 삼았다.

그런데 지금은 아닌 것 같다. 조금만 힘들어도 참을 줄 모른다. 남의 아픔을 대신해 주는 일은 당연히 뒷전이다. 주당 1시간이라도 수업을 더 담당하게 될까 봐 안절부절못한다. 신학기가 시작되면 짧은 휴직이나 병가, 신체 허약 등 갖은 이유로 담임 맡는 일은 한사코 거부한다. 물론 다수의 교사는 본분에 충실하여 업무를 수행하지만, 미꾸라지가 우물을 흐리듯이 몇몇 교사로 인해서 학교가 큰 어려움에 빠지기도 한다.

물론 이런 문제의 모든 원인이 교사에게만 있는 것은 아니다. 학생이나 학부모로부터 비롯되는 요인이 더 많다. 학생 중에는 자아 존중감이 부족하고 학교를 충실히 다녀야겠다는 의지가 없는 학생이 많다. 이들은 제 맘 내키는 대로 해도 오냐오냐하는 부모가 있어 그런지는 몰라도, 교사에게도 버릇없이 구는 것은 보통 일이고 교권을 심각하게 침해하기도 한다.

공부에 지친 학생들이 수업 시간에 졸거나 자는 일이라면 차라리 애처롭다고 여길 것이다. 그런데 애초에 공부에 관심이 없는 학생이 수업 분위기를 망치려고 들면 해결 방법이 없다. 벌점도 무서워하지 않고 훈계하기도 힘들다. 자칫 많은 학생 앞에서 망신이나 폭력을 당할 수도 있는 것이 현실이다. 이런 문제는 교사의 역량에만 맡길 것이 아니라, 법률이나 조례 등 시스템 정비가 필요하다고 본다.

자신의 이익에만 눈을 뜨고 남을 이해하거나 존중할 줄 모르는 사회 풍토가 학교라고 예외가 될 수는 없다. 사람은 누구나 존중하고 존중받기도 하는 존재이다. 특별한 기준이 따로 있기도 하겠지만, 존중받을 수 있는 일반적인 법칙도 있을 것이다. 그렇다면 존중하는 태도를 강권하기보다는, 존중받기 위하여 어떤 노력이 필요한가에 관심을 둘 필요가 있다. 교사들도 장삼이사(張三李四)에게도 다 통하는 선생님의 호칭에 그쳐 있어서는 안되고, 스승으로 존경받기 위한 노력을 더욱 기울어야 한다. 교사가 스승으로 대우받기 위한 조건에 무슨 특별한 규정이나 행동 요령이 있는 것은 아니지만, 일반적으로 다음과 같은 것에 관심을 두고 직무를 해 나가면 성과가 있지 않을까 생각한다.

먼저 교육의 본질에 대하여 고민하는 교사여야 할 것이다. 학교는 이제 가르쳐 주는 곳이 아니라 배우는 곳이 되어야 한다. 지식 중심으로 가르친다면 학생들이 굳이 학교라는 곳에 와서 구속받아가면서 공부할 이유가 없다. 검정고시 제도가 있어서 학원 수강이나 홈스쿨을 통하여 얼마든지 지식을 익히고 상급학교에도 진학할 수 있다. 교사는 학생의 롤모델이 되기 위한 자질과 품성을 갖추는 것도 중요하지만. 인간의 감성과 가치를 존중하고 리드하는 역할에 충실해야 한다.

잘난 부모라도 자녀에게 삶의 모델이 되는 것은 어려운 일이다. 이론은 알고 있으나, 행동으로 옮기는 과정에서 상당한 딜레마가 있기 때문이다. 하지만 부모의 역할이나 모델이 되려는 노력을 포기하지 않는다. 교사도 스승이 되기 어렵다고 주저하고 있을 수는 없다. 비록 자신이 스승의 자질에 부족함이 있다고 느끼더라도, 솔직하게 행동하고 가르쳐야 할 것이다.

세상에 완전한 사람은 없을 것이다. 사람의 한자 표기는 인(人)이다. 사람이 사람을 기대고 있는 모습을 본뜬 상형문자이다. 이는 사람은 완전하지 못하여 남의 도움을 받아야만 비로소 사람이 된다고 뜻을 담고 있는 듯싶다. 사기(史記)에 민불능기(民不能欺), 민불인기(民不忍欺), 민불감기(民不敢欺)라는 말이 나오는데, 불능(不能)은 '할 수 없다', 불인(不忍)은 '차마 ~하지 못하다', 불감(不敢)은 '두려워 감히 ~하지 못하다'란 약간 다른 뉘앙스를 가지고 있다. 교사는 이들 중 불능기(不能欺)의 의미를 염두에 두면서, 학생들이 남의 영향으로 무엇을 하거나 하지 않는 것보다, 스스로 깨치면서 실천하도록 교육하는 것이 좋을 것이다.

그러다 보면, 교사 자신도 무엇을 어떻게 해야 할 것인가를 깨닫게 될 것이다. 진정한 교사의 역할이 무엇인지 고민한 결과가 학생들에게 스며들어야 하고, 멀티플레이어로 당당하게 교실 문을 열어 둘 수 있도록 미리 준비하여야 한다. 어렵고 폼나게 가르치는 것보다 쉽게 가르치기가 더 만만하지 않다. 항상 학생의 눈높이에서 마음을 읽으며 가르쳐야 그들도 집중하게 된다.

교사는 학생들에게 스승이어야 하지만, 학교 조직을 위해서도 스승의 면모를 보여야 한다. 학교의 조직은 영업 이익을 얻기 위한 사조직이 아니고 누구를 위한 권력이 머무는 기관도 아니다. 학교 조직은 오로지 학생의 미래지향적이고 목표 달성을 돕고 더불어 사는 지혜를 가르치는 일에 힘을 쏟는다. 그러기에 각각의 개인적인 취향과 가치를 살리되, 조직과 공동보조를 취하면서 집단지성을 모아가는 것이, 스승의 길을 넓히는 일이 될 것이다.

선생과 스승의 갈림길

세상 사는 일뿐만 아니라 가르치는 일에도, 경험은 스승이 된다. 모든 일을 직접 경험할 수 있다면 좋겠지만, 현실적으로 불가능하다. 그러니 이미 경험한 선배 교사들과 소통하고 협업하면서 축적된 그들의 지혜를 얻는다면, 더 빨리 안정된 모습으로 교단에 설 자신감을 얻을 것이다. 헌신과 봉사로 꿈이 여물어 가는 교실을 바라보면, 그 만족감과 행복감은 세상 어디에도 견줄 수 없다. 세상의 온갖 유혹을 물리치면서 새로운 세상의 문을 열어가다 보면, 진실한 스승으로 존경받게 되는 날은 반드시 오지 않겠는가.

시련은 희망의 사다리

　남들이 약 오르고 질투가 날 만큼 행복한 미소만을 지어대는 사람이더라도, 그들에게는 나름의 축축이 주름진 구석이 있다. 사람들은 '잘 산다 못 산다, 행복하다 불행하다'라고 이분법적 갈라 치기로 자신이나 남의 상태를 단정 짓기도 하지만, 그것은 눈으로 보이는 객관적인 기준에 얽매인 판단일 뿐이다. 행복과 불행을 판단하는 데는 상대적이고 절대적인 양면의 기준이 다 적용되지만, 각자의 생각이 가장 중요한 판단 기준이 된다.

　세상에서 자기가 가장 잘났다고 큰소리치는 작자가 있다면, 그는 과대망상증을 앓고 있거나 자기도취적인 경지에서 벗어나지 못하는 사람일 경우가 많다. 사람은 모든 분야에서 위대한 능력을 다 가질 수는 없다. 물론 '위대하다'라는 판단에 엄정한 평정의 잣대를 들이대기는 어렵다지만, 보통의 기준으로 보더라도 이래 저래 자기보다 잘난 사람은 수없이 많다.

　잘났다는 것도 그러하니, 행복이란 것은 역시 객관적인 기준으로는 줄을 세울 수 없다. 행복의 정도를 서열화해 보려고 기준을 쪼개서 항목마다 가중치를 부여하여 총점으로 평가하는 짓도 어리석은 시도일뿐이다. 가중치는 주관적인 안목에서 비롯되기 쉽고, 어차피 행복은 개인마다의 기준에 따라 달라지는 것이기 때문이다. 설령 그런 평가로 행복하다는 결론을 얻었다고 하더라도, 그것이 영원히 지속되지도 못한다.

인간은 태어날 때부터 존엄성은 인정되었지만 위대한 존재는 아니었을 것이다. 힘들고 어렵고 괴로운 관문을 통과해야만 비로소 위대한 인간이 될 수 있지 않을까. 석가모니나 예수도 괴로움을 이겨내면서 위대한 성인이 되었다. 석가모니는 설산에서 6년간 고행하여 깨달음을 얻었고, 예수는 십자가에 매달려 죽음으로 영생을 얻었다. 둘은 다른 방법을 택하였지만, 결과적으로는 고진감래의 전형을 보여주는 듯하다.

보통 사람들도 고진(苦盡)을 견디지 못하면 감내(甘來)는 없다. 고진(苦盡)을 견디면 삭풍에 떨고 있는 나뭇가지에서 벗어나 세상을 뒤덮는 녹의(綠衣)로 갈아입고, 회색빛 뒷골목에서 걸어나와 춘풍이 뿜어내는 향기로운 꽃내음은 맞게 된다. 그러나 견딜 수 없다면, 얼어붙은 눈사람이 되고 허공에 티끌 같은 존재로 흩날리며 하루하루 무위도식하면서 보내게 될 것이다. 그러다 불쑥 자신이나 타인에게 되돌릴 수 없는 참혹한 피해를 주고 비극적인 결말로 매듭을 짓게 될 것이다.

누구에게나 시련은 있고, 특히 폭풍 성장의 단계에 있는 청소년에게는 더 심할 것이다. '세월이 약이겠지요'라는 유행가 가사도 있듯이, 세월의 어느 지점에 이르러서는 겹겹이 덧댄 상처도 결국은 아물지 모르지만, 세월이 흘러가기만 기다리는 체념적인 자세로 자아를 방치할 수는 없다. 청소년기는 하루하루가 소중한 에너지를 만들어 낼 수 있는 시기여서 젊음이 지나간 뒤에는 그 의미가 없기 때문이다.

물론 물질적이든 정신적이든 현실적 괴로움에 직면하게 되면 그것에서 벗어나기 쉽지 않다. 문제를 해결하기에 너무 많은 시간과 노력이 필요하기 때문이다. 특히 나이가 들어갈수록 이에서 헤어나는 것이 점점 어렵게 된다. 젊은 시절에는 탄성과 복원력이 높아 시련이 닥쳐도 그것에서 헤어나기 쉽지만, 장년으로 갈수록 떨어지니, 한번 넘어지면 오뚝이같이 일어나기가 어렵다. 옛 속담에 '젊을 때 고생은 사서도 한다'라는 말이 있는데, 물론 고생을 사서까지 할 필요가 있는지는 잘 모르겠으나, 성공이든 실패든, 젊은 시절의 경험은 또 다른 삶을 위한 지렛대가 되고 밑거름이 될 것이니, 두려워할 필요가 없다.

　물론 청소년이라고 좌절의 늪에서 쉽게 벗어날 수 있는 것은 아니다. 그 늪은 참으로 깊고도 복잡한 것들로 채워져 있다. 그래도 우리 세대의 늪은 단순했고 깊이를 알아내기도 어렵지도 않았던 것 같다. 그래서 절망의 구렁텅이에서 탈출하는 일이 지금보다는 무척 쉬웠으리란 생각이 든다. 첨단 기술이 발전해서 그 힘을 빌면, 인간의 사고나 행위가 더 단순해질 줄 알았는데, 오히려 그 반대로 가고 있는 것 같다.

　오늘날의 청소년은 오롯이 공부에만 집중할 수 없는 환경에 놓여 있고, 그렇다고 자신을 책상머리에 꽁꽁 묶어 놓을만한 어떤 유인책도 즐거움도 없다. 일단 살펴야 하는 길이 너무 많아서 산만할 정도다. 사람마다 차이는 있겠으나, 우리 세대에서는 선택의 길이 일직선이었지만, 지금은 방사형으로 방향을 잡기가 그만큼 어렵게 되어 있다.

시련은 희망의 사다리

기성세대는 요즘의 MZ 세대를 이해하지 못하겠다고 볼멘소리를 늘어놓기도 한다. 목표도 살아가는 방식도 다르기에 당연한 결과일 수는 있다. 하지만 우리와는 다른 그런 것들이 있는 것은 사실이지만, 특별히 문제가 되는 경향은 없다고 본다. 기성세대와는 다를 뿐이지 틀린 것은 아니기 때문이다. 그리고 얼마든지 공감의 여지도 있고 소통과 협업도 가능하다. 근본적인 문제가 없는 차이는 같은 세대라도 얼마든지 존재하는 것이다.

요즘 사회는 혼자 살아도 아무런 불편이 없는 편리한 시스템으로 발전해 나가고 있어서, 남의 도움이나 눈치를 보면서 행동할 필요가 없어지고 있다. 또한 관습에 대한 강한 압박이나 혈족에 대한 의무감이 사람들을 묶어 두지 못하고, 개인적 신념과 판단이 존중되는 사회다. 기성세대도 이미 그런 고답적이고 몰개성적인 일에서 빠른 속도로 벗어나고 있는데, MZ 세대가 그런 것은 당연한 일이다.

고답적이거나 도피적인 삶을 산다고 스트레스를 받지 않고 살기는 어렵다. 어림잡아 헤아려 볼 때, 첩첩산중에 수도하면서 지내는 승려들에게도 스트레스는 남의 이야기가 아닐 것이다. 무생물은 스트레스가 없겠지만, 동물이나 식물도 생명이 있으면 스트레스는 존재한다고 한다. 어느 세대이든지 어떤 현상이나 무슨 원칙과 절차에서 벗어난다고 해도 마찬가지일 것이다.

사회 구조나 사람과의 관계가 점점 복잡해지는 것과 비례하여 개인의 존재 가치도 점점 줄어들고 있다. 반면에 스트레스는 점점 늘어나고 있다. 다만 스트레스를 더 받고 덜 받고의 차이가 있을 뿐이다. 우리 세대에서는 어떤 형식의 테두리이든지, 다수가 '우리'라는 든든한 지원군의 힘을 받아 절망의 늪이 아니라 희망의 숲을 향하면서 살았던 것 같다. 물론 MZ세대도 '우리'의 힘이 있고, 특별한 '우리'들은 오히려 더 단단하게 희망의 목표를 향해 뛰고 있지만, 그렇지 못하거나 '우리'라는 테두리 밖 절망의 늪에서 허우적거리는 젊은이들도 많다.

우리 학창 시절에는 지금 학생들만큼의 스트레스가 없어서였는지, 있어도 표출할 수 있는 여건이 못되어서 그런지, 그 해결법도 좀 단순하지 않았나 싶다. 더구나 그것도 스트레스 해결책이었다기보다는 취미 생활에 가까운 것이었다.

우리 세대는 주로 독서에 빠지거나 음악을 들었다. 운동은 농구와 탁구를 가장 선호하였는데, 당시에 사회적으로 붐을 일으킨 종목이었을 것이다. 일부 학생들은 캠핑, 기차여행, 무전여행 등으로 취미를 즐기거나 스트레스 해소의 방편으로 삼기도 하였다. 극히 소수의 특별한 학생들은 술이나 담배에서 찾으려고 했지만, 큰 문제가 되지는 않았던 것 같다.

지금은 현실 속에서 과거나 미래를 즐길 수 있는 시대가 되었다. 온갖 매체나 기구들, 시스템들, 가공의 현실과 상상의 미래까지, 즐기고 탐닉할 수 있는 것들이 즐비하다. 휴대전화 하나에도 세상의 모든 것이 그 속에 존재한다는 세상이니 말이 필요가 없다. 아이들은 그 속에서 즐거움을 찾고 고독을 이겨내며 스트레스를 풀고 있다. 그런데 그런 다양함 속에서도 얼굴에 편한 빛이 도는 학생들이 많지 않아 보인다. 어떤 어른들은 그런 아이들을 이해하지 못하겠다고 한다. 자신의 시대와는 비교도 할 수 없도록 환경이 좋거니와, 부모들이 웬만한 것은 다 해결해 주는데 무슨 고민이냐고 한다.

하지만 이런 생각이 아이들에게 근본적인 스트레스를 물리치지 못하게 한다. 오히려 절망의 구렁텅이로 몰아넣는 악영향을 미칠 가능성이 더 짙어 보인다. 그러므로 스트레스의 본질이나 해소 방안은 도구나 시스템이 아니라 사람과의 관계에서 찾아야 한다. 그것도 자신의 곁에 누가 서 있느냐보다는, 어떤 관계로 서 있느냐에 집중해야 한다. 이는 결국 사람의 문제만도 아니고 사람과의 관계의 문제인 것이다.

청소년은 성인보다 관계의 폭이 넓지 않고 단순하다. 주로 가족과 친척이나 학교와 학원 등에서의 또래 간의 관계다. 하지만 이것도 옛날이야기가 되고 있다. 이제는 온라인을 통하여 가상의 공간에서 만나거나 자신만의 세계에 홀로 칩거하기도 한다. 비록 익명의 존재로 남을 수 있지만, 그렇다고 결코 단순한 것은 아니다. 그 공간은 상상을 초월하는 복잡한 일들이 전개되고, 청소년들은 그 속에서 생존의 법칙을 배워야만 한다. 청소년들에게 골치 아픈 세계가 하나 더 느는 것은 아닌가 싶다.

옛날부터 내려오는 우리나라 부모의 내리사랑은 과할 정도였다. 어려운 일을 당하면 방패막이가 되어 주는 것은 당연했다. 인간관계에서 가장 상호 작용이 필요한 집단은 가족이다. 부모나 형제자매는 여러 가지 측면에서 성공의 조력자로 남을 확률도 높다.

자녀의 문제에 부모가 일방적으로 개입하고 간섭하거나 강압의 위력을 발휘하는 것은, 그러잖아도 어려운데 더욱 절망의 늪으로 밀어 넣는 일이다. 물론 방임하거나 방치해서도 안 될 일이다. 자녀가 자연스럽게 내적 성숙이 이루어지도록 부드럽게 소통하면서, 자기의 의지에 따라 문제를 발견하고 해결할 수 있도록 믿고 지원하는 일이 필요하다.

과거든 현재든, 삶에 대한 방황은 청소년에게 의도와는 상관없이 언제나 열릴 수 있는 문이다. 나도 그 문으로 수시로 들락거리면서 격동의 청소년기를 보냈다. 수필집 '소보다 소가 더 좋다.'에서 고백한 바가 있지만, 나의 고교 시절은 대체로 실패작이었다. 이성 교제에서 비롯된 허탈감, 종교적 집착이 안겨준 삶의 회의감 등으로 점점 절망의 늪으로 빠져들었다. 하지만 가족들과는 떨어져 살았고, 나를 희망의 숲으로 안내하는 그 누구도 내 곁에 있지 못했다.

지금은 학교에서도 상담제도가 잘 정착되어 있다. 본인이 신청하지 않더라도 징후가 보이면 학교에서 선제적으로 상담하여 문제를 해결해 주고 있다. 그때는 상담교사란 제도도 없었고, 담임교사를 비롯해 그 누구에게도 자연스럽게 고민을 털어놓을 수 있는 분위기가 되지 못했다. 그러니 시시각각 부딪치는 고민을 결국 혼자서 해결해야만 하는 현실이었다.

그랬어도 이 시점의 결과를 보면, 그때의 우리들은 파도를 잘 견뎌내고 나름대로 순항하고 있는 것 같다. 암흑천지와 같은 세상에 혼자 덩그렇게 놓여 있었어도 결국은 절망의 구렁텅이에서 벗어난 것이다. 이 시대의 아이들은 도저히 그렇게 안 될 것이라는 패배감에서 벗어나야 한다. 부모들이 믿음으로 기다려 준다면, 좀 늦을지는 몰라도, 아이들도 자신의 힘으로 절망의 늪에서 벗어나거나 빠지지는 않을 것이다.

첫 만남의 기대와 우려

사람은 일생을 통하여 수없이 많은 만남과 헤어짐을 반복하면서 살아간다. 싫든 좋든 사람과 만나지 않으면 정상적인 사회 생활이 어렵다. 그리고 아무리 버둥거려도 헤어질 때가 오면 쓸쓸한 낙엽처럼 흩어져야만 한다. 이처럼 만남과 헤어짐이 어쩔 수 없는 필연이라면, 만남에서는 보다 좋은 만남을, 이별에서는 미련이 남지 않는 사이다 같은 이별을 소망할 텐데, 그것이 자기 마음대로 되는 일이 아니다.

깊은 산골에서 자연인으로 살아가는 사람들처럼, 만남도 헤어짐도 아닌 어정쩡한 공간에서 서성거리면 비정한 경쟁과 욕망의 빛과 그림자에서 당장은 벗어날 수 있어도, 마음속에 무욕(無慾)의 보살이 들어서기는 쉽지 않을 것이다. 출가한 승려도 마음속 번뇌는 내쫓기 힘든데, 일정 격리된 삶이라 해도 반쯤은 열려 있는 창으로 세상을 보고 살아야 하는데, 그 집착에서 벗어나기가 쉬울까.

누군가와의 만남에서 첫 만남은 중요하다. 저고리에 첫 단추를 잘못 채우면 풀고 처음부터 다시 시작해야 한다. 만남은 저고리와는 달라서 없던 일로 한 다음 다시 시작하기는 어렵다. 그래서 처음부터 의미 있는 만남이기를, 그런 상태가 지속될 수 있기를 바라는 마음은 누구에게나 간절한 것이다. 하지만 그런 염원에도 불구하고 시작부터가 잘못되었거나 뒤틀린 만남도 많다. 처음부터 잘못된 만남이라는 것을 알 수 있었다면 애초에 만나지 않을 수 있을 것이지만, 만난 후에 시간이 흐르고 무슨 일을 겪고 나서야 잘못된 만남이라는 것을 알게 되니, 후회해도 소용이 없고 그것도 운명이라면 운명일 것이다.

보통 사람이라고 석가와 아난다의 만남, 예수와 베드로의 만남과 같은 성인(聖人)들의 운명적이고 숭고한 만남을 꿈꾸지 말라는 법은 없다. 하지만 설레고 황홀한 만남도 탐욕의 도구로 악용되는 사례도 많으니, 그런 격조 높은 만남을 기대하는 것은 무리가 아닐까 싶다. 어느 날 만나고 싶지 않거나 만나서는 안 되는 사람과 얽이는 일이 생기면, 당황스러움은 말할 수 없고 불편을 넘어서서 고통스러운 일이 된다.

신학기가 되면 교사는 새로운 학생과의 만남이 시작된다. 어떤 녀석들을 만나게 될까. 기대와 설렘으로 가슴이 콩닥대기도 하지만, 그 뒷면에는 일말의 불안감도 서성거리기 시작한다. 그러나 기대든 불안이든 만남이 기다려진다. 그것이 첫 만남이면 더욱 그렇다. 사랑도 첫사랑, 장사도 마수걸이가 기쁨을 주듯이, 교사에겐 신학기 개학 첫날이 그렇다. 올해는 공부도 잘하면서도 쌈박하게 급우를 잘 이끌어 갈 녀석이 있을까. 사사건건 급우나 교사를 괴롭히는 사고뭉치는 없을까. 이런저런 생각을 하면서 그들을 만나게 된다.

한번 만나면 일 년 동안은 어떻게 하든 참고 지내야 한다. 학교는 다른 조직의 인간관계와는 달라서 마음에 들지 않는다고 돌려

보내고 다시는 만나지 말자고 할 수도 없다. 어쩌면 만나고 싶지 않은 학생과의 만남이 교사에게는 더 의미 있는 만남일 수도 있다. 그런 녀석들에게 교사의 손길이 더 필요하기 때문이다. 교사에게 학생들은 운명처럼 다가온 녀석들이기에 한 아이도 예외 없이 모두가 소중하다. 눈에 넣기 아까울 정도로 사랑스럽다고 편애해서는 안 되며, 버릇없고 개념 없는 철부지라고 막 대할 수 없다. 사악하고 꼴불견이라고 편견을 가지거나 불편부당한 대우를 해서도 안 된다. 교사의 마음이 부처님 가운데 토막쯤은 되어야 견뎌낼 수 있는 만남의 상황도 많겠지만, 그래도 참고 잘 가르쳐야만 한다.

신학기에 만나고 싶지 않은 유형의 학생이 자기 학급에 편성되면 교사는 지레 지치고 힘들어진다. 일 년 내내 그 녀석과 쌈박질할 것을 생각하면 한숨부터 나오지만 그렇다고 해결할 뾰족한 수도 없다. 요즘은 회초리는커녕, 문제 행동에 대한 상담도 어렵다. 상담 중에 학생에게 건네는 말이 조금만 거북해도 학부모가 그냥 넘어가지 않기 때문이다. 중립적 위치에서 보아도 전혀 문제없는 언어인데, 이를 언어폭력이나 인권 침해, 아동 학대라고 시비를 걸기도 한다. 그러니 학급에 그런 학생이 몇 명인가에 따라서 교사의 한해 농사는 판가름 난다.

그런 학생과 학부모를 만나면 일단은 일 년이지만, 3년 내내 같은 학급에서 싸워야 하는 운명에 처하기도 한다. 소규모 학교의 경우 학급교체도 쉽지 않지만, 인위적으로 학급을 배정해도 문제가 생긴다. 요즘은 시집살이도 삼 년을 견디는 사람을 보기 힘든데, 매일 3년간 같이해야 한다면 교사의 그 마음은 어떻겠는가. 이는 하나의 예시에 불과하지만, 거론하기 힘든 다양한 사례들 앞에서 절망하는 교사가 많다. 이에 심리치료를 받는 교사가 늘어나고 있지만, 심리치료도 한두 번이지 병원을 제집 드나들 듯이 할 수야 있겠는가.

학교 관리자인 교장들에게도 그런 고민은 늘 있다. 학교 경영에서 가장 어려운 것이 교사와의 관계다. 어떤 조직이든 구성원 모두가 문제라서 허물어지는 것은 아니다. 학교의 조직은 더욱 그러한 것 같다. 한두 명만 골치 썩이는 교사가 있으면 학교 조직이 망가지는 것은 시간의 문제다. 그래서 교장 역시도 신학기에는 기대와 불안으로 마음이 뒤숭숭해진다. 교육적 신념을 가지고 열심히 일하는 교사가 몇 명이나 전입해 왔는지가 핫한 관심의 대상이 되는 것이다. 학교에 불통의 교사가 몇 명이냐에 따라서 학교문화는 천양지차를 보이게 되는 것이다.

교사들도 교장이 새로 부임해 오면 역시 같은 잣대로 자기의 생각을 정리하게 된다. 행복한 직장 생활이 될 것인지, 스트레스 잔뜩 받으면서 일해야 하는지를 먼저 계산해 본다. 그런 다음 학교 일에 능동적으로 나설 것인지 또는 방관자가 될 것인지를 계산의 결과에 따라서 결정하게 되는 것 같다. 교장과 교감의 관계도 마찬가지다. 교장의 팔자는 교감에 달렸고 교감의 운명은 교장에게 달렸다고 한다. 결국 모든 부류의 판단 기준이 자신을 중심으로 설정될 수밖에 없으며, 그렇기에 편견이나 불편한 사심이 섞여 있다고 말할 수 있다.

세상 이치가 다 그렇듯이, 모두가 자기의 안목만 고집하고 자기의 이익을 좇는 시각으로 바라보고 판단하는 일을 멈추지 않으려고 한다. 교장과 교감, 교장과 교사의 관계처럼, 학생 역시도 새 학기에 어떤 담임교사나 교과교사를 만나느냐 따라서 수업의 운명이 결정된다고 여긴다. 그러니 학생들이 신학기에 만나게 될 교사들에 대한 기대와 우려는 교사들의 그것보다 훨씬 크게 나타나게 되는 것이다.

　처음부터 기대 이상의 만남이 성사된다면 정말 기분 좋은 일일 것이다. 하지만 그렇게 원하는 대로 안 되는 것이 인간과 인간의 만남이고 관계의 유지다. 그러니 스스로 통제할 수 없는 운명적 만남에만 자신을 맡길 것이 아니라, 운명이든 아니든 나타난 결과를 자신이 원하는 방향으로 리모델링 해 나가는 것은 어떨까. 어떤 만남이라도 영원히 그대로인 것은 없다. 자신이 그 만남을 어떻게 요리하느냐에 따라 맛과 향기를 얼마든지 바꿀 수 있다.

　개학 첫날 착한 아이들을 만나고 싶은 교사, 자상하고 친구 같은 선생님을 만나고 싶은 학생, 모든 일에 창의적이고 열성적인 교사를 만나고 싶은 교장, 자상하고 허용적인 교장을 만나고 싶은 교사, 그들 모두에게는 같은 종류의 소망이 늘 마음속에 있다. 그런데 그런 바람이 쉽게 자신들에게 산타할아버지의 선물처럼 나타나 주지 않는다. 그렇지만 교사는 힘든 학생을 만나 희망을 주고, 학생은 냉혈 교사의 얼굴에 환한 웃음기가 살아나게 만드는 것이 교육이고 학교가 아니겠는가.

신학기에 새롭게 만나는 학생에 대하여 편견 없는 사랑을 가지는 것은 교사가 지녀야 할 기본적인 마음가짐이다. 실제로 교사는 착하고 공부 잘하는 학생에게만 관심을 가지지 않는다. 오히려 교사의 손길이 크게 필요한 학생에게 관심을 더 가진다. 모든 일은 공정의 잣대로 일을 처리하고 어느 한쪽에 이익이나 불이익을 주는 일이 없다. 물론 사람과 사람의 관계는 정성적이라, 저울로 재듯이 관심과 사랑을 나눌 수 없기에 오해가 생기기도 하겠지만, 올바른 교육의 지팡이인 교사를 믿어도 될 것이다.

　역설이고 모순 형용일지는 몰라도, 공부밖에 모르는 범생이이었거나 있는 듯 없는 듯한 침묵으로 3년을 보낸 학생과 헤어지게 되었어도 서운함이나 미련의 감정이 생기지 않는다. 하지만 골칫덩어리가 되어 내내 말썽을 부린 학생들에게는 애틋한 감정이 떠나지 않는다. 더구나 절망의 교문으로 들어와 희망의 교문으로 내보내게 될 때는, 보람과 아쉬움을 넘어서게 스스로 감동에 이르게까지 한다.

　세상이 참으로 야속해서인지는 모르지만, 사회의 일반 사람과의 만남에서는 나름 온갖 정성을 쏟아도 그 공이 돌아오지 않는 경우가 많다. 그러나 공들인 만큼 반드시 결과가 되돌아오는 곳이 학교다. 물론 교사가 얼마만큼의 관심과 사랑을 쏟았는지에 그것의 정도가 달려 있지만 말이다. 학급 담임교사로 더 많은 관심을 쏟고 희망과 용기를 주었던 학생이, 30년 세월이 흐른 지금까지도 잊지 않고 찾아 주는 행복한 일이 나에게도 있다. 따뜻한 만남, 이것은 운명의 힘이 아니라 서로에게 다하는 노력의 힘이다.

인생에 있어서 각자 걸어온 삶의 길이란 모두가 소중하다. 큰길이든 오솔길이든, 올곧은 길이든 우회하는 길이든 각자에게는 의미 있는 삶의 길이다. 하지만 다른 이에게 소중한 한 줌의 밀알을 남기는 길을 선택하기란 쉽지 않다. 특히 사도의 길이 그렇다. 교육은 물건을 만드는 일도 아니고, 시종일관 지조 높은 길을 걸어가야만 하기 때문이다.

이익에 영합하지 않고 불의의 상황에서도 자신을 초개같이 버릴 용기 있는 사람은 별로 없다. 요즘 임용된 고관대작을 보면, 정말 누구 하나 온전하게 믿을 수 있는 사람이 없는 것 같다. 털면 먼지가 안 나는 사람이 없다는데, 혹시 잠자는 황희 정승을 털어도 마찬가지 결과일까. 우리 교육에서는 하늘을 우러러 한 점 부끄러움 없는 모범을 보이는 일도 좋지만, 어떤 아이에게도 희망을 만들어 주려는 열정이 우선일 것이다.

희망의 문을 찾지 못하고 우왕좌왕하면서 헛된 시간을 보내고 불손한 태도를 보이더라도 정성껏 가르치고 보살펴야 하는 것은 학교와 교사의 숙명이다. 미래의 어느 날, 그런 학생이 학창 시절에 손길을 내밀어 준 선생님의 덕으로 상상하지 못하는 경지에 올라 '짠'하고 나타나는 모습을 기다려 보는 것도, 스승에게는 하나의 기쁨이다.

시작부터 남달라야 성공한다

형식과 내용은 다르겠지만, 모든 행사에는 그 나름의 개막식이 있다. 과거에는 공공기관이든 사기업이든 대체로 비슷한 양상이었다. 식순을 보면 애국가나 교가, 사가 등의 합창도 있고, 그 기관의 사업이나 행사의 경과 등에 대한 설명도 따르고, 기관장이나 대표의 인사가 중심이 된다. 개막식에 참여하는 사람들은 그저 듣기만 하는 수동적인 입장일 뿐이며, 무엇을 말할 기회를 얻지 못한다. 주체가 되고 주인공이어야 할 사람들조차도 들러리에 가깝게 의식이 진행된다.

하지만 요즘은 많이 달라졌다. 아직도 주최 측이 일방적이고 케케묵은 방법으로 개막식을 치르는 곳이 없지는 않지만, 대체로 행사 주체자가 아닌 참여자를 세리머니의 중심에 놓으려고 애쓴다. 토론이나 학술 발표 등에서도 같은 현상이 정착되고 있다. 형식적인 절차나 내용을 과감하게 잘라내고, 표방하려는 핵심이거나 흥미와 관심을 불러일으키는 것으로 개막식으로 꾸려내고 있다.

결혼식 풍토도 많이 달라졌다. 스승이나 정치인, 전문 주례자의 주례는 사라지고 양가 부모가 혼인 서약을 받고 짧은 소감으로 하객에게 주례사를 대신하는 것이, 이미 보편화된 예식의 풍속도에 가깝다. 신랑과 신부가 사회자의 멘트에 따라 직접 혼인 서약을

제3부 희망의 학교

하객에게 들려주기도 하고 사회를 진행하면서 결혼식을 올리기도 한다. 어디 그뿐인가. 만세삼창을 비롯한 각종 놀이와 연주 등 통통 튀는 퍼포먼스가 상상을 초월하게 한다. 엄숙한 분위기의 결혼식이 아니라 축제 같은 즐거움을 중심에 놓는 결혼 풍속으로의 변화다.

그런데 그것도 이미 구닥다리가 된 듯하다. 몇 년 전에 내 큰아들이 결혼식을 올렸는데, 신랑 입장 절차에서 듣도 보도 못한 방법을 제안했다. 신랑 혼자 입장하는 것이 아니라 나와 함께 나란히 입장하자는 것이다. 나는 하객으로 가서 그런 방법을 본 적이 없었고 쑥스럽기도 할 것 같아서 그건 아니라고 했다. 하지만 아들의 간곡한 권유로 함께 입장하게 되었는데, 축하객으로부터 박수도 많이 받았고 기분도 무척 좋았다.

나는 일상적인 일에도 내 생각이나 행동이 구닥다리 수준에 고착되어 가는 것은 아닌지 가끔 뒤돌아보기는 한다. 그것을 통하여 내 나름대로 의식의 진보가 진행되고 있다고 믿거나 그렇게 가려고 노력도 하는 편이다. 하지만 MZ 세대의 눈으로 보면, 여전히 나의 모든 것들은 구닥다리일 것이다.

결혼식은 좀 근엄하고 엄숙하게 진행되어야 하는 것 아닌가 하는 생각이 머릿속에서 잘 떠나지 않았는데, 이번 일로 기존의 틀을 깨는 예식이 좋아 보이기 시작했다. 그런데 어느 날 동료 자녀의 결혼식에 축하하러 갔는데, 참으로 충격적인 장면이 눈앞에 벌어져서 한동안 멍하니 서서 바라보았다. 예식에는 축하 노래나 공연 시간이 보통 있는데, 옛날에는 으레 가수나 전공자가 노래를 부르거나 악기를 연주하였다. 그러다가 가족이나 친구 등이 이를 대신해 왔고, 시간이 더 흘러서는 결혼 당사자나 부모가 직접 축가를 하기도 했다. 그런데 그날 충격을 받았던 것은, 양가 부모가 뽕짝 스타일인 디스코 풍 음악을 열창하고 하객들은 무대로 나와 같이 한바탕의 춤을 추는 모습을 연출했기 때문이다.

개성과 자유로움에 점수를 주는 사람이 그런 결혼식 광경을 보았더라면 즐겁고 흡족한 예식이었다고 말했을 것이다. 결혼은 세상에서 가장 기쁘고 행복한 일이라 할 수 있는데, 그 시작이 축제처럼 진행된다고 무슨 문제가 있느냐고 반문도 할 것이다. 물론 조금은 장난스러운 장면이 들어간다고 해서, 진지하고 성스러운 분위기를 해친다는 단정은 마땅하지 않을 것이다. 하지만 결혼식이 끝나고 집으로 돌아가면서 남는 쓸쓸한 뒷맛은, 나로서도 어쩔 수가 없었다.

'교사의 생각을 바꾸는 데는 십 년이 걸리고, 교장의 생각을 바꾸는 것은 불가능하다'라는 말이 있다. 그게 어디 교원에게만 해당할까. 직업의 종류에 영향을 받기는 하겠지만, 대체로 나이가 많아질수록 고집과 편견도 깊어질 것이다. 중장년층만 되어도 청년의 생각이나 행동의 유연성을 따라갈 수 없듯이, 교장도 대체로 나이가 많으니 굳어진 생각을 바꾸기는 쉽지 않을 것이다. 하지만 남들이 바꾸기는 어려워도 스스로 바꾸려는 노력을 보이면 의외로 쉽게 바뀌게 되는 것도 진리인 듯하다.

시작이 반이라고 했으니, 입학식만 잘 치르면 학교에 반은 다닌 셈이다. 3년 내내 피땀을 쏟으면서 학교에 다녀야 졸업이 가능한 현실에 무슨 가당치도 않은 이야기냐고 할지 모르겠지만, 그만큼 시작이 중요하다는 것이다. 첫 단추를 잘 채워야 제대로 된 복장을 갖추게 되듯이, 입학식에서 갖는 마음가짐의 상태에 따라 학교생활의 성공 정도가 달라지는 것 같다. 단추야 잘못 끼우면 다시 끼울 수 있지만, 학교를 중간에 접고 다시 시작하기는 어렵다.

과거의 입학식에서는 학생은 안중에도 없고 교직원과 외부 인사만 있었던 것 같다. 애국가 제창, 교장 선생님의 환영사, 누군지도 모르는 정치인들의 축사 등으로 입학식이 이어졌다. 그리고 학교 연혁 소개, 교육과정과 학교생활 안내, 교가 등으로 학생들에게는 별 흥미를 못 가지는 것들로 입학식이 채워졌다. 학부모와 함께하는 초등학교 입학식만 해도 약간의 축제 분위기가 가미되기는 했지만, 중·고등학교로 갈수록 무미건조하고 딱딱한 분위기가 강해졌다.

좋게 봐준다면, 입학식이 그만큼 중요하다는 생각 때문에 교훈적이고 딱딱한 내용으로 채울 수밖에 없었을 것이다. 어차피 수업을 포함해서 모든 교육활동을 학교와 교사 중심으로 했던 그 시절에는 당연한 의식으로 받아들였다. 하지만 이제는 그렇지 못하다. 형식적이고 구태의연한 행사는 특별한 관심이나 즐거움을 주기는 커녕, 안 하는 것보다 못한 결과를 초래한다. 일단은 무슨 식이든 재미가 있어야 한다. 축제 같은 분위기, 감동에 젖어 드는 스토리를 원하는 세상이다.

조선시대 입학식에서는, 왕세자들도 성균관에서 입학의 예를 치렀다고 한다. 당시의 왕세자들은 높고도 귀한 존재이었기에,

그들에게 입학은 통과의례의 일종이었을 것이다. 그렇다고 장차 만인지상의 국왕이 될 존재를 염두에 두고 진행된 안하무인 격의 입학례는 아니었다. 오히려 철저하게 스승을 존경하는 제자의 위치에서 입학례가 행해졌다. 당시에는 스승의 그림자도 밟지 않는다고 했는데, 왕세자라고 예외는 아니었던가 보다.

이런 왕세자의 입학례는 신분 특권의식을 버린, 일반 백성들이 거울삼을 만한 것으로 윤리의 근본을 지킨 행위였다. 당시에는 엄숙함이 기본이었겠지만, 특권의식을 버리고 스승을 존경하는 분위기에서 치러진 입학례였다니 참 부럽기도 하다. 요즘 스승에의 존경이 땅에 떨어진 현실에서는 더욱 간절한 소망 같은 것이기도 하다. 선생님들은 그런 과거로 되돌리고 싶은 꿀떡 같은 마음을 누구에게 하소연해야 할까.

우리의 입학식도 상상을 초월하게 달라질 수는 없을까. 결혼식 풍토에서 까무러질 듯한 아이디어가 학교의 입학식에서도 나올 법한 시대가 되었다. 하지만 기본적인 예의나 목표에 너무 치중하는 입학식을 고집한다면 그런 방향으로 가기는 힘들다. 우리 세대는 어린 시절에 운동장에 서서 한 시간 넘게 교장선생님의 훈화를 들었는데, 이제 그런 것은 다 사라지고 없다.

왜 이렇게 되었는가? 재미가 없고 공감도 없기 때문이다. 입학이나 졸업식이 그들에게는 그저 또 다른 상급학교로 옮겨가는 하나의 의례적 행위에 불과하다. 입학 첫날부터, 명문대학에 입학하기 위하여 여러분들은 오늘부터 '죽었다' 생각하고 공부만 해야 한다는 훈화를 듣게 되면, 정말 따분한 일이 아니겠는가.

행복한 학교생활을 어떻게 만들어 갈 것인지에 대한 동기 유발과 그 문제 해결 방향이나 방법에 대한 것들이 아니라면, 즐거움 이라도 있어야 집중도 할 것이다.

최근까지도 구태의연한 모습으로 입학식을 진행하는 학교도 많았다. 그러나 이제는 학생을 위한 입학식이 무척 다양한 양상 으로 진행되고 있다니 참 다행이다. 학생들 호기심과 즐거움을 주는 의식이어야 한다는 것에 방점을 두고, 사물놀이나 댄스 공연을 식에 집어넣기도 하고 분위기를 확 바꾸는 이벤트를 마련하여 축제의 맛을 내는 학교도 있다.

축제 중심의 입학식은, 교직원과 외부 인사가 아닌 학생의 목소리를 담고 그들에게 즐거움을 준다. 물론 학교생활의 첫 시작 에서 목표에 대한 동기를 심어주는 일도 가볍게 해서는 안 된다. 그래서 꿈이 있는 입학식이어야 한다. 입학 전에 과제를 주거나 오리엔테이션으로 도전적인 꿈을 설정하게 하고, 입학식 날 자신의 비전을 선포하는 의식도 좋은 방법이다. 이어서 댄스나 사물놀이 등의 공연을 곁들이면, 신입생들에게 기분 좋은 출발이 될 것이다.

조선시대의 입학례가 지금과 같은 축제의 분위기였는지는 잘은 모르겠으나, 엄격한 자기 절제와 도전적인 꿈이 있었다고 어디에서 읽은 것 같다. 그런 개개인의 꿈은 누가 심어준 것도 아니었다. 독서와 사색, 명상과 체험을 통하여 스스로 만들어 낸 꿈이었다. 대체로 입신양명의 꿈이 현실적인 주제이기는 했을 것이지만, 배움을 인간의 참된 삶을 위한 기본으로 여긴 사람도 많았을 것이다.

우리 세대의 어린 시절 입학식은 의미 있는 축제였다. 부모님의 따뜻한 손길이나 어떤 누구의 축하 꽃다발을 받아 본 적이 없고, 자장면 한 그릇 못 얻어먹었어도 가슴 벅차도록 행복했던 날이었다. 이벤트도 축제도 필요 없었다. 아무도 말해주지 않은 꿈, 가슴 속에 숨겨진 꿈을 생각하는 축제의 시간이었다. 엄한 선생님도 많았고 입학식 날부터 심심찮게 혼나기도 했지만, 가슴이 쿵쾅대며 뛰어서 마음을 진정할 수 없는 행복한 시작이었다.

부모의 꿈에서 벗어나라

    내가 교사가 된 것은 어쩌면 우연이 아닌 것 같기도 하다. 60년대 후반 초등학교 재학 시절에, 담임 선생님은 출장을 가시거나 여러 업무로 교실을 잠시 비울 때면, 나에게 급우들을 가르치라고 당부하고 가시곤 했다. 물론 내가 잘 가르칠 수 있었을까만은, 담임 선생님은 어느 정도 나의 실력을 신뢰하는 것이 아니었을까 싶다. 나는 그런 기회가 올 때마다 마음에 부담은 적지 않았다. 하지만 칭찬은 고래도 춤추게 한다는 말이 있듯이, 잘한다 잘한다고 하니 더욱 잘하고 싶은 것이 어린 나의 마음이었을 것이다.

    잠시 한때이기도 했지만, 그때 가르친 경험이 흘러간 긴 세월 동안 인연의 끈으로 엮어서 지금에 이르게 된 것은 아닐까. 세상만사가 인연의 소치가 아닌 것이 뭐가 있으랴만, 육십갑자를 넘어서도록 나이 먹고 보니, 지나간 세월이 그냥 그렇게 우연히 흘러간 것은 아닌 듯하다. 나타난 결과를 거슬러 올라가서 따져 보면, 어느 지점엔가 그 원인이 있었고, 그 원인에 묶일 수밖에 없었던 것이 인연이 아닌가 싶기도 하다.

    살다 보면, 자신이 원하지 않았다고 그 결과가 피해 가는 것은 아니며, 원한다고 해서 성취할 수 있는 것도 아니라는 것을 깨닫게 된다. 그렇지만 그런 이치를 미리 알았다고 소극적이거나 체념적인 삶을 살아간다면 인생이 더욱 황폐하게 될 것이다. 그래서 알면서도 속아가며 사는 것이 인생이라고 말하는 것 같다. 결과에 연연하지 않고 피할 수 있는 만큼 피해 보고자 몸부림치면서 땀을 쏟아 보고, 현실이 되기에는 요원하다고 판단이 서지만 원하는 것을 성취해 보려고 갖은 방법과 노력을 투입해 보기도 하는 것이다.

학급 반장으로서 선생님의 부재 시간에 아이들을 조용히 시키는 자습 감독 정도에 그치는 이런 일들을, 인연이니 운명이니 하면서 거창한 의미를 갖다 붙이는 것은, 지나친 일이라고 비난을 받을 수도 있을 것이다. 하지만 이는 연기론을 찰떡같이 믿지는 않지만, 사소한 것일지라도 우연의 소산으로 취급되어 버리는 일을 싫어하는 나의 성향 탓이기도 하다. 아무튼 가르치는 추억은 그렇게 아름답게 익었다.

「우리들의 일그러진 영웅」이라는 소설에서 보듯이 그때는 학급 반장의 위력이 좀 있었던 시대였으니, 공부 잘한다는 사실만으로 곧 담임의 신뢰를 받게 되지는 않았을 것이다. 나는 급우들보다는 비교적 공부를 잘하긴 했지만, 머리가 좋거나 노력을 많이 한 결과가 아니라, 좋은 교육 환경 덕택이었을 것이라고 본다. 어쨌든 학급 반장을 계속하였고 교육자 집에서 자랐기에 후한 점수를 받기도 하였을 것이다.

당시에 나의 아버지는 초등학교 교사로 재직하고 있었는데, 대체로 선생님의 자식들이 공부를 잘한다는 총평이 있는 시대였다. 가정의 교육 환경이 많이 달랐기에 그럴 수밖에 없었을 것이다.

제3부 희망의 학교

사실 나는 성장해 가면서 교사가 되고 싶다는 생각은 별로 해 본 적이 없다. 그런데도 결국 교사가 되고 정년퇴직에 이르도록 오로지 교직에만 머물렀기에, 이는 운명적인 나의 길이 아니었을까 싶은 생각이 들지만, 평생 교직의 길을 걸어가신 아버지의 영향이 컸을 것이다.

지금은 학교마다 진로에 대한 다방면의 교육적 지도가 이루어지고 있으나, 그때는 뭐가 되어야겠다는 구체적인 목표를 가지지 못했던 것 같았다. 어른들이 하는 말씀도, 그저 훌륭한 사람이 되려면 열심히 공부해야 한다는 것뿐이었다. 그런데 어떤 사람이 훌륭한 사람인지 그 정의를 몰랐던 터라, 그게 구체적으로 무엇일까 고민해 보지도 못했다. 지금의 아이들은 나름 우리 세대보다는 명확한 이해와 판단을 근거로 자신의 진로를 열어가고 있는 것 같다.

과거의 부모들은 자기 자식이 같은 길을 걸어가는 것을 별로 원치 않았다. 이는 자기의 업에 만족하지 못해서라기보다는, 사회적으로 더 좋은 대우를 받는 직업을 가지면 좋겠다는 바람이 작용한 것으로 생각된다. 그러다 보니 부모들은 자식이 사회적 지위와 보수가 확실하게 보장된다고 생각하는 의사, 판·검사 등의 직업을 선호하게 되었고, 우리도 자라면서 그런 사람이 되라는 말만 수없이 들었다.

그러니 그 시대 부모들은 자식의 직업에 대한 확실한 철학과 방향을 가지고 있지는 못했지만, 살면서 지켜보고 경험한 사실을 바탕으로 막연한 희망은 있었던 것 같다. 자식은 3남 2녀 정도

두기를 원하는 것 같았다. 그리고 아들에게 기대하는 직업은, 첫째 아들은 권력 있는 법조인, 둘째는 돈 잘 버는 장사꾼, 셋째는 사회적 존경을 받으면서 노년의 질병을 책임지는 의사 등이 아니었나 싶다. 딸들에게 거는 기대도 컸을 것이지만, 시집을 잘 가야만 된다는 생각이 첫 번째 희망이 아니었을까.

내 아버지의 꿈도 다르지 않았다. 아버지의 자식에 대한 기대도 당시의 부모들이 갖는 희망 패턴 그대로였다. 딸 아들 차별을 두고 키우지는 않았지만, 나름 아들의 직업에 관한 가치관과 욕심은 분명했던 것 같다. 물론 아버지의 그런 꿈을 세 아들이 흡족하게 이루어 주지는 못했지만, 나름 고향 마을에서는 자식 농사를 잘 지었다는 칭찬이 자자하였다.

나는 둘째 아들이니 돈 잘 버는 장사꾼의 길을 걸었어야 기승전결이 맞아 들어가는데, 그러지 못했다. 고교 시절에 턱도 없는 일에 방황하고 다니느라 공부가 뒷받침되지 못했기 때문이다. 고교를 졸업하던 해에 전기 대학 지원 학과는 경영학과였다. 거기에서 실패하고 후기 대학에도 경영학과에 응시했는데 역시 낙방이었다. 본고사를 치른 직후 합격의 기대감이 컸는데, 결과는 낙방이라는 쓴잔을 마셔야 했다. 그해에 유독 경영학과의 경쟁률이 높았던 것으로 드러났다.

그 이후에 보따리를 싸서 서울에 입성하였다. 서울은 상상할 수 없는 참으로 멋진 곳이었다. 그러나 대학 입시를 준비하는 재수생의 길로 들어섰기에 멋진 생활을 누리기는커녕 학원가와 독서실을 전전해야 했다. 그 해 열심히 공부하여 성적은 많이 향상되었으나 경영학과 입학에 또 실패했다. 경영학과를 졸업한 후 돈 잘 버는 장사꾼이 되는 것은 내 운명이 아니었던 모양이다. 하는 수 없이 후기 대학에는 국어교육과로 진학하였다. 중학교 시절에 글짓기 대상은 대부분 내 차지였고, 고교 시절에도 글 쓰는 것을 좋아했다. '소(牛)보다 소(笑)가 더 좋다.'라는 내 첫 번째 수필집에서 고백한 대로, 내 인생을 예감한 교감 선생님의 칭찬과 기대가 결국은 숙명이었던 것일까.

아버지는 젊은 교사 시절에 언제나 교육자의 긍지를 잊지 않고 열심히 일하고 만족하면서 지냈는데, 시간이 흘러 교장으로 승진할 즈음에는 좀 어려움을 겪었다고 하셨다. 옛날에는 교육청의 갑질은 상상 이상이었다고 한다. 장학사들이 휘둘러대는 무소불위의 권력에 충성하지 않으면 미운털이 박히고, 결국 승진도 포기해야만 했던 것 같다. 물론 지금은 어림도 없는 일이다. 갑질은 커녕 학교를 지원하는 봉사직일 뿐이다. 물론 아직도 정신을 못 차리는 장학사가 없는 것은 아니지만 말이다.

나는 교사로 재직하다 중견의 나이에 전문직 시험을 통과하여 장학사가 되었다. 아버지는 자신이 받은 핍박에 보상이라도 받는 듯이, 세상일 무엇보다 큰 기쁨을 표현하셨다. 나 자신은 그 시험이 어려운 관문이 아니었다고 생각하는데, 아버지의 오래전 경험에는 보통의 힘으로는 안 되는 것이라는 인식이 들어 있는 것 같았다. 물론 내가 장학사가 되고 활동한 시절의 그것에 대한 역할과 위상은, 아버지의 경험 속에 박힌 과거의 기억과는 전혀 다른 차원이다.

세상의 어느 부모라도 자식의 성공을 가장 기쁘고 행복한 일로 여길 것이다. 나도 그것에 예외는 아니다. 그러니 부모가 자식들에게 열정을 쏟아 무엇을 이루고자 한다고, 그 누구도 손가락질하기는 쉽지 않다. 하지만 그것이 부모의 행복으로 끝나서는 안 되는 것이다. 다행히 부모와 자식 간에 행복의 법칙이 일치한다면 더할 나위 없이 좋을 것이다. 그러나 과거에는 부모와 희망 법칙이 통했을 수도 있으나, 요즘 시대에는 어림도 없는 일이 아닌가 싶다.

　　최근에는 부모들의 인식이 많이 달라져 가는 것 같다. 먹고사는 일에 큰 흔들림이 없는 안정된 직업을 선호하지만, 자녀들이 하고 싶은 일을 하도록 믿고 지원하는 부모들도 많아지고 있다. 재물이나 명예가 얼굴에 웃음기를 지우고, 권력이 패가망신의 길로 마감하는 사례를 많이 보았기 때문일 것이다. 하지만 불나방처럼 맹렬한 기세로 남들이 좋다고 하는 목표를 이루었지만, 그것이 자기의 행복과 큰 관계가 없다는 깨달음이 더 큰 이유가 아닐까 싶다.

　　이제는 소소하지만 확실한 행복을 보장해 주는 소확행을 인생의 가장 중요한 기준으로 삼는 시대인 것 같다. 부모 세대는 얼마 전까지는 그것에 관심을 두지 않았지만, 이제는 조금씩 가치를 인정하기 시작한 것 같다. 전문 분야에서 크게 성공한 장인(匠人)조차도 대를 이어 힘들고 어려운 일을 물려주려고 하기보다는, 편하고 즐겁게 살 수 있는 길로 자식들이 걸어가기를 바라는 듯하다.

명예나 가문의 영광을 얻게 되었는지 몰라도, 지난 세월 동안 배고프고 힘든 길을 견뎌야만 했을 것이다. 그리고 자신은 비록 성공하였다고 해도, 자식은 더 성공한 삶을 이루고 누릴 수 있기를 바랄 것이다. 그런데 그런 소망이 이루어지기에는 사회적 상황이 녹록하지 않다. 부모의 기대에 부합하는 성공의 반열에 오르기는커녕, 일반 취직마저도 쉽지 않은 시대이기 때문이다. 그러다 보니 최근 부모의 가업을 이으려는 자식들이 많아지고 있다고 한다.

장인 정신은 예술 분야에만 요구되는 것이 아니다. 무슨 일이라도 진정 성공하려면 그것에 맞는 장인 정신을 가져야 한다. 그러니 부모의 가업을 잇고서, 장인 정신은 버리고 실리에만 주판알을 튕기면 망하는 지름길을 걷게 된다. 그것은 말이 좋아 가업의 계승이지, 부모의 성공에 무임승차를 하거나 캥거루족 같이 안일한 품속에 도피하는 일이다. 부모의 꿈에서 과감하게 벗어나 자신의 꿈을 이루려는 준비와 노력만이 진정한 행복의 맛을 보여 줄 것이다. 잘 보이지 않는다고 앞길이 없다고 말한다면, 패배자의 한심스러운 푸념이 될 뿐이다.

이제는 운명이건 부모의 바람이건, 그것에 맞게 꿈을 설계하는 시대는 아니다. 부모의 꿈과 자식의 꿈이 일치할 수는 있지만, 그것도 어디까지나 자식들이 자신의 꿈을 설계하고 만들어 가면서 생겨난 결과일 뿐이다. 부모들이 자식을 통하여 자기의 꿈을 성취하는 맛을 보고, 그것에 터를 두고 행복을 누리고자 하는 일이 무어 그리 부당한 것이겠는가.

하지만 부모의 꿈과 자식의 꿈이 다르고, 부모가 꿈을 설계하고 그 길로 밀어붙인다고 해서 자식들이 따르게 되는 것은 아니다. 그러니 부모는 자식이 스스로 목표를 잡고 이루어나가는 과정을 지켜보는 행복에 만족하는 것이 좋을 것이다. 다만 꿈을 잘 설계하도록 안내하고 그것의 실현을 위하여 조용히 지원하는 일이 서로의 행복한 위한 길이라 생각한다.

갓 태어난 아이에게 묻는다면, 그들은 세상이 즐겁고 행복한 일로 가득할 것을 기대하면서 이 세상에 나왔노라고 대답하지 않을까. 어차피 부모들도 그런 세상을 만들려고 마음먹고 있으며, 자신들의 행복보다는 자식의 행복을 더 앞세우며 살아오지 않았던가. 결과가 조금 늦어질지는 모르지만, 여유를 가지고 기다려 주는 것이 좋은 자세다. 우리 학생들도 정해진 부모의 꿈으로 직진하기보다는, 자신의 끼와 꿈을 향하여 과감하게 직진하는 용기를 가졌으면 싶다.

잘 놀아야 공부도 잘한다

'인간은 무엇을 위해서 사는 것일까'하고 고민해 보지 않는 사람은 거의 없을 것이다. 그렇지만 그 고민을 금방 잊어버리고서 사는 것이 또한 인간이다. 물론 근원적인 문제까지 파헤치고 싶은 사람은 성직자의 길을 걷기도 하겠지만, 모두가 공감하는 정답을 찾아내기는 쉽지 않을 것이다. 득도도 번뇌도 어차피 개인의 것이다. 저마다 세상에 적응하는 양상이 다르고, 삶의 가치를 유형화하거나 평가하기도 어렵기 때문이다. 더욱이 세상사가 자신의 의지대로 되는 것도 아니다.

세상에 태어나는 일은 자신의 선택이 불가하다. 그러므로 어떤 배경에서 태어났느냐에 따라서 개인의 삶은 천차만별일 수 있다. 물론 후천적 노력으로 주어진 여건을 헤치고 나갈 수는 있겠지만, 입에 단내가 나도록 뛰어도 쉽지 않은 일이 너무 많다. 요즘 세상이 부와 권력의 불평등으로 계층 간의 갈등이 심해질 대로 심해진 형편이라 더욱 그렇다. 옛날에는 개천에서 미꾸라지도 살고 용도 나는 시대였으나, 요즘은 미꾸라지가 살아갈 개천조차도 없는 듯하다.

이런 현상이 누구 때문이라고 딱 잘라서 말하기는 어렵다. 사회전반에 두루 퍼진 총체적인 불평등과 불합리의 탓일 것이다. 교육에 몸담고 있지 않은 친구들을 만나면, 학교가 애들을 잘못 가르쳐서 그렇다고 말하기도 한다. 물론 농담일 수도 있겠지만, 애먼 화살을 교육의 책임으로만 돌릴 수는 없지 않을까. 옛날에는 자식을 가르치려고 봇짐 싸 들고 가서, 죽이 되든 밥이 되든 학교나 스승에게 맡기는 시대였다. 그랬으니, 그 권위나 위엄이 절대적으로 살아있었다. 하지만 지금의 학교는 위엄은커녕 정당한 권한조차도 인정받지 못하고 있다. 그래서 선생님들이 소신껏 가르치기도 어렵다.

이런 일들은 사회 구석구석에서 일어나지만, 학교는 다른 곳보다 더욱 심한 편이다. 입시라는 포기할 수 없는 경쟁이 도를 넘어서고 있어서 그런 것 같다. 학교는 대학 등 상급학교 진학을 위한 입시 기관이 아니다. 전인적인 교육에 더 방점을 두어야 하고, 그래야만 존재 이유도 성립되는 것이다. 하지만 입시 제도가 교육의 방향을 왜곡된 방향으로 끌어가고 있어도, 현실적인 이유로 학교가 입시 교육을 포기할 수는 없는 노릇이니 안타까운 일이다.

잘 노는 사람이 일도 잘한다. 직장에서 흔히 들을 수 있는 말이지만, 학교에서도 통하는 말이다. 훌륭한 사람으로 키우려면 아이들이 잘 놀게 해야 한다. 노는 일이라면 어른들도 신나는 것 아닌가. 아이들이라고, 12년 내내 참으면서 재미도 없는 책만 붙잡게 해서는 안 되지 싶다. 하고 싶은 일 실컷 하면서도 때로는 빈둥빈둥 대며 살고 싶은 것이 인간이다. 밤새도록 책 읽기 좋아하는 사람도 있겠지만, 다수는 '놀아라.' 하는 말에 가장 기뻐할 것이다.

나는 어린 시절에 깊은 산골에 살았기에 과외나 학원 뺑뺑이 이런 것은 전혀 경험해 보지 못했다. 당시에는 도시에서 살았던 아이들도 마찬가지였을 것이다. 학교를 파하고 집으로 돌아와 어머니 주변을 맴돌고 있으면, '방에 들어가 공부해라.'하는 말보다도 '얘야, 밖에 나가 놀아라.'라는 말을 더 많이 들었던 것 같다. 산길을 돌아서 귀가하는 길에 놀거리가 많아, 동네가 까맣게 어둠에 물들어야 집에 도착해서 빗자루 몽둥이에 혼난 적도 많았지만 말이다.

요즘은 아파트 인근 공원이나 놀이터에서 학생들이 노는 모습을 보기가 어렵다. 농구장에서 땀을 뻘뻘 흘리면서 서로 엉켜 뛰어다니거나, 축구를 끝낸 뒤 수돗물로 머리를 감고 서로 등목을 해주거나, 자전거를 함께 타면서 즐거워하는 모습을 보고 싶다. 공원 벤치에 앉아서 낄낄거리거나 박장대소하는 아이들도 보고 싶다. 그들은 모두 어디로 갔을까. 당연히 학원으로 갔거나 독서실로 갔을 것이다. 옛날의 부모들처럼 아이들을 놀이터로 내모는 일이 일어났으면 정말 좋겠다.

어림 반 푼어치도 없는 일이니, 희망을 기대하는 것은 환상일 뿐이다. 자녀들 관리에 극성스럽지 않은 부모조차도 분 단위로 끊어서 아이들의 스케줄을 관리하기에 그러할 여력이 없을 것이다. 하지만 아이들은 부모의 통제에서 벗어나 세월없이 놀아보았으면 하는 소망이 있을 것이다. 우리 어릴 적에는 배는 좀 고팠어도 신명 나게 놀 수는 있었는데, 지금 아이들은 그렇지 못하니 참 안됐다는 생각이 든다.

이제 '나가 놀아라.'라는 말은 듣기가 힘들 뿐만 아니라, 아예 없어진 말이 된 것 같다. 틈나면 '먹어라', '공부해라', '학원 시간 늦지 마라'가 전부다. 학원 친구가 아니면 친구도 없고, 친구가 있어도 같이 놀아주는 친구는 더욱 없다. 그러니 아이러니하게도 '학원 가서 놀아라'라고 하는 말이 아이들에게는 무슨 큰 자유라도 선물하는 일이 된 것이다.

이제는 '놀아라.'해도 아이들이 놀지를 못한다. 무엇을 어떻게 하고 놀아야 하는지, 노는 법을 모른다. 생각해 보라. 우리 세대는 골목이 깜깜해지도록 노는 법을 스스로 얼마나 많이 터득했었는지. 지금 아이들은 놀려고 해도 같이 놀아줄 친구가 없으니 밖으로 나가지도 않고, 친구들과 만나도 관심사가 다르니 재미가 없다고 한다. 그러니 결국 방에서 게임에 몰입하게 된다. 게임도 필요하지만, 문제는 이것이 유일한 노는 법이라는 것이다.

우리 시대에는 컴퓨터나 휴대전화가 없었지만, 만화방이 줄줄이 있어서 그곳에서 시간을 많이 보내기도 하였다. 매일 늦게까지 만화방에 죽치는 아이도 있었으나, 그것이 노는 유일한 방법은 아니었다. 그리고 만화방에는 혼자 가는 경우는 거의 드물었다. 친구들과 몰려가서 웃고 낄낄거리고 장난치다 경고를 받아도 또 장난치고 놀았다. 온라인상에서 만나 같이 게임을 즐기는 오늘날 아이들의 문화와는 차원이 달랐다.

학생이라는 신분을 유지하고 있으면 주어지는 혜택이 많다. 사고를 좀 쳐도 관용을 베풀어 주고, 돈을 벌지 않아도 나라가 챙겨주는 덕분에 어느 정도는 버틸 수 있다. 심지어 부모에게 갑질해도 용서하고 이해하는 사회다. 하지만 정말로 좋은 것은 '방학'이라는 빈둥거릴 시간이 있다는 것이다. 주5일제 수업을 한다니까 모두 기뻐하다가, 방학이 짧아진다고 하니, 이거 아닌데 하는 교사와 학생이 많았다고 한다.

우리 세대들은 단순한 지식을 주입식 교육으로 받았어도 대한민국을 세계적으로 앞서가는 창의성의 나라로 올려놓았다. 이런 성과는 무엇 때문이었을까. 바로 신나게 놀면서 어린 시절을 보냈기 때문이다. 많이 놀아야 창의성도 생긴다. 재미있게 노는 방법을 이리저리 궁리하니 창의성이 커지고, 여러 놀이를 섞어서 또 다른 놀이로 만들고 이합집산을 자유롭게 하다 보니, 융합적 사고까지 키우게 된 것이다.

놀이기구만 우리 손으로 만든 것이 아니라, 놀이 방법이나 규칙도 스스로 만들면서 놀았다. 그랬으니 창의성이 자라지 않을 수 있었겠는가. 자연 속에 흠뻑 젖고 함께 뒹굴며 즐겼으니, 예술가가 배출되지 않고서는 못 배기는 현실 아니었겠는가. 남녀노소를 따지지 않고 더불어 놀았으니, 소통과 협업의 정신을 배울 수 있었다. 굶어도 같이 굶고, 보리밥이라도 먹게 되면 한 숟가락도 나누어 먹었으니, 서로에게 베풀 줄 아는 미덕을 체득하고 상대적인 박탈감을 느끼지 않게 해 주었다.

궁하면 통한다는 말이 있다. 빈둥빈둥 놀더라도 놀아야만 무슨 궁리가 가능하다. 밤새도록 수학 문제 수십 번 풀고 화장실에서 영어 단어 외우느라고 온통 법석을 떤다면, 학교의 성적이야 좀 향상될지 모르겠지만, 미래의 비전을 열어갈 능력을 갖추기는 어렵다. 그러나 빈둥거릴 시간을 주면 진짜 잘 노는 법도 궁리하게 될 것이다. 그래야 곁에 사람이 몰려들고 기발한 아이디어도 얻을 수 있다. 또한 철학과 미술과 음악에 관심이 넓고 깊어질 것이다.

아이 하나를 키우는 데는 온 동네가 필요하다는 아프리카 속담은 이제 진부하다. 너무나 당연한 사실을 반복해서 강조하는 꼴이기 때문이다. 이제는 말하지 않아도, 마을을 통할하는 지방자치단체가 지나치다고 할 정도로 아이들을 위한 시설을 갖추고 다양한 프로그램도 운영한다. 학교에만 의존하던 교육을 이제 일정 부분 지자체가 담당하고 나선 것이다.

주중과 학기 중에는 학교가 온갖 정성과 사랑으로 공교육을 살리기 위하여 애써야 하지만, 주말이나 방학 중에는 가정이나 지역사회가 아이들을 직접 맡아야 한다. 주말에는 교사도 쉬어야 한다. 그래야 새로운 에너지가 보충되고 자기 계발도 가능해져 창의적인 발상을 토대로 한 수업도 이루어질 수 있다. 더욱이 학생들에게 삶의 롤모델이 되어야 하기에, 자기 수양과 다양한 체험 기회도 필요하다고 하겠다.

세월의 흐름을 누구도 막지 못하듯이 변화의 흐름도 막을 수가 없다. 시대에 맞추어 학교도 휴일에는 대부분의 교육활동을 멈추었다. 그런데 그것이 아이들에게 정말 필요한 여유와 쉼이 아니라, 경쟁이 더 치열한 곳으로 자리를 옮긴 것에 불과하였다. 휴일에도 쉬지 않고 학원과 독서실에서 열심히 공부하겠다는 것에 시비를 거는 것은 아니지만, 주말에는 공부도 쉬어야 하지 않을까.

　　　　　　　　　제3부 희망의 학교

이제 공부의 개념도 바뀌어 가고 있다. 문제 풀이 능력보다 창의력, 소통과 협업 능력을 길러주는 것이 진정한 의미의 공부가 되었다. 따라서 미래사회에 필요한 인재의 조건도 달라졌다. 의미와 공감, 놀이와 디자인, 조화와 통합의 능력이 주요 조건이 되었고, 상상과 융합, 통찰과 메이커, 협력과 도전 등이 주요 방법이 되었다. 이런 능력을 기르기 위해 아이들을 학원으로 보내는 부모는 없을 것이다. 그러니 최소한 주말이라도 이런 능력을 기르기에 힘을 보태야 하지 않을까.

다행히 교사들은 주말에 학교 일에서 벗어나 자기 일을 즐기는 여유를 찾았다. 창의적인 수업 구상도 하고 자기 자식도 돌볼 수 있게 되었다. 취미나 체험의 시간도 가지게 되었다. 이렇게 되었다고 모든 교사가 평일에 전과 다른 열정을 보이는 것은 아닐 수 있겠지만, 당연히 필요한 일이다. 주말 여유도 있는데 방학까지 실컷 논다며 배 아파하는 사람도 있겠지만, 내 자식들을 위한 것이니 배가 아파도 참아야 한다.

주말이 되면, 아이들을 학원으로 뺑뺑이 돌릴 것이 아니라, 체험과 봉사, 취미 생활로 더 넓은 세계에 대한 안목을 갖도록 하는 휴일 문화를 만들어야 한다. 부모들이 한 번이라도 자신의 인생을 곰곰이 뒤돌아보면, 자녀들에게 강요하는 일들이 허망하고 쓸데없는 욕심이라는 것을 알게 될 것이다. 자녀들이 스스로 공부의 노예가 되어가더라도 부모들이 막아서야 할 것이다.

휴일을 부모와 같이 즐긴다면, 더없이 좋은 산 교육이 된다. 스포츠도 그렇고 취미 활동이나 여행, 봉사와 체험 활동도 그렇다.

그런 활동을 함께 함으로써 미래 역량을 갖추는 것은 물론이거니와 부모와 자식 간의 관계도 훨씬 좋아질 것이다. 또 다른 활동은 좋은 책을 함께 읽는 습관을 들이는 일이다. 지금은 마을마다 작은 도서관이 만들어지고 있으니 여건도 좋은 셈이다. 자치구청 등도 도서관과 각종 체험 시설, 봉사활동과 체육활동, 창의적인 활동을 자유롭게 할 수 있는 공간과 여건을 갖추도록 통 큰 지원을 해야만 한다.

우리나라 부모와 자식 간의 기존 문화로 미루어 볼 때 그러한 모습을 당장 기대하기는 어렵겠지만, 이는 반드시 가야만 할 길이다. 공부하는 습관도 간섭과 통제에서 생기는 것이 아니라, 이를 바탕으로 스스로 터득해 가는 것이다. 삶의 지혜나 행복은 교과서에서 나오는 것이 아니라, 서로의 관계에서 만들어지는 것이다. 부모와 자식 간에 서로가 닮고 싶은 모델이 된다면 금상첨화일 것이다.

자녀교육에는 왕도가 없다

　불가의 어느 고승의 선문답에 나오는 말이다. '세상에서 무엇이 가장 귀하고 값진 것입니까?'라고 물었더니, '죽은 새끼 고양이 대가리가 가장 귀하다'라고 해서 그 이유를 물었더니, '아무도 값을 매기는 사람이 없기 때문'이라는 이야기가 있다. 감히 값을 매길 수 없는 물건, 이는 세속에서 구별 짓는 귀천의 잣대를 넘어서는 절대적 값을 상징한다. 싸거나 비싼 가격으로 구별할 수 없는 죽은 고양이 대가리는, 인간의 생각과 분별이 미치지 못하는 세속을 초탈한 세계다.

　불가에서는 귀하고 천한 것이 없고 개도 불성을 지녔다고 한다. 우주 만물이 모두 평등하고 소중한 것이라는 뜻이다. 귀하고 천하다는 생각은 인간의 어느 한쪽 편견에서 비롯된 것이다. 그런데 편견은 욕심에서 생겨나므로, 욕심을 버리면 '옳다 그르다, 이것이다 저것이다'하는 이분법적인 사고로 빚어지는 불행한 판단은 존재하지 않게 된다. 공즉시색(空卽是色)으로 천한 것이 곧 귀한 것이기도 하다.

　이런 욕심은 세속의 사람에게도 예외가 아니며, 특히 우리의 자녀교육 현실에서 많이 볼 수 있다. 대체로 부모들은 자기 자식을 독립된 존엄과 인권을 가진 존재로 보는 것이 아니라, 자기 마음대로 조종할 수 있는 소유물로 생각하는 경향이 있다. 이런 편견의 가치관과 소유욕이 결과적으로 아이들을 불행의 늪으로 몰아넣게 되는 경우가 많다.

부모들은 자식이 공부 잘하고 좋은 대학 나오고 좋은 직장 차지하는 경쟁의 굴레 속에서 한순간도 뛰쳐나올 수 없도록 삼엄하게 경계한다. 뱃속의 태아도 하늘이 내린 귀한 생명으로 여기는데, 이 세상에 울음소리로 신고한 아이들을 꼭두각시로 만들어서는 안 되는 일이 아닐까. 부모들이 사용하기 좋아하는, '튼튼하게만 자라다오'라는 말은 본심을 숨기는 거짓 치장일 뿐이지 싶다. 아이들의 행복을 생각한다면, 이렇게 혹독한 굴레를 씌워서는 안 된다.

공부 좀 잘하는 것이 행복한 삶을 살아가는 보증서는 아니라는 것을 부모들 자신들도 잘 알고 있다. 학창 시절의 범털이 늘그막까지 행복이라는 든든한 동아줄을 거머쥘 수 있도록 세상이 호락호락하게 내버려 두지만은 않는다. 설령 명문대학을 졸업한 자식이 폼잡고 살아갈 확률이 좀 높다고 하더라도, 태어나서부터 30년 이상 자녀들을 비인간적인 제도와 경쟁 속에 몰아넣는 일이 과연 온당한 일일까. 세상사 중에 문제 푸는 일이 가장 재미있고 행복하다는 아이들에게는 그럴 수도 있겠지만 말이다.

부처님이 비구들에게 법을 설하기를, 인간으로 태어나기 위해서는 눈먼 거북이가 백 년에 한 번 물 위로 떠 오르는 순간, 바다를 떠다니는 작은 나무판에 난 하나의 구멍 속으로 목을 내밀 수 있게 되는 것과 같은 영겁의 세월이 필요하다고 했다. 여기서 영겁의 '겁'은 천 년에 한 번씩 떨어지는 물방울이 큰 바위에 구멍을 내거나, 백 년에 한 번씩 하늘에서 내려오는 선녀의 치맛자락에 바위가 모두 닳아 없어지는 데 걸리는 시간이라고 한다. 그러므로 영겁은 겁이 영원히 계속된다는 뜻이니, 이는 결국 인간으로 태어난다는 것이 불가능에 가까울 정도로 어렵다는 것을 말해 주는 것이다.

위에서 든 죽은 새끼 고양이의 선문답대로 우리 아이들에게 값을 매겨서는 안 된다. 물건이 아니므로 값을 매길 수도 없다. 값을 매길 수 있다손 치더라도, 언제 어떻게 제값을 할지 모르는 아이들이다. 만물이 다 귀한 존재인데, 인간은 하늘이 부여한 인격을 가지고 태어났으니 더욱 귀한 존재다. 그러므로 부모나 교사, 국가 그 누구도 그들이 추구하는 행복한 삶을 방해할 권리도 권한도 없다.

한때 학생인권조례를 제정할 것인지에 대한 공방이 치열했다. 이제는 학생들의 인권이 법으로 보장되는 수준을 넘어서서 생활의 모든 영역 면에서 실질적으로 보장되고 있다. 하지만 아이들의 인권이 아직도 보장되지 못하는 곳이 있다. 바로 가족이라는 이름의 집단이다. 여기는 자녀의 인권보다는 아직도 부모의 권리가 더 위세를 부리는 곳이다. 물론 이제는 대다수 가정에서 아이들의 개성을 이해하고 인권을 존중하는 가족 문화를 만들어 가고는 있다지만, 제대로 실천하지 않는 가정도 많다고 한다.

부모와 자식과의 관계는 떼어둘 수 없는 천륜의 관계로만 생각하는 것이 그간의 통념이다. 그러나 오늘날 사회에 나타나는 패륜적인 현상들을 보면, 이제는 반드시 그렇지만도 않은 것 같다. 따라서 부모들은 내 배 아파서 낳은 자식이니 내 것이라는 잘못된 착각에서 벗어나야 하지 않을까 싶다. 물론 부모들이 처음부터 아이들을 소유물로 보고 밀어붙이는 것은 아니겠지만, 아이들이 독립된 인간으로서 존엄과 개성을 추구할 권리를 무시당해 온 것은 엄연한 사실이다. 그런 슬픈 현상이 부모의 착각이나 환상만으로 빚어진 결과는 아니겠지만, 아이들의 의지와는 다른 부모의 욕심 때문에 일어나는 최소한의 결과라는 생각이 든다.

학교 현장에서조차도 학생들을 함부로 다루는 사례가 아직도 빈번히 발생하고 있다고 한다. 일부 교사의 문제이기는 하겠지만 폭행과 욕설, 부당한 지시와 강압 등, 과거와 같은 지도 방식을 버리지 못한 결과일 것이다. 물론 새로운 패러다임 적응에 현실적인 많은 어려움이 따를 것이고, 특히 학교에서 인간교육이라는 이름으로 행해지는 지도가 일반 사회 조직의 그것과 같을 수는 없을 것이다. 하지만 교육이라는 이름으로 행해지는 교사의 지도라고 해도 그런 것들은 금지되어야 하고, 그에 상응하는 책임도 당연히 져야만 한다.

절이 싫으면 중이 떠나면 되고, 중이 잘못하면 절이 내칠 수도 있듯이, 일반 사회나 조직에서는 필요에 따라 유연하거나 단호한 결정을 내릴 수 있지만, 학교는 그렇지 못하다. 의무교육이라는 틀에서 학교와 아이들 모두는 자유롭지 못하기 때문이다. 잘못된 부분을 과감하게 도려낼 수도 있는 극약 처방도 어렵고 일벌백계는 사전에서 지워야 한다. 오롯이 한 아이도 포기하지 않은 학교를 만들어야 한다.

교사는 감정이 없는 돌덩이 같은 무기체가 아니다. 그렇기에 교육 원론이나 목표가 그렇다고 해도, 자신에게 학생들이 무례하고 굴고 정당한 지시를 무시하는 행동을 그냥 보아 넘길 수는 없다. 심지어 학생이 교사들에게 폭언과 폭행을 일삼고, 선의를 가지고 차분하고 진실하게 그들을 대해도, 망신살에 가까운 행동을 서슴없이 하기도 한다. 물론 학교에 그런 문제를 해결하는 매뉴얼이 없는 것은 아니지만, 실효성 있는 대응책이 못 되는 경우가 많다.

안방에 가면 시어머니 말이, 부엌에 가면 며느리 말이 옳은 법이다. 각자가 향하는 시선의 방향이 다르기 때문이다. 학교에서도 역지사지해 보면, 그런 현상에 대한 아이들의 항변에 이유가 없는 것은 아니다. 소통 없는 강압으로 교육을 해 왔던 지난 시절, 아이들은 자주 많이 아팠을 것이다. 강아지처럼 말 잘 듣거나 들판에 널린 야생초처럼 밟아도 잘 자라나는 녀석들조차도 절망한 적이 한두 번이 아니었을 것이다.

우리 교사들이 제도나 여건 타령만 하면서 과거의 교사 중심주의적인 사고에서 벗어나지 못한다면, 아이들을 행복한 미래 광장으로 이끌기는 영영 어렵게 될 것이다. 생각을 바꾸면 오히려 마음은 편안해진다. 고압적인 자세를 버리고 아이들의 속마음을 읽고 진정으로 대화하면, 거칠게 대응하는 아이들도 행동을 바꿀 것이다. 설득하고 교육하려는 태도를 앞세우기보다는, 그들과 같은 눈높이를 유지하면서 자연스럽게 교사의 정성에 녹아들도록 하면 될 것이다 누구에게나 개과천선은 쉬운 일이 아니니 성급하게 결과를 보려 하면 더욱 어려워질 뿐이다. 기다려 주고 참아주는 인내가 필요하다. 때로 아이들의 황당하거나 불손한 태도에 맞닥뜨리면, 교사는 그간의 인내에 절망하면서 포기해 버리고 싶겠지만, 그 순간을 잘 참아 낼 필요가 있다. 세상사 서운하고 원망스러운 일이 어디 학교에서만 일어나는 일일까.

　학술적 탐구의 범주를 벗어나서, 현실 속에서 살아가는 인간이란 존재를 합리적으로 설명하기는 쉽지 않을 것이다. 사람이 처음 세상에 얼굴을 내미는 그 순간에는, 자연성을 가진 존재로서 때 묻지 않은 원석으로 보호를 받지만, 얼마 지나지 않아서는 사회적 존재로서 책임을 감당해야 하며, 그것을 위해서 필요한 보호색의 옷으로 갈아입어야 한다. 그렇다면 굳이 성선설이니 성악설이니 하는 맹자와 순자의 사상으로 무장하고 대립적인 논쟁을 할 필요가 없지 않을까.

　인간이 사회적 생존에 열중하다 보면, 자연의 법칙에 순응해야 하는 존재 자체의 행동 양식을 망각하고, 괴물과 같은 모습으로 변해가기도 한다. 그러나 때가 되면 잘못된 길에서 스스로 걸어 나와서 참 본성을 되찾게 되는 것만 같다. 삶의 전반부에 시종일관 부모의 바람대로 성장해 나가는 아이들의 모습은, 부모들에게 대견스럽고 자랑스러운 일이 될 것이나, 인생이란 그것으로 끝이 아니다. 인생은 길고 복잡한 미로의 연속이다.

　욕심에 기반한 시원한 결과만을 보려고 너무 성급하게 일사불란한 행동만을 요구하다 보면, 오히려 상처투성이의 삶이 어느새 현실 속에 들어서게 된다. 그리고 절망의 늪에 빠지기 전까지는 이를 알지 못하고 되돌릴 수도 없게 된다. 세상의 어떠한 현실도 최선은 아니다. 적절한 동기를 불러내는 욕심 아닌 격려가 필요하다. 물론 현실을 도외시하고 세상의 변화에 민감하게 대처하지 않으면 생존마저 위태로울 수도 있다. 하지만 자연성의 원리에 따라서 회복되고 성장한다는 믿음을 가지면, 아이들도 그렇게 자랄 것이다.

나는 어릴 적에 머리에 생긴 버짐으로 고생을 많이 했다. 버짐은 백선균에 의하여 일어나는 피부병인데, 머리에 생겨나면 두부백선이라 불린다. 이 두부 버짐은 환자와의 직접 접촉에서 전염되지만, 이발소에서 머리 깎는 기구인 바리캉을 통해 전염되기도 하였다. 그래서 기계충이라고도 불렀다. 주로 남자아이들의 머리를 바리캉으로 빡빡 밀었으니, 여자아이보다 더 많이 걸렸다. 기계충에 걸리면 진물이 나고 가려워 참기 어려웠는데, 심하면 머리카락이 듬성듬성 빠지기도 했다.

우리 세대는 얼굴을 가득 채운 마른버짐과 머리에 생기는 기계충에 대다수 시달렸다. 지금은 위생 상태가 청결해서 두부백선은 거의 없고, 다른 피부에 생겨나더라도 각종 치료제가 있어서 별로 문제가 안 되지만, 당시에는 치료가 상당히 어려웠다. 형편이 좀 되는 가정에서는 고약이라는 것을 바르기도 했으나, 대부분 무슨 식물의 즙을 바르거나 심지어 된장을 바르기도 했다.

약이든 민간요법이든 오랫동안 치료받아야 하고 나아도 머리에는 흉터가 군데군데 남는다. 초등학생 시절은 긴 머리카락

덕분으로 흉함을 보이지 않고 지나갔지만, 문제는 중·고등학생 시절이었다. 그때는 출가승에 버금가는 까까머리 신세였으니, 그 험악한 흉터가 다 드러나게 된 것이다. 한창 민감한 사춘기에 그런 두상을 드러내놓고 학교를 6년 동안 다녀야 했으니, 경험해 보지 못한 사람들은 그 심정을 이해하지 못한다.

학교가 단 3센티라도 머리털을 기르는 것을 허용했다면, 숨고 싶도록 부끄러운 흉터 때문에 중·고 시절 6년 동안 자괴감과 놀림감에 뒤범벅이 된 채 기죽어 학교에 다니는 일은 없었을 것이다. 교육 당국이 그런 아이들의 마음을 눈치채지 못하지는 않았을 것이지만, 사회의 일상이 만들어 놓은 경직된 고정 관념에서 벗어나고자 하는 노력이나 융통성도 없었다.

학교에서도 위에서 내려오는 지시에 따라야만 했을 것이기에, 아이들의 인권은 차치하고라도 기본적인 적응조차 염두에 두지 못했을 것이다. 말도 안 되는 규정을 정해놓고 강요한 당시의 학교 생활을 회상해 보니, 정말 가슴이 쓰라려 온다. 제국주의의 잔재와 유신 독재의 유지를 위해 강요한 통제 수단이었는지 모르겠으나, 그런 장벽을 감당하는 고초는 이루 말할 수 없었다.

우리 만담에 '안 된다, 아 된다, 된다'하는 우스갯소리가 있다. 머리를 길러도 '된다'라는 생각을 거듭거듭 했더라면, 개성적 용모와 복장의 자유를 통해 자신감도 키울 수 있었을 것이다. 견고한 진실의 벽처럼 믿었던 것들이 억압과 구속을 위한 위장막이었다는 사실을 알게 되는 데에는 많은 세월이 필요하지 않았다. 반복되는 것이 역사라고 쓸데없는 일까지 경험할 필요는 없다.

　　　　　　　　　　　　　　제3부 희망의 학교

생각이라는 과실을 한 껍질만 벗겨내도 아름다운 세상이 보인다. 변화의 흐름으로부터 몸을 숨기지 말고 유연한 생각으로 변화의 강을 함께 건너갔으면 좋겠다.

이제 까까머리에 일본식 제복을 입히고서 탈선의 위험에서 벗어났다고 안도하는 사회는 아니다. 자율은 자유를 만들어 내고, 자유는 또 다른 자율을 만든다. 기성세대의 걱정은 경험을 거쳐 나온 것이지만, 정체와 단절이라는 부작용을 피하기 어렵다. 젊은 세대의 자유분방한 생각과 행동이 기성세대에 대한 도전이고 철학의 부재라는 인식은 이제 버리자. 변화는 불가피한 일이고, 그것이 어떤 지점에 다다르면 자연스럽게 공동의 가치관과 생활 양식이 될 것이다.

아이들이 초등학교 울타리만 벗어나면 더는 부모에게 종속되지 않으려고 한다. 부모들의 언행이 자식에게 모범이 되는 듯한 외형을 구축하고 있지만, 역설적으로 자식들은 그 틀에서 벗어나고자 하는 시도를 멈추지 않는다. 자식 낳아서 힘들게 키워 놓으니 제 잘 나서 그런 줄 알고 부모의 존재적 가치를 무시한다고 속쓰려하는 사람들도 있으나, 결국은 혼자 태어나서 갈 때도 혼자 흙으로 돌아가는 것이 인생이니, 뭐 그렇게 서운하게 여길 일도 아니다.

명예와 부를 쌓아 보지 않았으니, 나는 그 일에 지름길이나 왕도가 있는지는 모른다. 하지만 교육에 있어서는 절대 그런 길은 없다. 교육도 할 만큼 했고 인생도 살 만큼 살았으니, 그 경험으로만 미루어 보아도 교육에 왕도는 없다. 그러니 편법에 눈을 맞추고 불법에 손발을 들이미는 일에 집착하지 않았으면 싶다. 당장 눈앞의 현실에 맞춘다고 최선도 최고도 아니다. 여유 있는 기다림으로 스스로 길을 찾거나 만들어 가도록 아이들에게 격려만 해 주면 된다.

또한 자기 자식만 잘되면 그만이라는 생각도 버려야 한다. 앞으로의 시대는 내 자식이 모두의 자식이 되고, 남의 자식이 내 자식이 되는 시대다. 어느 광고에서, '집은 사는 것이 아니라, 사는 곳이다'라는 표어를 본 적이 있다. 참으로 그런 정신이 필요한 것 같다. 삶의 의미는 버리고 껍데기만 추구하는 사회가 되어서는 안 되겠다. 못 가져도 불안하지만, 가지면 더 불안하게 살아야 하는 것이 세상의 진리라고 하지 않던가.

꿈과 희망의 길로 직진하라

　우리나라에 대학이 몇 개나 있지. 나도 몰라. 고등학교 교장이 그것도 모른다고 해서야 어디 쓰겠냐. 고등학교 동기들끼리 만나 밥 먹는 자리에서 친구와 주고받는 대화다. 요즘은 자식들이 다 자성했으니 그런 것을 묻는 친구는 별로 없지만, 누가 묻든 귀찮은 일이다. 우리 아들놈 대학 어디로 보내야 할까. 사업을 하는 또 다른 친구가 물었다. 그것은 더 몰라. 그러고도 입시 준비 기관 수장이라고 할 수 있나. 우리 학교는 입시 준비 기관이 아니야. 지금 그걸 말이라고 해, 인문계고가 대학입시 준비하는 기관 아니라면 소도 웃겠다.

　학교에 종사하지 않는 사람들은 진짜 소도 웃을 일이라고 생각하기 마련인 듯하다. 인문계고는 이미 숙명적으로 대학입시 준비 기관으로 낙인이 찍힌 것인가. 아니면 진짜 대학입시 준비 기관이어야 하는가. 인문계 고교의 역할을 설명하기도 쉬운 일이 아니지만, 그들을 이해시키는 것은 더욱 어려운 일이다. 교육과정이나 교육 목표를 끄집어낼 수도 없는 노릇이다. 그래서 이런 논란이 시작되는 날이면 짜증부터 나려고 한다. 오늘은 그냥 밥이나 먹자.

　정말로 우리나라 대학 수는 몇 개나 될까. 인터넷을 뒤져서 통계 수치를 살펴보았다. 제대로 된 통계자료인지는 모르겠으나,

고등교육법에 따라 설립된 대학이 400개가 조금 넘는다. 학제별로 분류해 보면 4년제 대학이 230여 개, 전문대학이 150여 개, 대학원대학이 50여 개인 것으로 되어 있다. 나도 깜짝 놀랐다. 언제 대학이 이렇게 많아졌나. 하지만 숫자에는 별로 관심이 없다. 앞으로 이 어마어마한 숫자의 대학이 수시로 사라질 것이기 때문이다.

친구에게 말했다. 너 같으면 이렇게 많은 대학 수를 기억하겠냐. 400개에 불과한 대학 이름을 왜 기억을 못하나. 물론 친구는 자기 회사가 수출하는 상품 숫자, 상품의 특징, 어느 나라로 얼마만큼 가는지 속속들이 알 것이다. 하지만 인문계고에 근무하는 교장이, 회사 사장이 수출 품목을 훤하게 외듯이 대학을 다 알아야 할 일은 아닐 것 같다. 기억력을 자랑질이라도 할 수 있게 줄줄 외는 것도 나쁘지는 않을 것이지만 말이다.

우리나라에 왜 이렇게 대학이 많아졌을까. 나는 30년도 넘게 학교나 교육청에서 근무해 왔는데, 이렇게 엄청난 숫자가 있다는 사실은 정말로 몰랐다. 충격적이라서 입이 떡 벌어졌다. 이렇게 대학이 많은데, 대학입시에서 낙방하는 학생들은 도대체 어떻게 된 녀석들일까. 아니 그것보다, 이 많은 대학에 학생들이 입학해서 정원을 채워주어야만 할까. 그것도 재수 삼수까지 하고 부모의 등골 다 후벼파면서 말이다.

모름지기 사람 노릇 하려면 대학을 가야 한다는 말은 내가 초등학교에 입학도 하기 전부터 들었다. 나의 아버지도 엿장수를 해도 대학을 나와야 한다는 말씀을 종종 하셨다. 주변에 살아가는 사람들을 눈여겨보기만 해도, 사람들은 그 말이 한치도 틀리지 않는 사실이라는 것을 알게 되었을 것이다. 그러니 부모들이 대학 대학 하면서 자식들을 윽박질러도 맹종했어야 하는 것이 우리의 현실이었다.

우리 세대에서는 대학을 가야 할 필요성을 분명하게 알았고 몹시 가고 싶어도 하였지만, 대학을 가지 못하는 아이들이 더 많았다. 실력보다는 가정 형편이 어려운 집들이 그만큼 많았기 때문이다. 요즘같이 장학금도 별로 없는 시대였고, 등록금과 생활비를 감당할 만한 아르바이트 자리도 구하기 쉽지 않았다. 70년대 말 당시에는 대학에 진학하는 학생이 30% 정도였고 대학 수도 230여 개에 지나지 않았다. 그러나 IMF 구제 금융에서 벗어나서 다시 경제적인 활력을 얻은 2005년 무렵에는 대학 수가 350여 개에 달했고, 고교생의 대학 진학률도 급격히 팽창해서 80%를 넘겼다.

이제 대학은 못 가는 것이 아니라, 안 가는 곳으로 그 풍토가 바뀌는 시대가 오고 있다. 이미 운동선수들은 대학에 진학하지 않고 바로 프로나 실업구단으로 직행하고 있다. 대학을 졸업해도 전공을 못 살리는 학생이 더 많다. 학벌의 시대도 지나가고 있고 능력과 비전을 갖추면 대학 졸업장 따위는 무관하게 멋진 삶을 살아갈 수 있는 세상이 오고 있다. 이런 상황에서 굳이 대학에 입학하려고 야단법석을 떨 필요가 있을까.

최근 교육부가 대학 기본 역량을 진단하고서 대학 136교와 전문대학 97곳의 정원을 줄인다고 발표했다. 그동안은 정기적인 대학 평가를 통해 점수가 낮은 대학은 정원 감축을 권하는 방향으로 정책을 펴왔다. 하지만 이제는 일정 수준이 되는 학교도 재정 지원을 받기보다는, 질적 양적 책무성을 갖고 자발적으로 정원을 줄이는 방법으로 방향을 잡은 것이다. 이렇게 한다고 문제가 해결될 수 있을까. 새 발의 피에 불과한 정원 감축으로는 대학 구조 조정이 불가능하다. 대학의 질은 고사하고 정원을 채우지 못하는 대학이 부지기수다. 그러니 인위적인 대학의 구조 조정은 필요치 않아 보인다. 학령인구와 진학 희망자가 줄어들고 있어 어차피 저절로 문 닫는 대학이 속출할 것이기 때문이다.

　문제는 수도권 대학에는 오히려 학생들이 더 집중되고, 지방 대학만이 소멸하는 것이다. 말 새끼는 제주로 보내고 사람 새끼는 서울로 보내라고 하는 말이 있지만, 이런 구태의연한 진리를 깨지 않으면 우리가 처한 위기에서 벗어나지 못한다. 순망치한이라는 말이 있다. 잇몸이 없으면 이가 시리다는 뜻이다. 지방의 균형 발전 없이는 우리나라도 발전할 수 없다. 또한 지방 발전은 그 지역 대학의 경쟁력에 달려 있다고 할 것이다. 정부는 지방 대학을 특화하는 등, 지방으로 학생들을 유인할 수 있는 대책을 내놓아야 하리라고 생각한다.

　이제 명문대학 타령을 멈추어야 할 때다. 대학 입학을 위해 청춘을 바칠 것이 아니라, 자기의 꿈과 희망을 위하여 거침없이 직진할 필요가 있다. 어떤 대학이냐가 아니라 어떤 꿈을 꾸고 있고, 어떻게 실천해 나갈 것인가에 골몰하면 된다. 일만 시간의 법칙이라는 것도 있다. 조금 더 높은 점수대의 대학에 들어가려는 시간과 노력을 자기의 꿈에 쏟는다면, 그 분야의 전문가로 일하며, 즐거운 인생을 살 수 있을 것이다.

어른들은 아이들을 만나면 곧잘, 너의 꿈은 무엇이니. 커서 뭐가 될래. 이런 질문들을 늘어놓는다. 그런데 그렇게 물어놓고는, 아이가 대답도 하기 전에 자기가 답을 내놓는다. 판·검사 정도는 해야지. 의사가 좋겠다. 의원 나리도 좋고 이왕지사 대통령이 되면 더 좋겠지. 자기 자신은 한 번도 가 보지 못한 길만 골라 알려주면서도 거침이 없다.

초등학생의 경우 반응이 빠른 편이어서, 어른이 선제적으로 답을 내놓기 전에 시원시원하게 대답하기도 한다. 물론 세상에 눈뜨자마자 받는 세뇌 교육의 덕이기는 하지만 말이다. 그런데 중·고등학교로 올라갈수록 대답이 시원치 않다. 중학생쯤 되면, 자신에게 주입된 꿈이 자신의 관심과 흥미에 일치하지 않는다는 사실을 깨닫게 되고, 고등학생이 되면 성적이라는 현실적인 장벽에 부딪히기 때문이다.

꿈이 있어야 즐겁고 외롭지 않다. 꿈이 없으니 수업 시간에 열중하지 못하고 일과 후에도 자기 나름의 하고 싶은 일에 빠져 보지 못하게 된다. 이런 결과는 교실의 황폐화, 공교육의 위기와도 연결된다. 따라서 적어도 고등학교 입학 전에는 자신의 흥미와 적성에 따른 진로 설계와 이에 대한 구체적인 체험이 이루어져야 하는 것이다.

세상을 바꾸어 놓은 이인(異人)들은 대체로 평범한 세상살이에 만족하지 않았던 것 같다. 엄마의 관리 영역에 머물면서 말 잘 듣는 엄친아가 청소년기에는 앞서갈지 모르지만, 머지않아 자기의 꿈을 스스로 만들어 직진하는 아이들에게 금방 추월당할 것이다. 인생 백세 시대의 기준으로 본다면, 불행한 기간이 훨씬 길어지지 않을까. 과거에는 부모들이 어떠하든 청자와 백자를 빚는 심정으로 아이들을 키우면 또 그렇게 만들어지기도 하는 시대였다. 하지만 이제는 그렇지 못한 시대다.

청소년들도 이제는 자신감을 가지고 자기의 삶을 스스로 만들어 가야 한다. 어항 속 물고기 코이처럼 사람의 애완용이 될 것이 아니라, 넓고 거센 강물에서 소용돌이를 일으키는 커다란 코이가 되어야 한다. 그렇게 하려면 자신을 가로막고 있는 창문을 뛰어넘어야 한다. 스웨덴의 작가 '요나스 요나손'의 「창문 넘어 도망친 100세 노인」이라는 소설을 읽어보고, 자기 인생과 연계하여 무엇인가 영감을 받았으면 좋겠다.

그 소설의 주인공 '알란'은 어릴 적부터 폭탄을 제조하고 실험을 즐기며 성장하였다. 성인이 되어서는 그 분야의 전문가가 되어 전 세계에서 활동하였지만, 전쟁과 냉전이라는 격동의 시대에 살았기에 그의 인생에는 굴곡도 많았다. 하지만 '알란'은 그런 시련에 연연하지 않고 늘 여유만만하게 살았다.

그런 '알란'이 늙어서는 양로원에서 지내고 있었는데, 자신의 100세가 되는 생일날 슬리퍼를 신고서 양로원 창문을 뛰어넘고 탈출하였다. 그 이후에 뜻하지 않게 훔친 돈 가방으로 갱단과 형사에게 쫓기게 되지만, 그 상황에서도 늘 여유만만한 태도를 버리지 않는다. '알란'은 위기에 봉착해서도 답답하고 지루한 양로원보다는 그런 역동적인 삶을 사는 것이 좋을 것이고, 일부러라도 그런 모험을 찾아 나서는 것이 자신을 위한 진정한 삶이라고 생각했을 것이다.

공자는 양약(良藥)은 고구(苦口)나 이어병(利於病)이라 했다. 좋은 약은 입에 쓰나 병에 이롭다는 뜻이다. 부모나 선생님의 잔소리는 듣기가 싫을 테지만, 자신의 인생을 위한 밑거름이 될 것이므로, 긍정적으로 받아들이는 자세가 좋다. 그렇다고 순종을 필연적인 의무로 생각하거나, 끌어주는 길로만 내달린다면 격동의 미래에 적응하기 어렵다. 산에 오르되 온전한 등산로만 걷기보다는 때로는 숨겨진 길도 찾아내고 없는 길도 만들어서 가면 더 많은 것을 즐길 수 있다. 이처럼 자신의 꿈도 스스로 만드는 열정이 필요하다고 생각한다.

학교는 시간때우기식 체험 활동이나 일회성 행사를 기획해서는 안 될 것이다. 수업에서도 진로 의식이 모든 교과와 자연스럽게 연계되어 학습될 수 있도록 계획되어야 한다. 학생들이 스스로 미래의 비전을 분석하여 자신의 목표를 결정하고, 장기적인 로드맵을 앞세워 자기 스스로 필요한 준비를 하도록 리드해야만 한다. 그리고 기업, 공공기관, NGO 등은 '우리 동네 체험장'을 확보하여 생활 속에서 꿈을 탐색할 수 있도록 지원해야 한다.

교육 당국은 모두가 한쪽만 바라보게 하는 경직된 교육과정으로 아이들의 역동적인 에너지를 막아서는 안 된다. 교육과정 유연화 시스템으로 학교가 자율적인 진로 교육을 해 나가도록 지원해야 한다. 학교도 입시 준비 기관의 역할에만 충실하여 교육 본연의 길을 잃어버리거나, 아이들의 꿈이 박제 당하도록 하는 현실을 더는 만들지 말아야 한다. 교사들도 교육과정을 바탕으로 수업과 평가의 일체화 방법을 연구하고, 그 결과를 선제적으로 적용해야 한다. 그래야 학원만 있으면 되고 학교는 필요 없다는 헛소리가 들리지 않게 될 것이다.

말을 물가로 끌고 갈 수는 있어도, 말에게 억지로 물을 먹이지는 못한다고 한다. 그러니 그 어떤 것보다 아이들이 스스로 깨어나게 하는 일이 중요하다 하겠다. 아이들에게는 퇴보적인 일상과 타율적인 통제에 굴복하지 않고 희망의 길로 직진하는 용기가 필요하다. 일상과 규범의 벽에 좌절하거나 맹목적으로 저항만 하지 말고, 그것을 뛰어넘는 용기를 가지고 나가라는 말이다. 그래야 창의성도 발현되는 것이다.

일반계고 선택이 답이다

마포구의 한 자율형사립고가 자발적으로 일반고 전환을 선언했다. 이 학교는 2019년 교육청으로부터 자사고 지정 취소 결정에 반발하여 소송을 제기한 8개교 중 하나다. 험난한 소송길에서 1심에 승소했는데도 이런 결정을 내린 이유는 명확하다. 법률적으로 2024년부터 자사고 존립 근거를 삭제해 놓았기에 결국은 자사고의 문을 닫아야 하지만, 그때까지 버티기도 힘들다는 판단 때문이다. 한 마디로 생존이 어려운 것이다.

3배가 넘는 등록금을 감당하고도 제대로 된 교육을 받지 못하는 이유로 학생들의 지원이 점차 줄고, 의무적으로 선발해야 하는 사회적 배려 대상자도 충원이 어려워 결국은 정원을 채울 수가 없게 된 것이다. 이로 인해 재정 결손 비용을 충당할 방법이 없어지자 결국 일반고로 전환하여 안정적으로 학생 수를 확보하여 생존의 길을 찾고자 한 셈이다.

늦었지만 정말로 다행이라 생각한다. 자사고는 사실 우리 교육의 풍토나 체질에 전혀 알맞지 않은 옷이었다. 사립학교가 본래의 설립 이념에 맞게 교육을 하려면 여러 면에서 자율성을 가져야 한다. 학생 선택권도 있어야 하고 재단의 충분한 재정적인 지원도 필요하다. 하지만 고교도 의무교육이고 평준화가 보편적인 우리나라에서 모든 것을 자사고나 외고의 자율에 맡길 수는 없고 재정적인 지원도 할 수가 없다.

최근 새로운 정권이 들어서면서 외고나 자사고 등의 정책에 혼선이 생기는 것 같다. 지난 정부와는 달리 외고는 폐지하되 자사고는 존치하는 정책을 예고했다. 교육 수요자들에게 더 많은 학교 선택의 기회를 주는 것이 옳은 방향이라고 판단한 듯하다. 모든 학교가 그렇지는 않겠지만, 나는 자사고나 외고가 설립 목적에 충실한 교육이 아니라, 대학입시 성과에 주된 관심을 두면서 우수 학생을 유인하기 위한 술수로 학교 체제를 이용해 왔다고 생각한다.

 고교 체제의 다양화에 대해서는 부정하고 싶은 생각은 없다. 하지만 설립 목적에 어긋나게 운영하면 과감한 수술이 필요하다고 믿는다. 외고나 자사고를 졸업한 학생들도 그 학교의 특별한 교육 이념에 따른 대학이나 학과를 선택하는 것도 아니고, 사회에 진출해서도 그 분야에서 외연을 넓혀간 졸업생들은 별로 없다고 한다. 그러니 자사고 존치의 결과가 일반계고에 미치는 많은 부정적인 영향이 있음에도, 모른 체 하고 특별한 유형의 고교를 만들 필요가 있을까.

 자사고든 일반고든, 대학입시 준비에 정신이 팔려서 학교가 지향해야 할 교육의 틀에서 이탈하지는 말아야 한다. 모든 고교가 현실적으로 대학입시에서 자유롭기는 어렵다. 자사고나 특목고라는 이유로 입시 문제는 제쳐 두고 이념으로만 학교를 운영하라고 하는 것도 불가능한 현실이다. 다만 학교의 유형을 대학입시 성과를 내기 위한 발판으로 사용하고 있는 것은 아닌지 스스로 반성해 볼 필요가 있다고 본다.

자율형사립고나 특수목적고 같은 특별한 유형의 학교라도 일반고와 걸어가는 길이 특별히 다르지는 않다. 사학 중에는 해당 종교의 이념에 따라 설립된 학교가 대체로 많지만, 상호 전학 등의 교류가 가능하고 교육과정의 많은 부분이 일치하고 있어서, 교육의 궁극적인 목적은 크게 다를 게 없는 것이 우리의 현실이다. 그러므로 자사고나 외고란 이름으로 일반계고와 분리하여 교육할 것이 아니라, 같은 울타리 안에서 다양한 재능을 키워내는 교육을 지향해야 하리라 본다.

　내 주변 친척 중에는 일반계고를 나왔는데, 전혀 일반적이지 않은 아이가 있었다. 그는 어릴 때부터 물고기를 유별하게 좋아했다. 나는 도시 생활에 지칠 때마다 가서 쉴 수 있는 주말농장을 가꾸고 있는데, 그곳 앞으로 큰 하천이 흐른다. 그래서 나만 만나면 물고기를 잡으러 그곳으로 가자고 했다. 초등학교 고학년이 되면 그런 집착이 없어지리라 생각했는데, 오히려 점점 관심의 깊이가 더해졌다.

　물고기뿐만 아니라 열대 곤충에 이르기까지 관심의 폭이 더욱 넓어졌으나, 그가 진학할 고등학교는 없었다. 특목고는 물론이고 특성화고조차 그의 관심과 흥미를 충족시켜 줄 수 없었다. 결국 그는 집 가까운 일반고로 진학할 수밖에 없었다. 당연히 일반계고 교육과정 중에서 그가 선택하거나 관심을 계속 유지할 수 있는 과목은 없었다.

　그는 학교의 도움 없이 곤충 등을 비롯한 동물 세계에 흠뻑 빠졌고, 인터넷을 통한 지식 획득으로 그 분야에 거의 박사가 되었다. 하지만 고교를 졸업하는 시점에 이르자 우리나라에는 그가 선택할 수 있는 대학은 없었다. 그는 결국 보따리를 싸서 이역 먼 나라에까지 유학의 길을 들어설 수밖에 없었다. 공부를 끝내고 한국으로 돌아와도 그 분야에 일할 수 있는 자리를 찾기는 쉽지 않을 것이다.

우리 교육은 밥그릇만을 바라보는 교육에 너무 치중해 왔다. 취직은 잘 되는지, 사회적으로 명성은 있는지, 급여는 제대로 받는지가 대학을 선택하는 기준이 되었다. 삶의 행복이나 자신의 가치 실현이나 그런 것들은 영원히 꿈으로 남겨둘 수밖에 없다. 그래서 명문대 간판이 필요했고, 돈 잘 버는 의사 등 안정적인 직업을 보장하는 학과의 입학을 위해 재수 삼수도 마다하지 않는 풍토를 만들었다.

교육에 대한 현실적 기대가 그렇다 보니, 대학입시는 학교 교육을 통째로 삼키는 블랙홀이 되었다. 외고나 자사고는 그런 블랙홀에서도 살아남을 수 있는 구조이지만, 일반계고는 그렇지 못하다. 외고나 자사고가 일반고에 앞서 학생들을 선발하도록 하였기에 출발점부터가 다르다고 할 수 있기 때문이다.

성적이 우수한 학생들을 특목고나 자율고에 다 뺏긴 상황에서, 일반계고가 수학능력시험에서 점수 경쟁을 할 수 없는 것은 너무도 당연한 일이었다. 그런 기울어진 운동장을 바로 잡고자 하는 일반계고 목소리에, 교육 당국은 자사고 입학시험에서 중학교 내신 성적을 응시 제한 조건으로 달지 못하도록 하고 점차 지원자를 추첨하는 방식으로 변화시켰다. 그런 까닭에 다소 문제가 완화되는 효과는 있었지만, 8학군 등 사교육으로 수능을 극복할 수 있는 지역의 몇몇 일반계 학교를 제외하고는 여전히 출발점의 격차를 극복할 수 없었다.

자사고 입학 전형 개선과 대학입시 제도에서 학생부종합전형 등, 다양한 수시 모집 전형이 도입되면서, 일반계고교의 대학 진학률이 나아지는 결과를 가져왔지만, 우수 학생의 특목고나 자율고 진학은 여전한 추세였고, 일반계고교에서는 학생의 편차가 너무 심해서 수업이 어려울 정도가 되었다. 그렇다고 해도 일반계고가 수능 성적을 제외하면 학생 교육에서 결코 특목고나 자율고에 뒤진다고 할 수는 없다.

시류에 영합하지 않고 행복한 삶과 따스한 사회, 모두가 향기로운 맛이 나는 삶을 살아가는 인간교육에 중점을 두는 것이 학교가 진정으로 가야 할 방향이라 생각한다. 그러다 보면 자기 삶에 대한 책임 의식도 생기고, 누가 뭐라고 하지 않아도 스스로 자기의 적성과 취향에 맞는 대학에 진학하기 위하여 스스로 준비할 것이다.

자사고가 경제적으로 독립된 학교 운영을 하기에는 여건이 좋지 못하다. 자사고이기에 교육청의 예산 지원을 받지 못한다. 일정 부분 재단 전입금을 의무 규정으로 정해 두었지만, 전입금을 제대로 못 받는 학교가 대다수다 보니, 학교에서는 재학생들의 등록금으로 교원의 급여 등 모든 것을 운영하여야 한다. 그런 사정이다 보니 초기에는 재정적 압박에서 벗어나기 위하여 입학과 교사 임용에서 부정한 뒷거래의 의혹이 제기되기도 하였다.

학교 당국이나 교직원들에게만 그 죄를 돌릴 수는 없다. 교육 당국은 자사고가 교육 본래의 기능에 충실할 수 있는 시스템을 제대로 만들어 주지 못했고, 학생 선발과 교육과정의 편성과 운영에도 자율성의 권한 부여가 미흡하였다. 시대 상황이나 교육 풍토도 자사고가 원래의 뜻대로 갈 수 없는 압박이 되었다. 그러니 처음부터 자사고에만 희생을 강요한다고 해결될 문제가 아니었다.

원천적이고 구조적인 모순에서 벗어나려면 이제는 자사고, 외고 등의 유형을 폐지하는 것이 옳은 방향일 것이다. 굳이 그렇게 갈라야 할 필요도 없는 것 같다. 특성화고를 제외하고 모든 학교가 학교 특성에 맞는 특화된 교육과정을 운영한다면, 오히려 많은 학생이 진정한 자기 개성을 찾고 필요한 능력을 기를 수 있는 학교가 될 것이다.

굳이 자사고나 외고라는 유형을 둔다고 하면, 그 목적에 맞는 교육과정이 이루어지도록 교육 당국이 철저하게 감독할 필요도 있지만, 그에 앞서 자율형사립고나 외국어고 스스로 정도(正道)에서 벗어나지 않겠다는 굳은 신념이 필요하다. 사실 지난 2010년 도입 시기부터 그런 방향으로 가야만 한다는 수많은 지적에도 불구하고 자사고들은 그 길을 걷지 않았다. 그러니 더 기회를 준다는 것도 의미가 없는 일일 듯하다.

이제는 그 길을 폐쇄하고 같은 출발점에 서서 다양한 인재를 길러내려는 노력을 함께하면 된다. 이 시대에는 학교 단위로 무슨 특화된 교육이 필요한 시대가 아니다. 학생 한 명 한 명이 자신에게 맞는 특화된 교육을 받을 수 있는 여건을 조성해 주어야 하는 시대다. 학교 유형을 구분하는 방식으로는 미래에 필요한 인재를 더는 양성할 수 없다. 다행히 학부모들에게서 자칫 경쟁과 독선적 이기주의에 매몰된 자녀로 만들지 모른다는 깨우침이 일어나고 있는 것 같다.

일반계고란 단어가 주는 느낌이 그동안은 참으로 못마땅했다. 사람들은 대체로 특수한 부류가 되기를 좋아한다. 남들과 똑같거나 비슷한 꼴이라는 평가를 받고 싶지 않은 것이다. 특목고, 자율고 등의 말은 폼나는 듯 보이지만, 일반계고라는 명칭은 어딘가 모르게 좀 부족하고 아무런 특색이 없는 학교라는 느낌이 다가오기 때문일까. 쌀로 비긴다면 정부미 뭐 이런 느낌일 듯 싶다. 일반계고에 대한 홍보가 제대로 되지 못했고 입시에 묻혀서 사실에 대한 이해가 부족했던 탓일 것이다.

일반계고는 정부미 같은 쌀이 아니다. 일반계고야말로 획일성에서 벗어나 학생들에게 천차만별의 능력을 길러내고 있다. 입시 결과만을 본다면 그저 그런 보통 학교에 지나지 않겠지만, 학생들의 미래 역량과 지혜 등을 기르는 데는 절대로 지지 않는 학교다. 자사고보다 경직된 교육과정임에도 다양성을 기르는 학교로 자리하고 있다.

이제 대학 간판이 중요한 시대는 아니다. 학생들 스스로 10년 또는 20년 후 자기가 좋아하고 잘할 수 있는 일에 전념할 수 있는 여건을 만드는 일이 중요하다. 그런 점에서 일반계고가 더 자유롭고 범주도 넓어서 꿈을 그릴 공백이나 여유가 많은 편이다. 새 정부의 외고 폐지와 자사고 존치 정책은 미래로의 흐름을 되돌리는 결과가 될 수 있을 것이다. 특별한 유형으로 단절의 칸막이를 만들 것이 아니라, 다양성이 존중되고 소통과 협력을 통해서 모두가 행복한 삶을 만들어 가는 학교 만들기에 전념했으면 좋겠다.

멈추니 학교가 보인다

　세계의 역사를 들여다보면, 바이러스는 하나의 부족을 멸망시키는 것을 비롯하여 많은 곳에서 다양한 피해를 주었다. 에볼라 바이러스는 아프리카 콩고공화국에 있는 에볼라 강 근처에서 처음 발견되어 그 지명을 따서 붙여진 이름이다. 이 바이러스는 서부 아프리카 기니에서 최근에도 재발견 되었고 치사율이 매우 높아서 지금도 세계인에게 큰 두려움을 주고 있다고 한다.

　우리나라의 감염병 바이러스의 역사를 보면, 신라 선덕왕 시절에 마마 또는 천연두라고 불리는 '두창'이 가장 오래되었다고 한다. 조선시대에는 정약용이 예방접종인 '인두종법'을 처음 시행하였고, 그의 제자 이종인은 '종두법' 시행을 통해서 마마를 종식하기도 하였다. 조선 순조 시대에는 시겔라균에 의한 급성 세균성 장 감염인 '이질'이 성행하였다.

　근대에 이르러 미국 시카고에서 처음 보고된 스페인독감은 한국에서는 무오년 독감으로 불렸으며, 2년이 지난 후에 자연스럽게 사라졌다고 한다. 그리고 현대에 이르러 1963년 첫 환자를 시작으로 125명의 사망자를 내고 그해 소멸한 '콜레라'가 있었다.

　그리고 2002년 중국에서 처음 발생한 중증급성호흡기증후군인 '사스'가 우리나라에 들이닥쳤지만, 모범적으로 잘 대처하여 피해가 크지 않았다. 2009년에는 A형 인플루엔자의 변이바이러스 형태인 '신종플루'가 전 세계적으로 유행했으나 백신인 '타미플루'의 도움으로 1년 뒤에 종식되었다. '메르스'는 2012년 중동지역 중심으로 발생했는데, 국내에는 2015년 중동지역을 방문하고 돌아온 사람으로부터 번진 후 소멸의 길을 걸었다. 아직 치료제는 개발되지 않았지만, 현재까지 국내에 환자가 발생하지는 않고 있다고 한다.

그리고 2019년 말 중국 우한에서 시작된 코로나19 바이러스가 전 세계를 휩쓸기 시작하였고, 우리나라에도 2020년 1월 20일 최초로 감염 환자가 발생하였다. 3년이 다 되어가는 지금도, 바이러스는 멈출 줄 모르고 지구촌을 괴롭히고 있다. 그런데 그동안의 바이러스 역사를 살펴보아도 학교를 멈추게 한 바이러스는 없었는데, 이번 코로나19는 학교뿐만 아니라 모든 곳에서 정상적인 활동을 불가능하게 만들었다.

코로나19 바이러스는 가 보지 못한 길을 찾게 하였고, 온라인 수업이라는 유례없는 학교 혼란의 태풍으로 작동했다. 3년 차가 되면서 거리두기 지침이 완화되기는 했지만, 코로나19 세상 속에서 학교가 제대로 할 수 있는 일이 없었다. 모든 예산은 방역이나 온라인 수업과 관련된 곳에 집중되었다. 모든 행사는 중지되었고, 학생들의 대면 수업과 야외 활동은 비정상적인 상태로 시간만 무심하게 흘러갔다.

사회의 변화는 더욱 충격적으로 변해가는 것 같다. 언택트의 시대에서 소멸과 성장의 희비가 엇갈리는 기업이 생겨나고, 자영업자는 죽지 못해 살아야 할 만큼 생계유지가 어렵게 되기도

제3부 희망의 학교

하였다. 정부의 지원금으로는 가게 월세는 고사하고 생활도 어려운 지경이었다. 빈익빈(貧益貧) 부익부(富益富)가 심해져서 사회 계층 간 갈등의 골이 깊어지고, 일용직 노동자들과 시간제 비정규직은 생계의 끝으로 내몰리게 되었다.

일하는 방식도 많은 변화를 가져와, 재택근무가 일상화되었다. 학교에도 온라인 수업시스템이 갖춰지고 교사들도 거기에 맞는 노하우를 가지게 되었다. 다양한 콘텐츠도 개발되었고, 실시간 수업도 이제는 대체로 잘 이루어지고 있다. 이제 코로나19가 종식되어도 기업에서는 재택근무와 온라인 회의가 일상화될 것이고, 학교에도 필요시에는 온라인 수업이 하나의 대안으로 자리 잡을 수도 있을 것이다.

그러나 학교는 이를 마냥 편하게 받아들일 만한 일은 못 되는 것 같다. 온라인 수업으로는 학교 교육 목표를 완전하게 성취할 수 없기 때문이다. 학교의 교육 목표가 대학입시 등에 있다면 모르지만, 만일 그렇다면 학교가 있어야 할 필요성에 대한 논란을 피할 수 없을 것이다. 학교는 올바른 인간을 길러내는 곳이고 학생들 상호 간 교류나 소통 없이는 민주 시민의 자질을 가진 인간을 육성할 수가 없다.

코로나19 발생 초기에는 감염자가 열 명만 생겨나도 난리법석을 떨었는데, 지금은 몇 만 명에 육박해도 별로 긴장하지 않는다. 언제 종식될지 예측도 어렵고 3년 내내 지속되는 바이러스에 이제 사람들의 불안감이 마비된 탓도 있다. 하지만 무엇보다도 격리나 회피만으로는 정상적인 유지가 어렵기에 다소의 희생이 있더라도 독감처럼 관리하며 생활을 해 나가는 위드코로나가 필요하다고 느꼈기 때문일 것이다.

학교에서는 온라인 수업을 중심으로 하다 보니 학력의 저하가 큰 문제로 제기되었다. 기초 학력이 부족한 학생들은 말할 것도 없고 중상위권 학생들의 학력도 급격하게 하락하였다. 그해 겨울에 치른 대학입시에서 재수생의 강세 현상이 이를 증명해 주는 단적인 예가 되기도 했다. 다음 해에는 재학생들의 학력 저하를 더는 방치할 수 없다는 위기감에 교육 당국은 결국 등교 수업을 늘리는 강수를 두었다. 학교 현장에서 교장의 시선으로 봐도 이는 정말로 오랜만에 칭찬할 만한 교육 당국의 조치였다.

학교 문이 열리고 학생 전부 또는 2/3가 등교 수업을 시작하였다. 이에 가장 기뻐한 사람은 교사도 시민도 대통령도 질병관리청 공무원도 아니었고, 바로 학생들이었다. 학생 중에서도 초등생이 더욱 환호했다. 학생들은 너무도 무료하게 그동안 집에서 뒹굴고 있었다. 할 일이 없어서 뒹굴고 있는 것은 아니지만, 대화와 놀이가 없는 하루는 학생들에게는 생지옥이나 다름이 없기 때문이다.

생지옥에서 탈출한 학생들의 얼굴은 밝았다. 비록 답답하게 마스크를 두르고 종일 수업을 받아야만 했고, 저희끼리 대화나 장난질도 쉽게 허용되지 않는 분위기였지만, 서로가 눈빛만 봐도 마음이 통한다고 좋아하였다. 완벽하게 의도된 교육도 필요하지만, 그렇지 않은 교육도 인간의 삶에 더 긍정적이고 많은 영향을 준다. 사람과 사람을 서로 기대어 세워 놓은 한자가 '사람 인(人)'

제3부 희망의 학교

이듯, 인간이 다른 인간에게 어깨를 내어줄 수 있을 때 건전한 사회도 자리 잡을 수 있게 된다.

어떤 언론에서 학교가 멈추니 비로소 학교가 보인다는 기사를 본 적이 있다. 나는 언론 보도들이 대체로 학교 교육을 못마땅한 시선으로 깎아내리려는 태도를 보인다고 평소에 생각해 왔다. 우수한 교육활동을 지지하고 격려하기보다는 경쟁교육의 후원자로 자처하려는 듯이, 명문대 입학 숫자에 따라 학교를 판가름해 왔기 때문이다. 하지만 최근에는 교육 미담 사례도 많이 다루고 있고, 코로나19를 계기로 학교에 대한 이해를 제대로 하는 것 같아서 반갑기까지 하였다.

코로나19는 어떤 이에게는 죽을 만큼 참혹한 현실을 만들었지만, 어떤 이에게는 기회로 작용하고 있다. 학교가 멈춰 선 것이 기회라고 생각하는 사람들은, 자녀교육을 과외 등 개인교습에 투입할 수 있는 여건을 가진 이들이다. 흙수저들은 학교도 학원에도 못 가니 가슴 답답해할 노릇이지만, 금수저들은 집에서 과외를 실컷 받을 수 있으니 천국 같은 세상을 만난 셈이다. 물론 그렇다고 그게 어디 훗날에까지 가는 행복이 될 수 있기나 할 것인가. 바늘귀를 잘못 끼웠다고 후회하는 날도 있지 않을까.

이제는 지식 교육의 시대가 아니다. 이런 단정이 한두 명의 입에서 나온 것이 아니라 사회적 의제가 된 지도 오래다. 지식 교육에만 집중하는 교육의 병폐를 지적하고, 그것이 미래를 위해서는 결코 현명하거나 행복한 선택이 아니라는 사실도 귀가 아프도록 가르쳐 준다.

자녀들이 스스로 깨닫고 공부도 열심히 해서 좋은 대학에 붙어 준다면 두말할 것도 없이 좋은 일이다. 하지만 부모들의 압박에 못 이겨 자신이 바라는 행복의 길이 아닌 다른 길로 내몰린 경우, 비극적인 결말이 앞을 막아서지 않는다는 보장이 없다. 시간이 흘러갈수록 행복감과 만족도는 떨어지고 결국은 절망의 나락에서 헤매는 자신들을 발견하게 되기도 할 것이다.

　코로나19가 팬데믹 현상을 보이자 온 세계에는 자국의 국민을 보호하고자 하는 자국 보호주의가 맹위를 떨쳤다. 그동안에도 산업과 지하자원을 무기화하면서 패권을 펼쳐오던 국가들의 횡포가 더욱 심해졌다. 백신의 독점과 편중 현상이 부와 가난으로 편을 가르고 비극적 현상을 심화시켜 이 지구촌에 깊은 상처를 주었다. 하지만 이는 지구촌을 위하여 바람직한 일이 결코 아니며, 결코 있어서도 안 될 일이다. 지구촌이 이제는 한 가족이며, 더는 자기만의 리그가 존재하지 못한다.

　학교도 마찬가지다. 어떤 희생을 감내하더라도 아이들이 학교에 모여서 교육을 받도록 정책을 펴고 지원하는 일이 급선무다. 그동안 아이들에게는 학교를 한번 빠져 보고 자유롭게 놀아봤으면 하는 열망이 있었을 것이다. 하지만 이제는 학교에 더 많이 나가고 싶어서 안달이 나기도 하는 것 같다. 다시는 나타나지 말아야 할 바이러스이지만, 이번 경험이 학교가 필요하다는 생각을 제대로 심어주는 계기가 된 것 같아서 반갑기도 하다.

　이런 현상을 보면서 교원들의 생각도 바뀌어야만 할 것 같다. 교직도 생활의 수단을 이어가는 하나의 직장이겠으나, 그것을 뛰어넘는 희생과 사랑이 필요하다는 것도 잊지 말아야 한다. 학생들이 지식에 목말라 학교를 찾는 것이 아니다. 부모들은 겉으로야 입시에만 관심이 있는 듯이 보이지만, 내심으로 학교에 기대하는 것은 인간과 사회에 관한 이해와 성장이다.

교육 당국도 더욱 정신을 차려야 할 것 같다. 온갖 물건을 다 만들어 내는 공장, 뒷골목상권까지 먹어 치우는 악덕 기업 같은 일을 그쳐야 한다. 지치지 않고 뿌리는 수많은 정책이나 통제의 행정은 동네 편의점에 불과한 학교의 정체성을 뿌리까지 흔들어 놓게 된다. 체계적이지 못한 방역 정책이나 지침을 공문으로 뿌려 대니, 학교가 코로나19 방역이 아니라 공문 처리 때문에 패닉 상태에 빠졌다고 해도 과언이 아니었다.

차제에라도 교육 당국은 바람직한 교육의 방향에서 벗어나 길을 헤매지 말고, 필요한 각종 자료를 체계적으로 수집하고 통합해서 의미 있는 정책을 만들어 내되, 학교가 자유롭게 선택하고 실행할 수 있도록 지원하는 역할이 필요하다. 자신들이 쉼 없이 만들어 놓고 얼마 못 가 또 그 정책들을 통폐합한답시고 야단법석을 떠는 일이 반복되어서는 안 될 것이다. 학교의 선택을 받지 못하는 정책은 저절로 폐기되는 것이지, 만든 자가 폐기한다고 나서는 것 자체가 우스꽝스러운 일이다.

세월이 많이 흐른 후에 자기의 삶을 되짚어 보면, 누구에게나 지나간 일에 대하여 아쉬움은 있을 것이다. 아무리 정신 차리고 평생을 살아왔어도 마찬가지다. 모두가 오롯이 자기만의 인생을 들여다보고 살아오기는 어려웠을 것이기 때문이다. 자기의 삶을 위하여 살아온 시간보다는 가족이나 이웃, 직장을 위하여 살아온 것이 훨씬 많고, 자신의 것마저도 주변의 생각과 목소리에 가야 할 길이 뒤틀리고 막히고 하는 일이 적지 않았을 것이다.

뒤돌아보면, 나의 학창 시절의 혼란은, 주변의 압박이라기보다는 나 자신이 스스로 비틀거리며 초래한 요인이 가장 크다. 청춘의 나이에 무의미의 광장에서 처절하게 고민하고 절망의 숲에 몸을 던지면서 소중한 시간을 낭비하였다. 하지만 그런 것에서 벗어나기 위한 몸부림 또한 눈물겨운 것이었다. 교육 현장에서 물러나는 이 시점에서 이만큼의 결과라도 있으니, 참 다행이라는 생각이 든다.

나는 평생토록 학교에 다녔다. 20년은 학생으로 35년은 교원이나 교육 전문직으로서다. 그런 세월을 거치는 동안 내 인생은 한마디로 롤러코스터를 타는 형세였다. 초·중등 학창 시절에는 왕따와 집단 폭력도 당해보았고, 허무에 절망하고 인생의 늪에서 허우적대기도 했다. 대학 시절에는 입시의 패배감에, 군 복무 시절에는 부조리하고 폭력적인 고참병의 횡포에 시달렸다. 그러면서 겨우겨우 서른에 가까워서야 학생 신분의 문밖으로 탈출할 수 있었다.

그런 상황에도 나의 도전과 응전은 계속되었다. 왕따와 폭력은 오히려 나의 정신과 몸을 강하게 해주는 계기가 되었다. 이른 나이에 삶의 허무감에 묻혀 방황하고 보니, 성인이 되어서는 인생을 긍정적으로 바라보고 적극적으로 살아가는데 용기를 주었다. 사병으로 근무한 답답한 기간에는, 캄캄한 하늘에서도 내 가슴을 적시는 섬광이 내린다는 것을 체험하였다. 고참병의 부당한 갑질에 엉겨 붙고서 곤욕을 치르기는 했지만, 못된 윗사람의 횡포에도 평생 나를 지켜내는 굳센 의지를 길러 주었다.

직장으로서의 학교도 나에게는 여전히 롤러코스터였다. 부임 첫날부터 학벌이라는 계급장에 치였고 그 뒤에도 불편한 일이 많았다. 성격이 급하고 강하다 보니 학생들에게도 자주 아픔을 주었던 것 같다. 장학사 등 교육 전문직으로 근무하면서도 꼿꼿한 태도와 신뢰와 공정을 철학으로 직진하다가 두 번이나 교육청 밖으로 내몰리는 쓴맛도 보았다. 하지만 나는 기어코 절망의 늪에서 벗어나 희망의 숲으로 들어섰다.

밤을 잊고 제자들을 위해 연구하고 고민하였으며, 늘 용감하고 소신 있는 태도로 제자들에게 모범을 보여주었기에, 나를 좋아하는 녀석들도 많다. 동료 교원들에게는 성격상 호불호는 있으나, 대체로 무던한 관계로 35년을 지내고 있다. 사사로운 이익에 따라 조변석개하지 않았더니 교사로서 갈 수 있는 최고의 지위까지 승진도 하였으니, 보통으로서는 넘기 힘든 인생이었다.

이제 학교 이야기를 하면서 이 책의 문을 닫을까 한다. 학교는 진정한 인간교육의 현장이어야 한다. 우리의 어린 시절을 생각해 보면 학교는 참으로 인간교육의 너른 마당이었다. 인생의 롤모델로 삼을 만한 선생님도 많았다. 깊은 산골에서 답답하게 생활하면서도 아이들의 꿈과 용기를 심어주는 데에 온 힘을 쏟았었다. 부모들도 우리에게 그저 훌륭한 사람이 되라고만 했지, 무슨 대학에 가야하고 무슨 일을 하고 살아야 한다며 몰아붙이는 일이 없었다. 아는 게 없어서 할 말이 없어서 그런 것이 아니었다. 그분들은 늘 따뜻한 마음으로 믿고 기다려 준 것이었다.

그랬기에 우리는 스스로 꿈을 만들고 갔고, 경험을 선택하고 구체적으로 실천도 해냈다. 온갖 프로그램으로 난리법석을 떨지 않아도 친구들과의 배려와 협력이 이루어졌다. 친구와 이웃들은 답답한 현실을 살아나가는 활력소의 역할을 하고, 함께 어려움을 나누는 영원한 동지였다. 우리 20년의 학창 시절은 물질적으로는 가난했지만, 마음은 따뜻하고 행복한 시간이었다.

하지만 30년의 학교생활에는 보람보다는 아픔이 더 많았던 것 같다. 반성문도 여러 장 써야 할 것 같다. 학교와 선생님은 학생들의 아픔을 제대로 어루만져 주지 못했다. 스스로 꿈을 꾸고 그것을 키워나가도록 믿고 기다려 주지도 못했다. 말문을 틔우기보다는 말문은 막고 귀만 열도록 했다. 절망의 늪에 빠지는 상황이 왔을 때 헤어나는 방법도 가르치지 못했다. 규정과 원칙으로 개성과 자유로움을 막았다. 공부 잘하고 착한 아이들이 늘 최고로 보였다.

학교야, 희망의 숲으로 가자

부모도 마찬가지다. 자식이 소중한 것만 알았지, 진정으로 소중하고 가치 있는 존재로 키우는 방법에는 소홀하였다. 자녀의 특성이나 흥미, 자질에 맞춘 교육보다는 남의 눈과 입에 맞춘 교육이 우선이었다. 얼굴빛보다는 성적표의 점수에 관심을 두었고, 학과보다는 대학 명판에 점수를 걸고 돈 많이 벌고 결혼 잘 시키는 일에 분주했다. 학벌이라는 계급장에 대항해서 아이들이 하고 싶은 일, 잘하는 일에 자신의 의지를 불태우도록 격려도 칭찬도 하지 못했다.

교육 당국도 마찬가지다. 늘 이론은 훌륭했다. 교육 정책도 구체적인 실천 프로그램도 그럴듯했지만, 학교 현장에 스며들지 못했다. 학교장 중심의 자율 경영에 목소리를 높였지만, 교장의 권한은 제대로 작동될 수 없는 구조였다. 교사의 잡무를 획기적으로 줄이고자 하였지만, 학교 현장에서는 냉소적인 목소리가 더 많이 들렸다.

하지만 절망적인 것만은 아니다. 부모와 교사, 교육 당국이 무능하고 의지가 없다면 참으로 큰일이지만, 그렇지는 않다. 다수의 역량은 우수해서 든든하다. 문제는 실천에 있다. 제도를 탓하고 사회 풍조에 기대기 때문이다. 그래서 과거의 생각과 행동에서 과감하게 벗어나려는 용기가 부족한 것 같다. 지금이라도 아이들과 교육을 똑바로 보고 나간다면, 밝은 미래는 우리의 편이 될 것이다.

며칠 뒤면 정년퇴직이다. 봇짐을 싸서 교육 현장을 떠난다. 당분간 교육이라는 굴레에서 멀리멀리 벗어나 보고 싶다.

닫는 글

먼 곳에서 아이들이 행복한 교육이 되도록 기원도 하고 그들을
위한 찬사도 늘어놓고 싶다. 아이들이 행복하지 않으면 누구도
행복할 수 없다. 값으로 매길 수 없는 그들, 존재 그 자체만으로도
너무나 귀한 몸들을 위하여 늘 생각을 멈추지 않고 어디에서나
담아내면서 또 다른 인생을 시작하고 싶다.

학교야, 희망의 숲으로 가자

학교야, 희망의 숲으로 가자

초판 1쇄 인쇄·발행 2023년 2월 22일

저　자 / 전병화
발행인 / 전민형
발행처 / 도서출판 푸블리우스
등　록 / 2018년 4월 3일 (제25100-2021-000036호)
주　소 / [01634] 서울시 노원구 덕릉로127길 25, 상가동 204-92호
전　화 / 02)927-6392
팩　스 / 02)929-6392
이메일 / ceo@publius.co.kr
디자인 / 표지(박은영)·내지(박고운)

ISBN 979-11-89237-26-4

도서출판 푸블리우스는 헌법, 시민교육, 통일, 교육학, 신문방송학, 경찰학, 사회과학 일반에 관한 발간제안을 환영합니다.
기획 취지와 개요, 연락처를 ceo@publius.co.kr로 보내주십시오.
도서출판 푸블리우스와 함께 한국의 법치주의 및 사회학의 수준을 높일 연구자들의 많은 투고를 기다립니다.